缓冲地带

赵晓梦 著

中国书籍出版社

图书在版编目（CIP）数据

缓冲地带/赵晓梦著.--北京：中国书籍出版社，
2024.10.--ISBN 978-7-5068-3671-5

Ⅰ.I267

中国国家版本馆 CIP 数据核字第 20240H0X55 号

缓冲地带

赵晓梦　著

图书策划	许甜甜　成晓春
责任编辑	李　新
装帧设计	书香力扬
责任印制	孙马飞　马　芝
出版发行	中国书籍出版社
地　　址	北京市丰台区三路居路 97 号（邮编：100073）
电　　话	（010）52257143（总编室）　（010）52257140（发行部）
电子邮箱	eo@chinabp.com.cn
经　　销	全国新华书店
印　　刷	四川科德彩色数码科技有限公司
开　　本	880 毫米×1230 毫米　1/32
字　　数	260 千字
印　　张	10.875
版　　次	2024 年 10 月第 1 版
印　　次	2024 年 10 月第 1 次印刷
书　　号	ISBN 978-7-5068-3671-5
定　　价	68.00 元

版权所有　翻印必究

《缓冲地带》简介

这是诗人赵晓梦睽违 20 年后的又一本随笔集,也是他的第 10 本作品集。全书 5 章,收文 44 篇,共 26 万字。

作者在写景状物、行吟拾遗、创作答问中,以诗情洞察人性幽微,以文字烛照长路,表达对复杂世界不动声色的观照与反思。这些穿林打叶的文字,犹如一束束光的投影,既有对日常生活最直白的豁达呈现,也有对自我身体和灵魂的深沉叩问;既有人在路上的风花雪月,也有人在江湖的风骨秉性;既有人文地理风物的田野考察,也有现实宽大背影的诗性扩展;既有谈古论今的冲动,也有细枝末节的琐碎。

作者笔下翻涌的历史风云、故土亲情、自然万物、生死博弈,既充满诗与远方的丰盛、饱满、苟且,又定格青春到中年这段转瞬即逝的旅程。这些左冲右突的汉字,只为寻得人与自然、人与社会、人与世界的缓冲地带,以此抵抗如流水一般的时间。

Contents 目录

第一章 还有光

伤心凉粉 / 002
明轩记 / 021
夕佳山大院 / 028
一张纸的光 / 043
一纸码头的云烟 / 051
谢灵运的楠溪江 / 058
嘉陵江小三峡 / 067
拖车上的月光 / 093
南迦巴瓦的憾 / 098
在西藏的天空下 / 104
帮一棵树说话 / 112

第二章　在路上

我为车狂	/ 118
汽车年检	/ 125
路上拾遗	/ 128
冒险夹金山	/ 161
丽江杂记	/ 166
广岛家访	/ 174
德国飙车	/ 177

第三章　生活家

小时候	/ 184
与女书	/ 194
悲惨股民	/ 206
特招生往事	/ 212
走马世博会	/ 220

第四章　创作谈

一个人的城	/ 228
把话说好	/ 239
词语的身份	/ 245

被诗歌改造的身体　　　　　　　　　　　　　／　248

一棵还乡的接骨木　　　　　　　　　　　　／　251

莫听穿林打叶声　　　　　　　　　　　　　／　254

诗歌的传统与创新　　　　　　　　　　　　／　257

汉语诗歌的边界和可能　　　　　　　　　　／　265

缓冲地带　　　　　　　　　　　　　　　　／　272

我的历史检讨书　　　　　　　　　　　　　／　276

山水有灵　　　　　　　　　　　　　　　　／　278

我曾经是个文学青年　　　　　　　　　　　／　282

最后一个问题　　　　　　　　　　　　　　／　285

剪贴本上的逝水年华　　　　　　　　　　　／　290

感恩那道温暖的目光　　　　　　　　　　　／　297

第五章　答问录

生活会让你成为一个诗人　　　　　　　　　／　302

精神灵感栖息地的寻路之旅　　　　　　　　／　308

以诗立传　　　　　　　　　　　　　　　　／　315

难以割舍的情感　　　　　　　　　　　　　／　324

阅读与写作　　　　　　　　　　　　　　　／　327

诗歌让人变得真诚　　　　　　　　　　　　／　333

缓冲地带

第一章

还有光

伤心凉粉

我认识凉粉的时候,只知道它是用来吃的。直到走进古镇洛带,我才知道,原来凉粉还能用来伤心。从知道到明白,竟用了我在成都落地生根的二十多年光阴。

二十多年过去了,那个大学毕业时意气风发的青葱少年,如今已是上有老、下有小的中年大叔。唯独那一碗"伤心凉粉"依旧如同初恋,每一次吃,都觉得十分特别。

"伤心凉粉",也只有在洛带才能吃出那个味道、那个境界,所以我每年都会来这里走一走、看一看,以至于不用导航也能准确找到古镇最靠近步行街口的停车场,即使今天已有多条快速路从成都市区通往洛带古镇。

一

"哎呀!"

"哎呀呀!"

"哎呀呀!……"

"啷个恁改辣(四川方言:意为怎么那么辣)!眼泪水都给我辣出来了!"

"辣吧？辣就对了！不辣咋个叫'伤心凉粉'！"

那一年夏天，当我们在洛带广东会馆回廊的荫翳下，第一次吃到"伤心凉粉"，家人朋友全都辣得大呼小叫，甚至双脚跳。关键是作为重庆人，尤其是嘉陵江边吃火锅长大的几个重庆男人，自认为吃辣还是有几分本事，但在普遍以麻为主的成都平原，第一次被一碗凉粉辣得直冒汗、直掉泪、很伤心。

这碗凉粉看上去与其他凉粉并无二致，碗里白色的粉条上，淋上一层火红的辣椒油，撒上芝麻、香菜等配料，白里透红，红里透绿，往嘴里送上一口，有人就开始吼吼吼地叫起来，然后是双脚跳起来，汗水泪水把最矜持的女同胞们也搞得面红脖子粗。然而，越辣越想吃，越吃越过瘾。等到全身大汗淋漓，嘴巴喉咙毛孔甚至心肺全都最大弧度打开，有种任督二脉被打通的感觉时，再来一碗冰粉或者冰镇酸梅汤，整个人就变得彻底通透，别提有多畅快和难忘了！

妻子说，原来"伤心凉粉"就是辣得伤心啊。

岂止是辣得伤心？简直是辣得触目惊心！以至于这么多年过去了，当时的场景如同放电影，就在眼前。

也正因为如此，每一个吃过这碗凉粉的人，都记住了它独一无二的名字，也记住了龙泉山下那个叫洛带的古镇。后来我向山西来的诗人朋友张二棍介绍这座古镇时，煞有介事地端出这碗凉粉，然后不容置疑地告诉他：认识洛带，必须从一碗凉粉开始。

美食能拉近人与人之间、人与物之间、人与地理之间，甚至人与空间和时间的关系。中国人说到吃，脱口而出便是"民以食为天"，从孔子"饮食男女，人之大欲存焉"，到《尚书·洪范》八政之首曰食，千古农耕为饱肚，人们历来把吃饭当作头等大事。从茹毛饮血的原始人，为了一口吃的，长时间远距离游荡在大地上，到人类慢慢驯养动植物来保证肚皮不挨饿，再到温饱之余有了精神娱乐审美需求，唱歌跳舞酿酒祭祀都离不开吃。"上苍保佑那些吃完了饭的人民""上苍保佑有了精力的人民"，张楚如是在歌中感叹"吃的艰辛"。

二

现在，对眼前这碗凉粉和卖这碗凉粉的老板而言，仿佛又回到了它和他的出生地。老板姓陈。他说他的祖上是"湖广填四川"时从广东一带跋涉而来的客家人。

原来一碗"伤心凉粉"的背后，是一路的艰辛。

客家是一个古老的民系。客家这一称谓，源于东晋南北朝时期的"给客制度"及唐宋时期的"客户制度"。移民入籍者皆编入客籍，而客籍人遂称为客家人。客家人作为汉族的分支，是汉族民系唯一一个不以地域命名的民系，在世界上分布范围广阔，也影响深远。

郭沫若曾在《我的童年》中写道："我们的祖先是福建移来的，原籍是福建汀州府宁化县。"据考证郭沫若祖先原居福建宁化县龙上下里七都，即今宁化县石壁镇石壁村。1939 年，郭父去世，他在《德音录·先考膏儒府君行述》一文中自述："吾家原籍福建，百五十八年前（即乾隆四十六年，1781 年），由闽迁蜀，世居乐山县（今乐山市）铜河沙湾镇。"那个时候段，正是"湖广填四川"移民潮的后期。

客家先民始于秦征岭南融百越时期，至宋逐渐南迁的汉人在赣江、汀江、梅江冲击而成的三江平原上形成了客家民系，发展成了赣州、汀州、梅州、河源、惠州、韶关、深圳等客家主要聚居地，成为汉族八大民系中重要的一支。为与当地原住居民加以区别，这些外来移民自称是"客户""客家""客家人"。

历史上，客家曾有六次大规模南迁，其中第四次迁徙，发生在清兵进至福建和广东时，客家节义之士举义反清，失败后被迫散居各地。有的随郑成功到了台湾；有的向粤北、粤中、粤西搬迁；有的到了广西、湖南、四川。经过 200 多年的发展，赣闽粤边区的客家人，人口大增，而当地山多田少，耕植所获不足供应，乃思向外发展。适逢清政府于康熙年间发起"湖广填四川"的移民运动。据统计，全球约有 8000 万客家人，其中约 5000 万人分布在广东、江西、福建、广西、四川、海南、湖南、浙江、香港、澳门、台湾等地的 180 多个市县，约 3000 万人散居在泰国、马来西亚、印度尼西亚、新加坡、日本、美国、加拿大、巴西、英国、法国、荷兰、德国等 80 多个国家和地区。孙晓芬的《四川的客家人与客家文化》一书称，现在四川定居的客家人有两百余万，在"湖广填四川"的移民潮中，客家移居四川的人数，占当时总移民数的第二位。

厘清这段历史，我忽然又有了新的发现和疑问。那就是，在"湖广填四川"这场影响清代四川历史乃至今日四川民情文化的移民运动，无论是官方还是当事人，他们用的不是"移"字，也不是"迁"字，而是一个"填"字。

一字之别的背后，到底又有着怎样的逻辑？

这不能不说汉语的神奇与伟大，在强调表意功能的同时还能强调状态和程度。"移"和"迁"的字面意思都差不多，"迁徙""转移""挪动""改变""转变""变动"，仅表示移动状态，而没有字面意义背后的为什么"移"或"迁"。但"填"字却不一样了。"填"的字面意思是"把空缺的地方塞满或补满"，如填塞、填补、填充、填空。很显然,需要"填"的地方出现了巨大缺口或亏空。

循着这样的逻辑,我在清人魏源的《湖广水利论》中,终于看到这场声势浩大、影响深远的移民运动由来:"当明之季世,张贼屠蜀民殆尽,楚次之,而江西少受其害。事定之后,江西人入楚,楚人入蜀,故当时有江西填湖广、湖广填四川之谣。"

熟悉历史的人都知道,明末清初,四川经历了旷日持久的兵燹之灾。从崇祯六年(1633年)张献忠首次入川攻克夔州等地算起,到康熙二十年(1681年)清军平定吴三桂叛乱,战乱前后达半个世纪之久。其间,政权更迭频繁,全川狼烟四起,生灵涂炭,十室九空。比起战乱逃亡更严重的是洪水猛兽、大旱饥荒以及"大头瘟""马眼睛""马蹄瘟"等瘟疫横行,种种天灾人祸也接踵而至,到康熙时期四川人口仅剩九万余人(也有史料称剩几十万人)。

这个数字的背后,代表着曾经千载繁荣的四川,彼时经济、社会、民生已极度凋敝。其中最为典型的是,曾在唐代杜甫笔下"锦城丝管日纷纷,半入江风半入云"、有着"扬一益二"称号的锦官城成都府,"所属州县,人烟断绝千里,内冢白骨亦无一道存"(孙錤《蜀破镜》卷5)。康熙初年,四川巡抚张德地由广元入境赴任,"沿途瞻望,举目荆榛,一二孑遗,鹑衣菜色",往昔田园,尽皆荒芜。每每"行数十里,绝无烟爨","及抵村镇,止茅屋数间,穷赤数人而已"。后来,他由顺庆(今南充市)、重庆而达泸州,溯流而上,"舟行竟日,寂无人声,仅存空山远麓,深林密箐而已"。川东各州县,"或无民无赋,城邑并湮;或哀鸿新集,百堵未就。类皆一目荒凉,萧条百里,惟见万岭云连,不闻鸡鸣犬吠",完全是一派荒芜景象,表里山河没一块完整、干净、平安的地方来安放一张小小书桌。

雪上加霜的是，由于"数年断绝人烟，虎豹生殖转盛"，四川"遍地皆虎"（欧阳直《蜀乱》），虎患严重到"古所未闻，闻亦不信"。史料记载，彼时南充县（今南充市）"群虎自山中出""县治、学宫俱为虎窟"（嘉庆《南充县志》卷6）。北周年间因盐设县的富顺县，虎豹"昼夜群游城郭村坞之内"，"遇人即攫，甚至突墙排户，人不能御焉"（乾隆《富顺县志》卷5）。往日四川经济社会的中心成都一带亦无例外。位于今天成都正府街的华阳县衙，时常有老虎、豹子公然在堂内堂外大摇大摆闲逛，别说有人击鼓喊冤了，自从县太爷和衙役被叼走几个后，再没人敢来衙门办公了。春熙路附近的"震旦第一丛林"大慈寺一带，也是虎啸丛林。《蜀龟鉴》作者刘石溪对此做过一个估计：川北、川西"死于瘟虎者十一二"，川东、川南"死于瘟虎者十二三"。四川"农业尽废""米珠薪桂""斗米数十金"。

水旱使"天府之国"又一次陷入了困境。

三

这样的灾难，四川历史上曾无数次上演，十室九空的惨烈大悲剧，明末清初时期竟然高达三次。

创造了三星堆、金沙等冠绝古今、灿烂辉煌文明的古蜀先人，还有多少土著后人留存至今？历史的风烟从来给不出答案。

对于当时的统治者而言，自秦灭巴蜀以来，最好的办法、也是唯一的办法，就是通过大移民来填补人口的巨大窟窿，从而重新升起平原丘陵的袅袅炊烟，恢复残败凋敝的民生。因为人口就是生产力，靠鸡生蛋的方式繁衍人口，再等娃长成劳动力，不仅慢如蜗牛，而且所剩人口基数太小，对等待耕种的广袤田地来说无异于杯水车薪。

康熙七年（1668年），四川巡抚张德地在一道奏折中提议迁湖广人士填四川："查川省孑遗，祖籍多系湖广人士。访问乡老，俱言川中自昔每遭劫难，亦必至有土无人，无奈迁外省人民填实地方。所以见存之民，祖籍湖广麻城者更多。然无可稽考，亦不敢仿此妄请。"（《明清史料丙编》第10本《户部题本》康熙七年十一月十六日）就在同一道奏折里，张德地还提出了更为具体的移民措施，他说："各州县人民，虽册籍有名，而家无恒产，出外佣工度日之人，准令彼地方查出汇造册籍，呈报本省督抚，移咨到臣，臣即措处盘费，差官接来安插。"并解释说，这种无业无产的游民，在他省是累赘与肇乱的包袱，到川省业农，由无产而有产，自为良民。"在于蜀省，（由）无人而有人，渐填实而增赋税，一举两得，无逾于此。"魏源所述"湖广填四川"的"填"字，就从这里而来。

这一个"填"字的来源，成为整个清代"湖广填四川"移民运动政府宏观调控手段的理论依据。

在这之前近两千年的四川历史上，移民浪潮就从未断过。蜀地有史可查的最远移民潮，出现在公元前314年秦惠文王时期。往日僻静的蜀道上出现了一批又一批的长途跋涉者，他们之中，有秦国相邦吕不韦，有富可敌国的赵国卓氏（卓文君的先祖）、鲁国程郑，也有一些衣衫褴褛、戴着镣铐的罪犯。这些身份不同的人背井离乡赶往蜀地，强大的秦国令他们不得不走在了一起。秦国名将司马错灭巴蜀，将水土丰饶、百姓富足的巴蜀作为大后方，为秦王朝的统一提供充足钱粮。巴蜀灭亡后，如何改造巴蜀？秦人立蜀侯为傀儡，是为政治改造；筑造成都城，是为军事改造；延续时间最长、最兴师动众的则是经济改革。移民，便是为经济改革服务的。基于此,秦惠文王一纸令下:六国王公贵族、地主富贾,与秦人为敌、不守法纪者,举家迁徙至蜀;秦国国内作奸犯科者,流放至蜀。秦惠文王死后,他的法令被子孙延续下来,一直到秦始皇时代,持续近一个世纪的迁徙,数以万计的移民,形成了巴蜀历史上第一次大规模移民浪潮。

此后的秦末汉初、宋末元初、元末明初、明末清初,几乎每一次改朝换代,四川地区无不是依靠移民来唤醒土地上的烟火气,来恢复旧日的辉煌。崎岖险峻的蜀道上,终日可见衣衫褴褛的迁徙队伍,原本人烟稀少的蜀道彼时成了一条繁忙的交通要道。

从这点来看,马背上得天下的清政府,制定的恢复四川农业生产、经济社会发展的政策"三板斧":招抚流亡,移民实川,鼓励屯垦,倒也跟秦惠文王的法子如出一辙。

然而,蜀地遥远,蜀道艰险,这一路走来,又岂止是一碗凉粉的伤心?

据现存资料记载,声势浩大的大移民运动是从康熙中叶开始的,以湖广籍移民为主体,从东、南、北三个方向纷纷涌入四川定居,并沿江河通道形成浸润式分布的格局,前后绵延达一两百年。

以清代的交通状况而论,从东路而来的移民,主要以湖北宜昌为集散地,分水、旱两路入川。水路溯长江而西行,经巴东、巫山、奉节、云阳而达四川万县(今重庆市万州区)。但水路费时费财,且沿江道路崎岖险峻,匪患时有,非人多势众者莫取,因而主要为贩货入川的商人或携家迁徙的士族所采纳,更多的贫苦百姓则沿旱路入川。

旱路由宜昌过江西行,经野三关、恩施、利川,再北上过江至万县。抵达万县之后,即可一路西行,经梁山(今重庆市梁平区)、大竹、渠县、南充、蓬溪、射洪、金堂而达成都。由南路入川的移民主要以贵州铜仁、思南、湄潭（今属遵义市）三地为集散地，并由此形成三条线路。由北路入川的移民主要以陕西汉中、紫阳两处为集散地，分为东、西两路。东路由紫阳翻大巴山经城口、万源、东乡、达州、渠县、广安、合川而达重庆；西路则由汉中翻大巴山经广元、剑阁、绵州而达成都。清代初年，西路曾由昭化沿嘉陵江而下经阆中，再西折经三台、金堂而达成都，以避剑门关之险。同时也可由阆中继续沿嘉陵江而下，经南充、合川而达重庆。

这一路走来的艰辛，被作家罗伟章写进其长篇小说《谁在敲门》的后记里：

也不知历经几世几劫，在某个晴朝或雨夕，一行人拖家带口，从大巴山扑去的方向，疲惫地走来。这是明洪武二年事，湖湘民众"奉旨入川"。老君山被母亲遗弃，而今又迎来母亲奔赴地的子民。这群人若再坚持一下，就能走到沃野千里的成都平原，到不了成都，至少也能走到有小成都之称的开江县——那只需再翻几座山，再渡几条河即可，但他们太累了，不想再走了。于是止步息肩，安营扎寨，斩荆伐木，寒耕暑耘，鸡鸣和炊烟，捧出一带村庄。村庄卧于老君山的肚脐眼，也像肚脐眼那样小，小到失去了方位，你可以说，村庄的南方坐落在北方，东方坐落在西方。可它竟叫了千河村。这名字让人遥想：先民所来之地，定是水网密布，河汉纵横。他们被迫离开故土，就把故土的名字打进行李，落脚后又含进嘴里。不仅如此，给孩子取名，也大多含"水"，江、河、湖、海，喊一声，到处都应。事实上，那整片地界，既无江也无湖，自然更没有海；河只有一条，需站到村东黄葛树下，目光沉落至900米深处，才能见到那条瘦弱的飘带，随山取势，弯弯绕绕，绕到天尽头。

四

陈老板的伤心凉粉，据说是洛带古镇上"最为伤心"的凉粉。尽管这"伤心"并非其祖上"湖广填四川"时一路走来的艰辛，我更相信妻子所言，是他家的辣椒比其他家的辣椒更辣的缘故。同样是移民后人做出来的凉粉，同样也是四川凉粉里的佳品，广元、南充等一带叫川北凉粉，但只有在洛带，凉粉才被冠以"伤心"的名号。

关于凉粉的起源，有人考证其最晚出现在宋朝。宋人孟元老的笔记体散文《东京梦华录》中，记录当时的北宋都城汴梁就有"细索凉粉"。当然，凉粉出现的确切时间似不可考，但伤心凉粉的来历却是有板有眼。一说是在"湖广填四川"的移民浪潮下，客家人举家或举族千里迢迢、历尽艰辛迁徙到四川，安顿下来后，一口一口吃着祖传的凉粉，忆起跋涉之苦，想起病逝离散的亲人，不由得悲从中来，泪湿衣衫，手里的碗，因此而变得沉甸甸的，吃进嘴里的凉粉，也混合了泪的苦咸，所以叫"伤心凉粉"。另一种说法则更加动人。被誉为"田边地头、锅边灶头、针尖线头"的客家妇女，在一家大小都进入梦乡后，她还独自一人在磨坊里磨豆做凉粉，磨着磨着，眼泪便扑簌簌地掉下来了。混合了泪水做成的凉粉，当然就是"伤心凉粉"了。

不管哪一种说法，这个名字都会让人觉得非常奇怪。因为对于美食而言，店家都希望取一个吉利又讨彩的好名字，比如"红烧狮子头"；又如成都一家"苍蝇"馆子，给泡菜取名为"迟来的爱"，成为顾客最"爱"。但在龙泉驿作家凸凹看来，美食要有文化，就得编故事。他认为，"伤心凉粉"不过是从内江来的客家商人编的一个故事，只是这个故事无论哪个版本，都抓住了人们的好奇心，从而用悲催"逆袭"了中国人的惯性思维，成功使味道"出圈"。

尽管如今陈老板已搬离游客必打卡的广东会馆，但"伤心凉粉"已成为洛带最有名的一道小吃，也成为成都甚至中国知名度都很高的一道名小吃。游客到洛带，必吃一碗"伤心凉粉"。当然，在成都，在四川，在中国，也只有洛带的凉粉叫"伤心凉粉"。

这碗能让一个镇因"伤心"而闻名的凉粉，又有着怎样的"逆袭"之路呢？

事实上，在客家人到来之前，洛带古镇就已在龙泉山下安营扎寨了。作为国家级历史文化名镇、成都"东山五场"之一，洛带古镇最早在三国时就成街，名为"万福街"。后诸葛亮兴市，更名"万景街"，在宋初已成为地区性集镇。其得名也有两个美丽的传说。一说三国时蜀太子刘禅在镇上玩耍，为捉鲤鱼而不慎将玉带掉入八角井中，故得名"落带"；还有一种说法，此地有一条"天落之水状如玉带"之河，故称"落带"，后逐渐简化，约定俗成"洛带"。史料中，"洛带"二字最早见于唐末五代人杜光庭《神仙感遇记》所载"成都洛带人牟羽矣"，说明"洛带"之名成于唐末以前。

沧海桑田。如今的洛带古镇，与四川其他古镇的最大不同之处，在于洛带是一个客家文化的川西遗存，是成都近郊保存最为完整的客家古镇，被誉为"中国西部客家第一镇"，镇上的居民大约有九成是客家人，客家人之间交流使用的是客家话。毫无疑问，他们能来到四川，是"湖广填四川"移民运动的产物。但细考客家人的入川移民史，却意外发现，这个移民群体的大规模来川时间，不是发生在清政府前期施行鼓励移民入川政策的时间段，而是在四川经济业已恢复、人口业已充裕、政府已经开始限制流民入川的情况下，他们仍冲破重重阻挠来到四川。这似乎带有几分冒险和"趋利"的性质。

对闽粤客家人入川求富的心态，雍正十一年（1733年）广东龙川县往川的客家人告帖曾对此进行了淋漓尽致的描述：

往川人民告帖

字告众位得知：我等前去四川耕种纳粮，都想成立家业，发迹兴旺，各带盘费，偕同妻子弟兄安分前行，实非匪类，并无生事之处。思得我等祖父因康熙三十年间，广东饥荒逃奔他省，走至四川，见有室闲地土，就在四川辛苦耕种，置有家业。从此回家携带家口，随有亲戚结伴同去，往道来贸易，见四川田土易耕，遂各置家业。从此我等来去四川，至今四十余年，从无在路生事，亦无在四川做下犯法事情遗累广东官府。近来不知何故，官府要绝我等生路，不许前去。目下龙川县地方处处拦绝，不容我等行走。思得我等若人少，他们必不肯放我们，亦不敢同他争执。但是我等进生退死，一出家门，一心只在四川。阻拦得我们的身，阻拦不得我们的心肠。况且我们去了四川，并不曾抛荒了广东田土，减少了广东钱粮。

我等各自谋生都在朝廷王土，并不是走往外国，何用阻拦……总之，我等众人都是一样心肠，进得退不得。

——《宫中档雍正朝奏折》第22辑，雍正十一年九月初九日杨永斌折这份告帖，实际上是一份宣言书。它向世人宣告其入川的目的就是"想成立家业，发迹兴旺"。他们不是逃荒的难民，而是"各带盘费"的朝廷良民。写告帖是为了冲破地方官拦阻，集众拼力往川。当时闽粤客家人地区流传着一种说法，"川米二钱一石，肉七文一斤"，在"川省浮于地，闽粤满于人"的情况下，四川无疑是闽粤客家人心目中的天堂，吸引无数"村民竟有变产欲去者"。闽粤地方官的结论是：闽粤客家人之所以不听从地方官的"再四劝谕"，是因为听信了"川地米肉多贱于粤"以及"川省地土膏腴，易致富足"的诱惑所致。

不论闽粤客家人是重利求富而入川，还是因其他原因而入川，大量的移民涌入，人口的猛增，推动垦殖，使耕地面积日益扩大。在普遍的小农经济和典型的大户经济相互影响、相互融合的过程中，乾隆年间，四川的场镇经济得到了较快的恢复和发展，一些流动人口较多的场镇，按移民的原籍文化传统，建立起同乡（同籍）互助的会馆组织，并与邻省的移民会馆展开不同风俗的文化竞赛，场镇经济呈现出多元化发展的态势。一批重点城镇很快成为政治、经济、文化的中心。成都、重庆是最大的两个多元化的中心，自贡、内江则分别是最大的盐业经济中心和糖业经济中心。

因大量经济性移民的客家人涌入，曾经在闽、粤、赣等省普遍存在的"土客对立"现象，在四川更多地表现为"会馆并立"现象。清代四川的会馆遍布城乡各地，数量之多为全国之冠。仅在洛带一镇，就有广东会馆、江西会馆、湖广会馆、川北会馆和客家博物馆等，形成了具有四川地方特色的乡土文化，是中国古代建筑"大观园"中的一朵奇葩。洛带古镇四大会馆生动演绎了内涵丰富的客家文化，具有极高的艺术价值。诞生"伤心凉粉"

的广东会馆是全国保存最完好、规模最宏大的会馆之一,其风火墙建筑风格在四川少有;江西会馆在整体布局和建筑美学方面都颇有价值;湖广会馆较完整地反映了湖广移民的创业和社会生活;川北会馆则集中反映了川北移民的社会生活,其尚存的万年台,是成都地区会馆建筑中唯一保存较为完整的。

五

一碗"伤心凉粉"的背后,又岂止是一条路的伤心。

"湖广填四川"最直接的结果,不仅使曾经富足安逸的天府之国又回来了,更铸就了一个经济上十分活跃、政治上相对宽松、文化上兼容并包的新型"移民社会",它对清代以后四川历史的发展,奠定了非凡的文化根基。

随着移民到来的,除了人,还有新的农作物、生产经验和耕作技术。高产粮食作物红薯、玉米、马铃薯的引种,全面缓解了川人食用、饲养,甚至酿酒用粮的压力,为社会经济的全面恢复奠定了基础。沱江流域的甘蔗种植和榨糖业,得益于清初福建移民引入的甘蔗种植和制糖技术,获得了新的发展。而长江流域的甘蔗种植与榨糖技术的引入,则与广东移民有关,此后沿江发展,泸州、江津、江北等地皆有种植。烟草在明代时四川就有人种植,后因战乱遭到破坏。康雍乾三朝闽粤客家移民,将烟草再次引入四川,推动了四川农村烟草种植与制作。

六

一碗"伤心凉粉"的背后,又岂止是一道菜的伤心。

今日名扬天下的川菜，因为辣椒随移民的到来，川菜从此有了灵魂。历史上古典川菜的主要特征有三个：其一是臭恶犹美，即喜食腐臭的食物，其二是尚滋味、好辛香，其三是在食物烹调中喜用蜜。三个特征中只有第二种被一直保留。"尚滋味"一是指爱好多种味道，二是指尚特味。早在西周时古蜀国所产的茶和蜜中，就可以看出四川饮食习俗中所体现的"尚滋味"这一点。"好辛香"则主要是指历史上四川饮食中花椒、姜、食茱萸等调料的大量食用。有研究表明，唐宋时期的四川饮食风味以麻和甜为主，明清以前四川饮食文化贯穿的一条主线是"尚滋味，好辛香"。随着清中后期辣椒的传入，逐渐统一为"尚滋味，好辛香"的四川食俗。

辣椒在明代末年传入中国，最早用作观赏植物和药物，随着湖南、湖北的移民进入，辣椒才来到了四川。今天川菜麻辣鲜香的风味也是在"湖广填四川"的基础上形成的。湖广籍移民长于"红烧"和北方移民长于"火爆"的烹饪方式传入四川，才有了红烧肉、宫保鸡丁等菜肴。现代川菜中的麻婆豆腐、水煮牛肉、回锅肉等集中出现在清代中后期，这主要是各省移民进入后将各地烹饪方式融为一体的结果。

跟"伤心凉粉"的故事一样，被誉为川菜第一名菜的回锅肉，就是清初"湖广填四川"的移民们发明的菜肴。清初之际，背井离乡填川而来的移民们，每逢年节都要煮肉祭祖。祭过了，东西不能浪费，肉汤里下点萝卜白菜，肉块切片回锅快炒，就成了一道美食。

虽然"回锅肉"的诞生是不是"湖广填四川"移民带来的还众说纷纭，无证可考，但另一道巴蜀人都非常熟悉的调料——郫县豆瓣，它的诞生就与移民浪潮有着撇不开的关系。清咸丰年间，郫县（今郫都区）城南街的益丰和豆瓣作坊老板突发奇想，将鲜辣椒加入豆瓣酱。在此之前，传统豆瓣酱是没有辣椒的。意想不到的是，放了辣椒的豆瓣酱格外可口，酿造出的辣椒豆瓣酱，不放任何香料却香味醇厚；不用任何油脂却油亮爽润；不加任何色素却光泽美观。郫县的辣椒豆瓣酱，从此成为川菜最重要的调料。

文化总是在交融中传承与发展。"湖广填四川"移民将各地各民族不同的饮食习俗带到四川的同时，移民自身饮食习俗也在当地的影响下，慢慢发生着变化。这种饮食习俗的融合变化，在迁居四川的客家人身上，同样体现得淋漓尽致。客家人由于原多居于山高水冷、地湿雾重地区，故多用煎炒，少食生冷，菜肴有"鲜润、浓香、醇厚"的特点。但在迁居四川后，这些客家人的饮食也开始发生了变化。在客家人聚居的成都洛带古镇，客家人的特色饮食以麻辣为主，以客家家常菜酿豆腐为例，传统的客家酿豆腐在煎炸后放入葱花、香油等焖煮至熟，洛带客家人则是加入八角、五香、辣椒等进行焖煮。最为典型的，就是那个辣得人双脚跳、吃得人"伤心落泪"的伤心凉粉。

七

一碗"伤心凉粉"的背后，又岂止是一个词的伤心。

如今已 109 岁高龄的文化巨匠马识途，1997 年在重庆直辖后的重庆市作家协会成立大会上说："川渝自古一家亲，分开的是行政区划，分不开的是血脉亲情，我们都在同一种方言下写作！"马老所说的方言，就是四川方言。

语言是文化的重要表现形式。历史上大规模的移民运动，除了政治、军事和经济方面的诸多影响外，还有一个重要的影响——语言文化上的渗透。现代四川方言，就是流行于巴蜀地区的蜀语与湖广为代表的移民方言融合的产物。

比如"邋遢"，四川人说"邋里邋遢"，"邋遢"此词及义项在宋代汉语中已常见，今还见于江西南昌、星子、武宁、袁州、樟树、新干、抚州、南城、黎川、景德镇等大部分地方，及湖北咸宁、赤壁、大冶、通城、通山、崇阳，湖南平江、洞口、耒阳等地的赣方言中；亦见于湖南长沙等地的湘方言，湖北武汉等地的西南官话，上海、江苏苏州等地的吴方言。

又比如"老几"（四川方言：什么人、什么东西，有蔑视的意味），指人、家伙（不太尊重人的说法），见于南昌、抚州等地的赣方言中，亦见于湘方言、湖北武汉等地的西南官话中。

再比如"肋耙骨"，指肋骨，见于江西南昌、湖南醴陵等地的赣方言中，亦见于湘方言、客家方言、四川成都等地的西南官话中。

漫漫入川移民路，一路走来的艰辛，也催生了许多令人辛酸的"新词"。最典型的莫过于"解手"。对于上厕所，川人有叫"改手""解手"，又叫"上茅房"。关于"解手"的历史传说，目前为止，有两个说法影响比较大：一是明初山西洪洞大槐树移民说；二是清初"湖广填四川"说。两个传说的主要内容大致都差不多：由于移民迁徙路程漫长，途中有人逃跑的情况时有发生，朝廷便派人强行押送，为防止再逃跑，便想出用绳子把一个一个移民的双手拴住的法子，像牵蚂蚱一样牵着前行。途中有人想上厕所，就得请随行官兵帮忙解开绳子，等到方便完后，再让他们重新绑上。慢慢地，次数多了，"解手"就演变成了上厕所的代称。

顾颉刚先生曾对此做过一番考证。前文谈到清政府"湖广填四川"的三板斧政策是：招抚流亡，移民实川，鼓励屯垦。顾先生考证认为，最初的"招抚流亡"实际效果并不理想，清廷不得不强行遣返在外地的四川流民，这些人许多不愿再回去，于是清廷便用武力押送回去；有一些是到了四川又逃回去的临近省份移民，为的是偷吃移民三年不用交税的"政策红利"；还有的是作奸犯科之人被充作移民。凡此种种，被迫迁徙者，皆用绳子捆绑，一个牵制一个前行，如果有人想要方便，就会对押送的官兵说："报告大人，请把我的手解开，我要尿尿（或我要拉屎）。"时间长了，移民把报告语简化成"我要解手"。后来，移民到四川的湖广人，就把方便说成"解手"。四川话发音奇特，把"解"（jiě）的读音发成 gǎi（改）。所以，四川人把上厕所就说成解（改）手。

如果说这些方言词语的来历不乏民间演义之说，那么移民带来各自家乡的语言却是不争的事实。民国《大足县志》载："清初移民实川，来者各从其俗。本县语言旧极复杂。凡一般人率能操两种语言：平时家人聚谈或同籍交谈，用客家话，曰'打乡谈'；与外人交接则用普通话，远近无殊。"民国重修《安县志》说，前清时县属民皆由各省客民占籍，声音多从其本俗。安县就有广东腔、陕西腔、湖广宝庆腔和永州腔。民国《三台县志》说，三台有宝庆乡谈和广东土语。

在四川方言形成的过程中，川剧也伴随着"湖广填四川"的步伐而产生、定型。川剧原是流行于四川和云南、贵州部分地区的戏曲剧种，伴随清初移民实川，外省地方戏曲的声腔——昆腔、高腔、胡琴、弹戏与四川民间曲调灯戏相融合，在长期发展中逐渐采用四川方言念唱，异源合流，同台演出，相互影响，共融共生，后来统称为川剧。川剧的五大声腔正是在这样的融合发展中，为适应南北移民的文化需求以及其审美情趣、欣赏习惯而同台演出并逐步综合为一的。

值得一提的是，清代四川的会馆和茶馆的兴盛，为四川方言、戏曲等口头语言艺术的产生、传播提供了最重要的场所。如今在川渝地区家喻户晓的巴蜀笑星李伯清，几十年来还保留着赶场（这也是一个移民方言词语）的习俗，他最常去的就是"水陆要冲"双流彭镇老茶馆，与老茶客们喝浓茶、抽叶子烟、摆龙门阵（四川方言：闲聊）。说是体验生活，其实是向民间老百姓学习"语文"。而他走上散打评书之路的发迹之地，就是被称为川剧戏窝子的百年老茶馆——悦来茶馆，也就是正在改扩建中的锦江剧场（又称成都川剧艺术博物馆）。

八

有人说，甜的味道是妥协，只有辣才会有悲伤的往事。时光匆匆，当年走过的路、翻过的山、蹚过的河，陈老板和他的先辈，谁也记不得路边香樟树的眼神。但无论你站在洛带的哪个会馆、哪家书院、哪个店铺，甚至是客家土楼的屋檐下，在你站立的地方，只需来一碗"伤心凉粉"，一条路、一道菜、一个词、一声腔调，就会和你不期而遇，在你伤心落泪的瞬间，仿佛又回到了出生地。

所以我说，认识成都，认识洛带，还得从这碗"伤心凉粉"开始。

2023年2月28日于成都三学堂

明轩记

  我一直在想，已经远去的民国到底有啥风情让人迷恋躺平？是油纸伞、青石板上丁香一样惆怅的雨巷？是长亭外、古道边问君此去几时回的才子佳人？还是颠沛流离中无问西东静坐听雨的大师与莘莘学子？抑或被阻隔在天之涯、地之角喟叹今宵别梦寒的长衫旗袍？是，或者又不全是。

  直到站在安仁明轩公馆那长方形天井下仰望天空的那一刻，我忽然发现，对一个时代的追忆，不仅仅是作家阿来所说的"以文记流年"，也不仅仅是跨越山海的怀旧与销魂，而是这些承载历史基因、引领时代潮流的老公馆，并且也只有这些属于民国的经典建筑才能留存民国特有的记忆与人文习俗，让每一个踏进门槛的人莫不低头抚摸旧时物语。

  事情往往就是这样。此前的很多年里，或者说我到成都的这20多年里，因为这样或那样的原因，曾无数次走进安仁镇，也曾无数次在比明轩公馆排面更大、院落更深的各个公馆里进出，但能生发出这样的感慨和明悟，却是在这个只有400余平方米的建筑里。那是一个初冬的下午，重新改造后的明轩公馆还没有正式营业，因为一缕阳光的引领，我拐进了这座位于树人街上的公馆。

与刘氏庄园那些独门独户的公馆不同，从树人街上看过去，要不是门楣上黑底白字的明轩牌匾提示，还以为和旁边的店铺一样，瓦屋木房，斑驳门窗，没啥特别。但一走进这座三进两院落的老公馆，你就会发现里面别有洞天。

掩藏在朴素木门后的是中轴线走廊，将前院分隔为左右两个狭小的小院。据说以前走廊两边摆满了上千册书籍，现在是一排长长的民国风情花玻彩窗走廊，在灯光和木质门框的切割下，宛如光之门，也如时间长廊，穿越其中，就与现实的喧嚣隔离，进到民国月白风清的部分。触目所及，除了民国标志性的玻璃画风，斑驳的书柜、复古的家具、陈旧的青灰地砖以及天井院落、花台轩窗、斗拱亮瓦，交错的时代光影，仿佛时间倒流回到了民国时期。每走一步，属于民国的代入感就进一步。

越往里走，越能体会欧阳修为何喜欢"庭院深深深几许"。一进长廊之后是天井，因为公馆两边紧邻别人的房屋，所以这里的天井不是刘文彩庄园里随处可见的四方天井，但再局促的空间，天井作为深深庭院的标配却是不能少的。这个连接一进长廊和二进后院的过渡天井，是长方形的，一块砖或者一本书在屋顶的天空中开出的长方形。尽管天空蓝得空无一物，但谁能保证在过去的岁月里，站在这里仰望的人不曾见过大雁、飞机、雨滴、闪电、月光和乌云？

二门门额上刻有"居仁由义"四字，字是厚朴的隶书体，没有落款，无从考证是何人所题，导游说这体现了主人"忠、礼、仁、义"的传统伦理观念。这个恰好是最有意思的地方。"居仁由义"这个成语出自《孟子·尽心上》："居仁由义，大人之事备矣。"陆游《老学庵笔记》卷三："……居仁由义吾之素，处顺安时理则然。"意思是内心存仁，行事循义。如果仔细考察《孟子·尽心上》完整所载,居仁由义,孟子更强调正义,养浩然正气,正义是安身立命的前提。

说到这里,我们有必要先来说说"公馆",按照《礼·杂记上》所载:"公馆,君之舍也。"一指离宫别馆;二指宫室;三指公家馆舍;四指住所;五指诸侯宫室或离宫别馆;六指仕宦寓所或公家馆舍;七指官僚富人的住宅。古时能够称之为公馆的,唯有王侯将相的离宫别馆。直到近代,公馆一词才延伸至官宦富家的住所。中国近代的公馆建筑,起源于 19 世纪末的上海,在 20 世纪 30 年代达到全盛。彼时,政商界的名流在因缘际会下涌入申城,兴建了形形色色的洋房公馆。民国时期,不少地区的贵胄大商之家宅,莫不以公馆为名。比如上海有名的杜公馆(杜月笙)、白公馆(白崇禧)、黄公馆(黄金荣)。公馆代表着中国的高端建筑形式、前沿居住模式、奢华生活方式,也聚集着中国当时的精英人群。何况中西合璧的风格,建筑本身就是一段民国故事。

自然而然,这股建筑的民国风很快就刮到了成都平原上的安仁小镇。这座始建于唐朝的古镇,之所以成为今天中国唯一以文博立镇的"中国博物馆小镇",与清初时由安徽徽州移民入川的刘氏密不可分。刘氏一族,经过乾隆年间的兴盛后,终在民国初年崛起。据不完全统计,民国时安仁刘氏所出的县团级以上军政官员有近 50 人。"三军九旅十八团,营长连长数不清",说的就是当时刘氏家族的盛况。安仁刘氏中有较大影响力的,一个是大地主刘文彩,一个是国民革命军第 24 军军长刘文辉,还有一个是第 21 军军长刘湘。

正是有他们带头,安仁才有了数量庞大的公馆群。从民国十五年(1926 年)起,刘湘及其弟刘成章、刘自强会同一些乡绅在安仁古镇修建公馆、宅院、花园等，建成新街一条，取名中心街。民国二十七年（1938年）起，以刘文彩为首的刘氏兄弟和一些地主豪绅，在安仁古镇同庆茶楼附近修建公馆、宅院、洋楼等，建成新街一条，取名维星街。毫无疑问，公馆就是他们身份地位的建筑确认。

彼时，安仁镇上的建筑，原本是典型的川西民居。这种看上去乡土气息浓郁的民居，虽不同于北京之贵、西北之硬、岭南之富、江南之秀，但朴素淡雅，既讲究天人合一的自然观与环境观，也体现在住宅布局中的开敞自由，其基本组合单位是"院"，即由一正两厢一下房组成的"四合头"房，四川人称之为"院子"。于是乎，在辽阔的川西坝子上，只要有一簇竹林的地方就有一个院子，这种因地制宜、就地取材、开敞通透的住宅，无论青砖瓦房还是茅草房，既是老百姓的安身立命之所，也是鸡犬相闻的人间烟火，院里院外都是自然的一部分。

但作为贵胄的公馆却与普通的民居不一样。虽然这些公馆以中西结合为主，既继承了川西民居的建筑形式，又借鉴了西方的建筑手法，整体看上去庄重典雅又朴实飘逸，但无一例外的围墙拉开了与院子的距离。作为公馆标配的围墙，将中西合璧的建筑围得严严实实，既阻隔了自然界的"穿堂风"，也阻隔了世俗生活的烟火气息。公馆里的人和事虽然在高墙里隐身，但也拉开了与大自然对话的距离，所以那些深深庭院中的闺怨中人，既无计把春留住，也"泪眼问花花不语"，唯有叹息"乱红飞过秋千去"。但在男权主义的社会里，正是这一道围墙的距离，才能凸显他们社会上层人士的身份、地位、权利、财富和荣耀。

正是如此，也就不难理解眼前这个公馆的主人，也就是叫高明轩的一个上校处长为何要修建这个公馆了。前面说过，安仁民国时期所出的县团级以上军政官员有近50人，其中就包括高明轩。公开资料能找到他的介绍并不多，只知道他是大邑县安仁镇革新村人，生于1901年，死于1949年，这座公馆是他1945年开始兴建至1947年建成。曾任四川雷马屏城屯殖司令部上校军需处长、四川盐源县白盐井场长。其兄高泽涵，曾任国民革命军第24军62团团长。也就是说，兄弟二人都曾在刘文辉手下当兵，而且都是上校军衔，看上去算得上达官贵人了。但在有"三军九旅十八团，营长连长数不完"之说的安仁来说，这就如同公馆没有独立而居的门面一样，算不得高门大户。历史上安仁公馆曾多达56座，如今仅存27座，高明轩公馆是其中最"袖珍"的一座，占地面积591平方米，建筑面积445平方米，房屋18间。这在以建筑彰显身份地位的时代，倒也符合其上校处长的身份。

据说这条街上同样是上校军需处长的陈月生当初修建公馆时，准备将公馆修建为高层"小洋楼"，有人善意地提醒他，你在第24军升官发财，楼房高于隔壁刘元瑄（曾任国民革命军第24军中将副军长、代军长）公馆房屋，楼高压人，有悖于风俗情理。陈月生认为言之有理，便马上改建为砖木结构、小青瓦屋面的二层房屋。不过这位主要靠贩卖鸦片发财的上校军需处长的公馆，比同样是上校军需处长的高明轩公馆大了很多，占地面积3875平方米，建筑面积1513平方米，房屋40间。如此说来，在那个内忧外患、战乱频仍、枭雄辈出的年代，高明轩能以"居仁由义"告诫勉励自己，倒也难得。

穿过"居仁由义"是一个与长方形的过厅，从布局看应该是以前主人的厨房和饭厅，现在厨房和饭厅的功能仍然保留，但却改造成集文创展览、咖啡和会议于一体的多功能厅。出了过厅就是一个巨大的庭院，右边是一排平房，左边是砖木结构一楼一底小洋楼。庭院南面砌花台，垒石山，南北两角各有一棵树，正在"打吊针"的是李子树，或许是上了年纪，两根枝干已经截去，要不是其中一根上生出几根细枝刺向天空，还以为它已作古；另一棵桂花树却长得枝繁叶茂。据说李子树与桂花树在同一个院子里，寓意"你很珍贵"，就是不知当初是珍贵"正房"还是珍贵"小妾"。但一高一低站立的两棵树，恰到好处地装饰着庭院的天空，使得园内看上去花木扶疏、环境幽静，看书或喝下午茶，都会让人情不自禁。这种关起门来亲近自然的建筑还没完，顺着楼脚再往里走，还有一个三合院，以前是主人的居住区，现在是三间客房，花园中间也有一棵树和花草，撑着华盖的柚子树，高过屋檐高过围墙，尽管柚子还和树叶一样绿油油的，但墙外高大的水杉已黄中透红，和着斑驳的阳光，越发清幽，想必晚上将会有一场月光下绵长的梦境等待。

建筑就是这么奇妙。从别无二致的临街大门进来，穿过狭长的前厅、天井和过厅，然后是一个开阔的庭院套着一个清幽的后院，好一个中西结合的封闭式院落，不仅把高墙深宅、青瓦飞檐的"深深深几许"演绎得绵延奢靡，也把主人的心智体现得淋漓尽致。在那个战乱与硝烟弥漫的年代，这样的建筑布局，既体现了财不外露的中庸之道，也体现了民国士绅们骨子里对宁静与豁达的执着追求。一条长长的走廊连着天井与过厅，仿佛一个巨大的容器或者一把刷子，把俗世的风尘、喧嚣与离乱全部洗却，然后进入属于自己的庭院套后院的安宁与自在。

从长时间远距离来看，整个民国的士绅们，又何尝不想洗去铅华，关起门来独享安宁与自在？这份安宁与自在，在时局动荡不安的民国，犹如院子里的两棵树"你很珍贵"。如今70多年过去，时代早已沧桑巨变，小镇安仁也早已时过境迁，和中国面貌一样发生了天翻地覆的深刻变化，但那些散落在安仁街巷里、改造或没有改造的公馆，让你每一次走进，都会感叹：幸好有这座房子，留存了那个时代的印记。

2022年7月14日于成都三学堂

夕佳山大院

一

确认身份的方式有多种。即使是今天置身虚拟的互联网世界，大数据、区块链也能将你"溯源"。而在已经远去的农耕时代，将军有勒石记功，帝王有巍峨宫殿，国家有绵延长城，妇女有贞节牌坊，它们无不是身份和地位的一种确认方式。作为支撑中国过去社会中坚力量的士与绅，在相当长的历史里，他们在大地上确认身份的方式，就是修建夕佳山一样的大宅院。无论是告老还乡的士，还是聚集财富的绅，从他们脱离汉字本意成为社会一个重要阶层那一刻起，无不是用这种方式彰显自己的身份和地位。

翻阅这栋屹立于川南宜宾市江安县丘陵田野间的庞大建筑，我不禁想起祝勇面对紫禁城浩大宫殿群发出的感叹："巨大的空间，给人的生活带来不是便利，而是困难。"按照他的说法，紫禁城不只是用来住的，更是用来吓唬人的。日本设计师原研哉则进一步认为，这些"超级工程"的目的"就是为让敌人看了心生畏惧感"以至于"现存的人类文化遗产都是复杂的"。这也正应了汉代丞相萧何所说："非壮丽无以重威。"

然而，比起紫禁城代表皇权中心无与伦比的优越感，这座生长在长江边上的民间建筑，却能穿越四百年历史烟云依然保存完整，其中各种经历和建筑密码更值得去探寻。此时，我站在前厅和堂屋前的天井里，面对这个占地六点八万平方米、建筑面积一万余平方米、房舍一百二十三间的三进深大院，感觉再投进百来个人，都会如江风穿堂而过，一点都不会感到拥挤，也不会感到空旷寂寥，倒是会被横生出的普遍乡愁所感染。几乎在这一刻，我迫切想知道，这个院子的主人到底是谁。

从字面上看，夕佳山或许是席家人的山庄。仔细一查证，这宅子的第一任主人，还真是姓席。

据庄园管理部门考证，席氏和后来的主人黄氏，都是来自湖北的"下江人"，他们于明万历四十年（1612年）从湖北江夏"迁居"入川。这两个有姻亲关系的移民，既是同乡又是"中国好邻居"。由于席氏转手庄园的时间较早，其家族资料至今比较难找。而黄氏家族则是靠行医、教书和经营土地，从第七代起成为江安首富，至清末形成规模宏大的庄园，其家族在川南称得上家大业大、人才辈出。

在黄氏家族的有关记载中，这两户移民家庭并不是一开始就选择夕佳山这个地方安居乐业，毕竟黄氏最初以行医为生，城镇是其首选。但仅仅过了三十年，天府之国就发生了惨绝人寰的"屠蜀"事件，哀鸿遍野。从明崇祯十七年（1644年），张献忠西进四川建立大西政权，到清康熙二十年（1681年）平三藩和彻底平定四川，数十年时间里，张献忠、姚黄、李自成等农民武装、残明军队、清军、地方乡勇、吴三桂等等势力，在四川反复拉锯战，民众饱罹兵火，遭到一次又一次屠戮；加上大旱、大饥、大疫、虎害等荼毒，导致"蜀人受祸惨甚，死伤殆尽，千百不存一二"。据官方统计，1668年四川成都全城只剩下人丁七万，一些州县原有的人口只剩下百分之十或百分之二十，全省残余人口约为六十万人。而在此前的十余年间，成都城内猛虎横行，瞪着一双大眼睛公然在大街上走来走去，多么的令人不可思议却又真实存在。这无疑是频繁战乱的结果。正如曹操诗中所形容的："白骨露于野，千里无鸡鸣。"

在残酷的现实面前，人不得不为活着低头。席氏、黄氏入川始祖决定再次举家搬迁，一为避祸，二为兴业，他们最终选择了"夕佳山"这个远离城镇、人烟稀少的地方。

这里又有一个插曲。说是黄氏始祖黄应江一开始并不看好这个地方，因为当时这里既没有后来的良田万顷、绿树成荫景象，也没有适合坐北朝南修房建屋的宅基地。我们知道，古人修房建屋，大到城邑，小到私家宅院，莫不遵循《周礼·考工记》给出的法度严谨的"指导意见"。但这难不倒席氏请来的风水先生，这位仁兄采用"坟对尖山屋对垭，房子对的撮瓢杈"风水学说，选了一个坐东向西的宅基地。"尖山"当然是指大山，这个地方望出去就是大山；"垭"是指两山交会的凹地，而这个地方当时正好叫"凹上"。按照堪舆学说，阳宅对着垭口，也就是两山间的凹地，除了预示前途光明外，垭口还有聚财之意。因为水能生财，而凹地生水，气流又带动水汽，当气流穿过垭口直面阳宅大门，预示着财气的到来。垭口两边的山峰，更像两尊守门神，让进来的财气再也跑不掉。遵循这一学说，席家人修建了坐东向西的第一代建筑，并取名"席家山"。

但事实证明，席氏后来的命运并不平坦，前途也并不光明。因为牵涉命案，不得不再次举家搬迁避祸。临走前将宅子卖给黄氏家族，还提出"兴家不易，不得改名"的转让要求。

前面说过，黄氏家族并不看好这个地方，但由于姻亲关系，还是接下了这个地方。不过同为书香门第的黄氏一门，对兴家立业、传宗接代、繁衍生息的祖屋宅基地风水，又进行了一波"逆天改命"。

首先在房屋过户时，不知是有意还是无意，将"席家山"写为"锡嘉山"（尽管黄氏第十一代孙黄铁秋著《黄氏家谱》称，有时也书写为"席家山"，但今日所见到的原黄氏家族的桌、椅、凳、锡壶与糖果盘等器物上，均写有"锡嘉山"字样），取"锡嘉九鼎"之意，而"锡"通"赐"，意即上天赏赐的好地方。而今天的"夕佳山"得名于1987年，魏传统、王定国、罗哲文、单士元等专家实地考察后，取陶渊明《饮酒·其五》诗中"山气日夕佳，飞鸟相与还"而定名。

其次在房屋朝向上，既然无法坐北向南，坐东向西也不行，那干脆就"坐南向北"，也就是今天我们看到的大院朝向。

这次请来的风水先生认为，坐南向北，左有青龙，右有白虎，后有朱雀，面朝大江，气派非凡。虽然背后的朱雀矮了一点，但可以垒土为山，广植树木，抬高"朱雀"。于是家主力排众议，在垒土而成的后山上广植桢楠、香樟，形成今日川南有名的鹭鸟栖息地。

这一改变，不仅成就了庄园四百年不败的历史，更重要的是，今天用无人机航拍，可清晰看到，坐南向北的庄园，犹如站立在一只巨大的螃蟹背上，居高临下，接受周围丘陵状的小螃蟹们朝拜，似有"千人拱手，万山来朝"之势。与我曾有一面之缘的"四川古镇保护之父"、西南交通大学教授季富政就曾说："庄园选址是一大智之为，否则不能自圆其说。"

好一个"大智之为"！中华文明博大精深，源远流长，虽然堪舆之术和诗词、歌赋、药典等特色文化一样出色，但在近现代文化里，堪舆之术始终难登大雅之堂。但对古人而言，无论士与绅，甚至帝王将相，无不是风水学鼻祖郭璞的"粉丝"。

二

北宋宰相吕蒙正在《时运赋》开篇写道："时也，命也，运也！天有不测风云，人有旦夕祸福。"夕佳山黄氏乡绅"建筑改命"，虽不能说正是这"一改之福"，保佑了这座宅子在多次历史变革中"全身而退"，但它的确在四百年的漫长岁月里，没有被兵匪祸害，也没有被火灾天灾损毁。要知道它旁边一座晚两百年修建的自贡三多寨大院，有着那么强大的反匪患安保措施，都没能完整保存下来。

这使我想起余华在新作《文城》里所写的溪镇乡绅顾益民，采取礼待和礼送过路的北洋军残部保一境平安的故事。但面对乱世里的土匪，顾益民却没辙，不仅自己被绑票也失去了亲家林祥福。

川南一带自古民风彪悍，土匪横行，尤其是清末及民国年间，四川等地战事频繁，在夹缝中生存的土匪更是猖狂。民国五年（1916年）5月30日，那时还不是大画家的张大千，从重庆求精中学放暑假回川南内江的路上，不幸被土匪掳去。不过，张大千毕竟是徐悲鸿赞誉的"五百年来第一人"，尽管只有十七岁，便已崭露大才，他不仅能察言观色、虚与委蛇，对土匪头子一口一个"江湖好汉"地叫着，使其心情大好；更是用一手好字让带头大哥改变了主意，留下他当师爷，让他专门写绑票信。直到当年9月，官军剿灭了那一带的土匪，张大千才被救下。算时间，张大千这个"土匪师爷",当了整整一百天。

我不知道夕佳山大院四角上的碉楼,见没见到过月黑风高夜打着火把劫财的土匪,那外窄内宽的射击孔有没有射出过子弹。据说护院家丁倒是有三十把长枪。不过有一点是真的,这个鼎盛时期有三千六百担土地、家里常开十桌伙食的大地主庄园,和我们今天看到的一样,始终完整地矗立在夕佳山上,哪怕是2019年旁边不到二十公里的长宁县发生6.0级地震,也未曾撼动它一砖一瓦,不能不说是个奇迹。

所以有时候,大自然的玄妙,老宅子的神秘,不是文字能解释得清楚的。就像字典里的"绅"字,本义是表示"作为已婚标志的丝制腰带",相当于西方人左手无名指上戴着的婚戒。结果与"士"或"乡"字一结合,就变成了有势力、有名望的人,泛指地主或退职官僚。

三

是的,建筑最能反映一个人的心性和品格。确认自己身份的建筑密码,也是从绅到绅的精神寄托。而这绅,在我看来,是从乡绅到士绅的一种互文表达,只是最后成为"绅士"的,却是这些历经风雨依然屹立大地的建筑。正是这些建筑,让我们有了普遍的乡愁。

说到士与绅,作家阿来曾在离夕佳山不远的宜宾李庄有一场演讲《士与绅的最后重逢》。阿来认为,"更多时候士就士,绅就绅,但很多时候士就是从绅这个阶层中培养生长出来的"。用今天的话来说,绅因为基础好,起点高,更容易"学而优则仕"。在那个出将入相论功名的年代,哪怕是再有钱和势的绅,都想自己或子孙后代跻身仕林。虽然捐功名的绅历朝历代有如过江之鲫，但更多的绅则是想凭借自己的财富供养子孙后代"勤耕苦读"改变命运。四川眉山的苏门三父子如此，同为川人的明清状元杨慎、骆成骧亦如此。在那个时代，天资聪慧的孩子何其多，但城里的好学校不是谁都上得起的。

这种从绅到士的互文，在夕佳山的建筑上得到了充分表达。庄园七十二块牌匾中，有一块"三凤联飞"匾（小心了，若从字面上理解，难免会走偏）。说是有一年，庄园门口来了一个乞丐，老太太见他可怜便收留进屋，好吃好喝款待。几个月后，乞丐辞行前，给了老太太一棵树种，让她种在屋外，几十年后长出如今仍能看到的一树三身的奇树。更神奇的是，就在大树成林的那一年，黄氏家族中三子弟同中秀才，轰动十里八乡，当地知县特送来这块"三凤联飞"牌匾。

导游摆的这个龙门阵，听上去玄乎其玄，但黄氏家族借建筑表达绅对士的进取与渴望，远不止这块牌匾。门前水塘边上的双斗桅杆，不仅是这家人摸到士的门槛见证，更是这家人的精神标杆。按礼制，只有考取功名的人才有资格立"文官下轿，武官下马"的"文星斗"。查阅黄氏家族的历史资料，原来是黄家第十代出了一位恩科举人黄中美。黄中美于光绪己丑年（1889 年）中举，候选知县，历任江安县龙门书院院长，民国初年任县议事会会长。黄中美继承先祖御医衣钵，悬壶济世，后闭门不出，潜心钻研医术，精通岐黄，晚年撰成《医鳞刍言》《斯道必由》《医案》等三部医学著作传世。这根十三米高的双斗桅杆，正是举人黄中美的身份证明。

双斗桅杆往里，就是夕佳山大院的内朝门，门楣上挂一竖形匾，上刻"文魁"二字。这吓了我一跳。因为"文魁"神仙朱笔点"状元",挂这块匾意味着这家人出了状元郎。但在我的历史知识中,从隋朝兴科举到1905年慈禧废科举,一千三百多年里一共出了六百多个状元,而四川仅有二十五位状元,其中还包括四川籍和张献忠"大西国"的二人;明清两朝,四川仅出过杨慎、骆成骧两位状元;宜宾、泸州、自贡、内江四市在内的整个川南地区,仅有内江人范崇凯于唐玄宗开元四年(716年)丙辰科状元及第,大魁天下,这也是四川历史上第一个状元。而这户来自湖北江夏的黄家,虽然历史上曾出过春申君黄歇等诸多名士,但"湖广填四川"的黄应江这一门,最高功名也就是第十代孙黄中美这个"恩科举人",而举人只是行省授予的功名,何敢称"文魁"?

思来想去,这家人之所以"越级越制"悬挂此匾,应该是骨子里"学而优则仕"的精神渴望和不竭动力。

四

事实上,在历史的长河里,士与绅的身份转换,既纠缠不清,也难以分清,有时连当事人也不例外。所以我说这是一种互文式表达。只是这份复杂与纠结,最后都体现在夕佳山大院的建筑上。

如果说庄园一开始是因为财富与身份地位的确认而修建,那么后来黄家借日益聚集的财富和三中秀才、高中举人而重修扩建庄园,除了规模的扩张外,其在门窗、屋檐、花园、戏台等等建筑和屋内装饰上的心思,却是寄予了太多从绅到士的精神追求。

惨绝人寰的"屠蜀"事件后,清廷以"湖广填四川"来解决四川人口的缺乏。大规模的移民涌入,繁衍生息,千里无人烟的四川大地又开始人丁兴旺和殷实富足起来。有了人和财富,自然要用看得见的方式来体现。在清代中晚期,四川各地达到了士绅私家大宅的建房高峰,如温江寿安镇著名大宅"陈家桅杆"、平昌白衣镇著名的"吴氏府第"等等。

清咸丰八年(1858年),黄氏第八代孙黄学海,大兴土木扩建宅院,聘请川南著名工匠曾备儒主持重建"锡家山",奠定了大院基本规模。在《江安县志》上留有大名的黄学海,曾做过巴县(今属重庆)、永宁(今四川泸州叙永县)、隆昌、富顺等地教谕(相当于现在的教育局局长),算得上黄氏一门除黄中美外的又一入仕之人,其深通儒、道之学,因此在宅院建筑布局上将儒家哲理、道家玄妙与园林风水融为一体。

毕竟是做过"教育局局长"的人,黄学海极其重视"耕读传家",并将他对子孙后代的"殷切希望"全都反映在建筑上。比如在前厅正中的四扇带窗槅门上,就雕刻着"渔樵耕读"四则故事。但它们与传统民俗画的图案完全不一样。

"渔",当然是讲渔翁捕鱼的故事。画面远处高山上汹涌的洪水倾泻而下,近处提裤挽袖的渔翁正好从打鱼罩内捉起一条大鱼,喜形于色,笑得合不拢嘴,借托"年年有余(鱼)"之意。

"樵",讲的是"伯牙鼓琴"故事,"知音已绝,永不再续弹",告诫后人,知音难寻,要珍惜友谊。

"耕",讲的是大舜劝人农耕的故事。有意思的是,黄家这扇窗户上雕刻的耕田的牛,不是牛而是大象,原来是寓意"万象更新"。

"读",则讲的是梁山伯与祝英台在尼山书院读书时的一往情深场景,暗含才子佳人之意。

细看这四则故事,不难发现,"渔""樵"强调的是"处世",而"耕""读"则是"立身"之本,深入浅出地表达了黄氏家族"耕读传家"的美德和处世立身的哲学。

类似的精神追求与建筑表达，在夕佳山的门窗上随处可见。众多的吉祥图案，多采用谐音、双关的交互手法表达主人的儒释道精神内涵和人生智慧。如"钟声橘羊"图，刻有一棵橘子树，树上挂一口钟，树下有一只羊，谐音即是"终身吉祥"；"莲生三戟"图，则是一朵莲花上插三把戟，比喻"连升三级"。其他如"福在眼前""松鹤延年""梅兰菊竹""马奔财乡""双喜临门""麒麟吐宝""福禄寿喜"……孝、悌、忠、信、礼、义、廉、耻等等中国传统的人文精神，均有建筑表达。

在前厅内正上方，高悬着"戊戌六君子"之一的刘光第所题赠"龙光永榭"匾。匾下的通道上，是中国传统装饰构件"鸡冠罩"。这个"鸡冠罩"中的雕饰为"百鸟朝凤"图，左右雕刻着鱼跃龙门图案，旁边是"野鹿含花"和"鹿鹤通泰"图。几幅图案用瓜和藤蔓串在一起，取自《诗经·大雅》"绵绵瓜瓞，民之初生"之意，寓意子孙绵延不断，一代更比一代强。鸡冠罩下面是五福拱寿屏，而屏风站立的地方，不仅起间隔作用，更增添景深，使庭院空间曲折有致。

作为古人最为看重的堂屋，在这里则是得到了无以复加的强调。堂屋是祭祀、议论重大事情和举行隆重仪式的地方，是大院的核心区域和精神高地。走出前厅，是一个矩形的大天井，堂屋便与前厅坐落在同一中轴线上。堂屋的门楣上，高挂一块大匾，匾文为"伯仲增辉"，为黄氏的亲友所题赠。堂屋的大门，是传统的"三抹六扇"雕花木门，这是"湖广填四川"的家庭的标志之一。据说这里曾供奉着移民先祖的遗骨和家乡的泥土，被子孙后代视为家族命脉。

在堂屋内正中的"天地君亲师"神龛区域，有两块昭示主人富甲一方的"双凤齐飞""富贵寿庆"金匾,关键是赠匾之人实非平常之人,一位是清雍正年间时任四川总督的年羹尧,一位是四川提督军门克勒巴鲁唐。足见黄氏乡绅虽然隐居山野,却也有手眼通天的本领,能够攀附权倾朝野的封疆大吏,保自己一族平安无事。这或许也从一个侧面印证了,我前面所说的大院为何历经多次重大历史变革却能从兵匪祸乱中"全身而退"、绵延数百年不败。

置身这个庞大建筑群,最能反映中国传统社会士与绅精神的,莫过于"中庸之道"和"女人通道"两个奇妙建筑物。在上客厅的后花园假山旁,有一株树龄数百年的榕树,其繁茂枝叶几乎覆盖了半个后花园。令人称奇的是,在榕树虬髯般的根部,竟生长着一株高大的棕树。在棕、榕二树下,是一条呈"S"形的小道,通向后花园旁更为幽静的南园。棕树、榕树、小道,取其谐音即"中庸之道"。而被称为"女人通道"的建筑,则是在正房后面与院墙之间,开辟出一条狭窄的通道,专供女人和下人行走,从而避免女人和下人在堂屋前穿行。即使在"男尊女卑"的时代,富贵人家的宅院内,女性特别是孕妇,也仅仅是不可跨越堂屋的门槛而已,而黄氏家族为了维护堂屋的尊严,竟专门修建了一条"女人通道",足见士绅已将传统伦理道德刻进骨子里。

五

今天风靡互联网的一个词——交互,其实早在西汉京房所撰经书《京氏易传·震》里便有使用:"震分阴阳,交互用事。"《后汉书·左雄传》:"自是选代交互,令长月易,迎新送旧,劳扰无已。"简单地说,交互就是交流互动。即使互联网平台的交互，也没离开这个字面意义，只是将其打造为一个功能状态，让用户在上面不仅可以获得相关资讯或服务，还能与用户之间或与平台之间相互交流与互动，从而碰撞出更多的创意、思想和需求。

今人称夕佳山民居为"中国民间建筑活化石""神州民间建筑精粹"，我想不仅因其记载和呈现出的中国民间建筑史、民间艺术史、民间风俗史和川南社会史，更是对依附在建筑上的士绅互文和跨越时空的交互的一种看见，一种交流与互动。当你在看门窗上那些士绅文化符号，它们也在看你；你想了解的，它们都能告诉你，而你不知道的，它们也能告诉你。无论你是过客还是研究者。

绅与士的互文，最后虽然都湮没于历史深处，但夕佳山黄氏家族最后的命运，却再次印证了这种互文是书香门第、耕读传家始终不渝的精神追求和良好归宿。到1949年新中国成立前夕，黄氏家族已历十二代，随着时代更迭与进步，也为了子孙后代更好成才，从第十一代孙黄铁秋开始，陆续变卖土地和镇上的房屋，送家族十多个子女和孙辈"走出大山"到外地求学，这些人后来在乌鲁木齐、西安、重庆、成都等地从事教育、财会、医疗等工作，成为真正的知识分子。以至于新中国成立后，在评阶级成分时，只有黄铁秋的妻子林贞慧被评为地主，其他人要么是学生，要么是知识分子。而夕佳山民居则收归国有，黄氏家族据有的田地则分给了农民。

六

接下来，我要做的事情就是为这座建筑正名或重新命名。

我是不赞同把它定名为"民居"的。虽然从广义上讲，大地上供人居住的住宅以及由其延伸的居住环境都可以称为民居。但民居这个词也因其宽泛所指而显得概念模糊，一般人听到"民居"二字，表情都会不由自主地"哦"一声，那不就是住的房子嘛，没有特色。即使前面加上地名夕佳山，别人也只会说，哦，不就是夕佳山的房子嘛。

　　坦率说，我第一次川南深度游时，当时的重点是旁边的蜀南竹海而非夕佳山民居，尽管朋友极力推荐，我当时脑海里闪出的"民居"就是一排排的砖墙瓦房。但如果我们用建筑特色给民居来做进一步界定或细分，一下就能抓住人。比如：北京四合院、陕北窑洞、江南园林、福广客家土楼、草原蒙古包……还有乔家大院、王家大院、刘氏庄园等等，这些是不是民居？肯定是，当人们一说起这些不带民居字眼却是实质民居的建筑时，脑海里立马约定俗成冒出几个字，这是个有文化有故事的地方，得去看看。

　　同样，今天一说起民俗，不用百度，人们脑海里就会不由自主浮现出一架水车、一架风车、一张铧犁、几把铁锹、一盘石磨、木桶、木盆、背篼、蓑衣、斗笠、灶台等等复原的生活日常，把祖先在漫长生产、生活过程中积淀的风尚习俗概念化、肤浅化。实际上，在夕佳山，这些概念化的民俗或民间文化附着物，也确实有那么一点点，但我认为，最能体现民俗文化的恰好不是那些摆在生产工具房间的复制品，也不是俗不可耐的"川南婚嫁"演出，而是那一扇扇雕刻着精美图案故事和寓意深远的门窗、牌匾……它们才是民俗文化的说书人，静静地站在木板墙上或者屋檐下，运用多种艺术形式生动诠释着糅合了民间传说、深刻寓意、美好期许等等民俗文化，让每一个到访的人，莫不低头而行。

　　一座没有文化的建筑，即使再庞大再巍峨，它也只是一个没有灵魂和趣味的建筑。就像那么多的石头，也只有刻了字和有故事的石头才名满天下，比如燕然勒石、泰山石敢当等等。

遵循这些逻辑，我认为，将夕佳山民居改为"夕佳山大院"或许更为贴切些，虽然叫庄园也符合事实，但庄园这个曾经出现在《旧唐书·狄仁杰传》里的词（"水碾庄园，数亦非少"），今天一提起，更多的人想到的是中世纪英、法等国出现带有防御设施的庄园宅邸。不只是在四川，民间更喜欢用"大院"来称呼这些房屋多、进深大的院落。为以示区别，在前面加上主人的姓或地名，诸如乔家大院、王家大院。曹雪芹在《红楼梦》第十九回"情切切良宵花解语　意绵绵静日玉生烟"里就曾写宝玉回袭人的话时笑道："你说的话，怎么叫我答言呢。我不过是赞他好，正配生在这深堂大院里，没的我们这种浊物倒生在这里。"也只有这些翻译起来令人头痛的古老汉字，才能更好诠释深宅大院里蕴含的儒释道文化精髓，才能更好读懂漫长历史里那些士与绅附着在建筑上的精神寄托。也只有有身居过深宅大院的切身体会，北宋欧阳修那句"庭院深深深几许"才能让南宋才女李清照"酷爱之"，用其语作"庭院深深"数阕。

即使在今天，从旅游开发的角度，也已经有乔家、王家、魏家、齐家等等名扬天下的大院开路在先。所以我认为，"夕佳山大院"这个名字怎么看怎么般配。

七

确认自己身份的建筑密码，也是从绅到绅的精神寄托。如果说从下江来的同济大学、史语所、营造学社、国立剧专等等中国最高等级的学术与教育机构来到宜宾李庄和江安，傅斯年、董作宾、李济、梁思成、林徽因、曹禺等等学而优的士，与致电邀请他们来、保障一切物资供应的乡绅罗南骏等人，是一次现实世界里士与绅的最后重逢，那么附着在夕佳山大院建筑上的士与绅，就是他们在历史长河里的重逢，以建筑的名义互文和交互，唤醒沉睡的记忆与精神。

无论岁月如何百转千回，只要没有天灾人祸，最后能成为"绅士"的，必定是这些历经风雨却依然屹立于大地的建筑。它们会一直站在长江边诉说，直到我们所有人读懂这普遍的乡愁。

2021年5月11日—6月8日于成都三学堂

一张纸的光

对一个久居盆地的四川人来说，山清水秀没什么令人兴奋的。说山，这里有峨眉天下秀、青城天下幽、贡嘎天下险、西岭雪山阴阳一线天；说水，这里有长江、岷江、金沙江、嘉陵江、涪江、渠江、沱江、锦江等等知名江河纵横交错，更有九寨归来不看水的流连忘返，以至于古往今来的文人墨客无不赞叹"天下山水皆在蜀"。面对这样一个山水胜地，我这个四川人却身在福中不知福，单单羡慕一缕阳光，一缕干净的冬日阳光。

君不见，冬天某个周末有阳光的日子，一城人都在呼朋唤友，公园、湖畔、草地、河边、绿道、宽窄巷的茶馆和街面上，全都挤满了人，人们对一缕阳光的稀奇超过了大熊猫，甚至延伸出一种冬日"阳光经济"。这份热情，实在是因为盆地被冬天的雾和雨埋得太深，连蜀犬都要吠日，人身体潮湿出水来，不晒晒太阳吃再多的海带也还是缺钙。但这些年，隐藏在雾里的霾被发掘出来，于是，冬天里的四川人，稀奇一缕阳光时，一定得加上"干净的"定语；于是，冬天里的四川人，都变成了候鸟，满世界寻找干净的阳光。

现在，我就是那只候鸟。从成都到温州，最后栖息在泽雅的屋檐下，眷念一缕阳光，与那里新鲜如初的山水、泛着光亮的一张纸，纠缠不清。

一

这不是我第一次到温州，所以对温州的认识早就翻篇，一趟楠溪江之旅，让我从两岸散布着的一座座古村落里，重温谢灵运、王羲之、孟浩然、苏东坡等历代文人墨客的足迹和诗句，朝圣这个中国山水诗的摇篮，而永嘉学派思想文化浸润出的一代又一代温州人，即使在近代思想史乃至经济社会发展中，也都无处不在，人文底蕴爆发的创新力量正不断更新着今天温州的面目。

但这一次，扑面而来、甚至返程带走的，竟然是磅礴的大地，如此清晰，犹如一幅《富春山居图》。在去和回的航班上，我都选择了靠窗的座位，机身下的连绵群山，烟霞苍岚，大地如同一幅山水长卷，在飞机下降时收缩画卷，在飞机上升时打开延展画卷，无论收或展，山和水全都站出画面黄金比例，大地笔墨清晰，或大写意泼墨辽阔，或工笔刺绣精雕细刻……直到飞机返回成都平原，视野变得模糊，我才反应过来，原来这一切映像都是一个叫能见度的词使然，也看到了干净阳光的穿透力。

现在，干净的阳光，将冬日的泽雅，打扮得如同一个喜过新年的山野村姑，从见到的那一刻起，我的视力就好起来，隔着镜片，居然能看清池子里竹子腐败的过程，溪涧里鱼的嘴唇，屋顶上探出新芽的草，远处刚醒来的山层林尽染，蓝色天空没一丝杂念，刺耳的寂静里，水声、人语、狗吠条理清晰，阡陌的交汇点，都被阳光提前抵达，剩下的阿婆，在作坊里捞纸，不是表演，而是专注和投入忘了时间，直接忽视我们这群外乡人走近。

二

身为泽雅人的作家周吉敏在其《另一张纸》里说:"东海一隅的温州泽雅,祖先避乱山中,斫竹造碓做纸谋生,家家户户手工造的就是另一张纸,其竹纸制造技艺与明代宋应星《天工开物》中所述一致,人称'纸山'。"我比较好奇的是,造纸术作为中国人民对世界文明的卓越贡献,产地在祖国遍地开花,比如大名鼎鼎的安徽宣纸,即使在我们四川夹江,也因张大千改良工艺而成为一个有影响的书画用纸产地,为何单单这个产"屏纸"的泽雅被誉为"中国古代造纸术的活化石"?

在唐宅村"传统造纸生态博物馆"里,我对过去的偏见重新做了纠正。

据史料记载,温州历史上就是古代中国重要的纸张生产基地,曾制造出古代质地最好的纸之一,著名的皮纸(蠲纸)、屏纸等多种纸种均产自温州。程棨《三柳轩杂识》记载云:

温州作蠲纸,洁白坚华,大略类高丽纸。东南出纸处最多,此当为第一焉,由拳皆出其下。

宋人周辉《清波别志》载:

在唐凡造此纸,户免本身力役,故以蠲名。今出于永嘉,士大夫喜其有发越翰墨之功,争捐善价取之。一幅纸能为古今好尚,殆与澄心堂纸等。

晚唐五代时，温州制造的蠲纸已非常有名。宋元时期的书画家多用该纸，如苏轼的《三马图赞》、黄公望的《溪山雨意图》、慧光塔出土的《大悲心陀罗尼经》、白象塔出土的《佛说观无量寿佛经》等等。1962 年，潘天寿用该纸作《双清图》时称赞："笔能走，墨能化，尚有韵味，并不减于宣纸也。"

谁能想到，这张备受推崇的纸，竟出自大山深处的泽雅等地。北宋宣和年间（1119—1125），吉敏的祖先、闽人为躲避战乱迁居温州泽雅。泽雅，顾名思义，"泽"为水，"雅"为美，当是秀水之处，素有"西雁荡"之美誉。但当年的先人为躲避战乱，必然要选择远离城镇、人迹罕至的穷乡僻壤。果然，泽雅原名"寨下"，泽雅是"寨下"温州话的译音。

但上帝关上一扇窗，就会打开一扇门。这个抬头只见天低头只见水的深山老林，地处中亚热带南部附近海区域，域内西北到西南群山环列，在亚热带季风吹拂下，常年温暖湿润，雨水充沛、光照充足、四季分明。境内奇峰峭壁，峡谷深潭，溪水纵横，流水淙淙，尤其是漫山遍野的毛竹、水竹遇光生长，无止无休。

俗话说，一方水土养一方人。吉敏的先辈们没有被连绵的大山磨去生活的斗志，他们创造出"溪—水碓—纸槽—民居—山"这样独特的山地村落空间布局；他们就地取材，将闽地造纸术在泽雅落地生根，生产出四六屏、九寸、松溪、长帘、生料纸等。

据说泽雅曾经全民造纸，家家户户从早到晚、从年头到年尾、从出生到死去都在造纸，都在为一张纸的光忙碌，一张纸能走多远，他们的生活就能走多远。千百年来，泽雅人挑着这张纸，越过重山条江，去到邻近的水陆码头重镇瞿溪，以温州著名"土特产"的名义，在这里上船，销往全国各地，甚至漂洋过海到达东南亚等国家和地区。泽雅人也因此有了一个类似菜农、花农、瓜农一样的美丽称谓：纸农。鼎盛时期，这样的纸农有10万余人，水碓1800余座，纸槽1万余座。

一到晒纸时节，漫山遍野铺满纸张，接受阳光曝晒，"泽雅纸山"由此得名；又因这些纸多为金黄色的屏纸，晾晒时整个山村金光灿灿，晃得天上的飞鸟眼花，所以泽雅又有"金山"的美誉。中国印刷博物馆曾实地调查认为，2000年前的蔡伦纸并没有绝迹，浙江温州西雁荡山区里成片的纸作坊就是证明；中国境内正在操作中的造纸古作坊极为罕见，泽雅屏纸作坊就是其中之一，当之无愧是中国古代造纸术的活化石。

三

比起这些文字、图片、实物的展品，我更相信自己的眼睛。那就是沿溪而建的捣刷舂米水碓、错落有致的腌竹池塘、高耸的煮料烟囱、只挡雨不挡风的捞纸作坊，全都在冬日暖阳下敞开怀抱。上了年纪的阿婆，娴熟地在作坊里捞纸，丝毫不影响我们对她拍照和称赞。

从竹到纸要经过百余道工序，泽雅造纸其中的一些工艺流程，比《天工开物》中记载的还要原始古老。捞纸又称为抄纸，是竹子变成纸的关键一环。阿婆身前这个石砌的纸槽里，装满了纸浆，那是竹子经过蒸煮、碾磨、撞穰、拧穰、拌浆等环节，竹纤维彻底分离并浸透水分，成为纸纤维的悬浮液，等待她用一张细竹帘滤取，最终让纸纤维留在竹帘上形成一层纸膜，也就是压干、晾晒之前的纸。据说这道工序在造纸过程中是最费体力的，捞纸的工匠站在纸槽旁舀水、抬起竹帘，每次承受的重量竟有20

公斤。捞纸是门技术活，全靠日积月累的经验，抄得轻纸会太薄，抄得太重纸又会嫌厚，所以捞纸又被称为"指尖上的艺术"。

阳光打在眼前这个省级非遗捞纸作坊，阿婆不紧不慢地重复着舀水、抬起竹帘、拆帘放纸的动作，水退去，埋在水里的竹纤维被发掘出来，带着时间和未知的旅程上岸。刚好池里的纸浆颜色也是金黄色，在阳光的作用下，就像从融化的黄金池里捞起一张张金箔。这样的画面太美，同行的彤子和大娅忍不住要一显身手。

可这看似简单的动作，并不是一看就会那么容易。彤子学得非常认真，也捞得很认真，但无论她怎么努力，始终是"竹篮打水一场空"，没有一张纸愿意以它本来面目示人。生性洒脱的大娅，吸取彤子失败的教训，按照阿婆的示范步骤，误打误撞，居然成功捞上了一张纸，且不管厚薄是否匀称，先哈哈哈大笑三声，然后得意而去。

与两位美女大呼小叫的紧张和兴奋截然相反，整个过程，阿婆除了用动作和眼神与她们交流，一句话也没有，始终不紧不慢，就像她掌握的捞纸诀窍。她不断弯腰重复着捞纸的动作，仿佛生命存在的意义和价值，就在这过程里，就在这循环中。

从瓦片和屋檐照进来的阳光，在她脸上温暖而缓慢地移动，变成一张光的纸，虽縠皱波纹，却力透纸背。

四

事后，我问过自己，为什么是泽雅？因为要说阳光，这些年的冬天里，我也曾到过海南三亚、云南西双版纳、福建厦门、攀枝花米易，它们都有干净的阳光，为什么我对这个浙南大山里的小村庄情有独钟、眷念纠缠?

那天上午,等到尝鲜的人都甩手走远,我问阿婆,你叫什么名字?多少岁了?一天能捞多少张纸?一刀纸能卖多少钱?怎么不见孩子们来帮忙?不紧不慢的阿婆,说起话来语速明显快得多,可无论我怎么想象加比画,我也没听懂她的方言,只大概听出一个数字是"130"。阿婆也不着急,还是面无表情、不紧不慢地捞着纸,任由阳光在她的纸浆池和身上摇晃。

后来在街道上碰到吉敏,她"翻译"了我的好奇。原来阿婆一天能捞 2000 张纸,4000 张纸卖 130 元。也就是说阿婆一天能挣 60 元钱。但这 60 元,还不包括旁边水碓旁舂竹的老伴,甚至还有斫竹、泡竹、运输等等工序里的劳动价值。吉敏说,现在留在村里守着千年老手艺的,差不多都是阿婆这样的老人,年轻人都到城里有了新的工作和生活,再说时代变了,科技革命早将造纸工艺革新到一个前所未有的高度。但对阿婆这样的纸农来说,他们留在小山村日复一日重复着斫竹、泡竹、舂竹、捞纸的劳作,显然不是为了那 60 元一天的收入。

不为钱那是为什么?我猜想,对一个已经率先实现全面小康的山村来说,人们对钱和物质的追求,或许早已跨过欲望的鸿沟,因为能够填平这一方山坡沟壑的,除了漫山遍野的竹木,就是干净得没有一丝杂念的阳光。以至于我在山村里转了一天,晚上回到城里,才想起中午没有午休,居然还这么精神,这一切自然是拜这方天地中的富氧所致。

不知名的捞纸阿婆,还有那个在水碓旁舂竹的老人,他们在安静的阳光下重复着自己的劳作,波澜不惊的脸上,看不出劳累、怀旧、向往或者担忧,也看不出时间在他们身上流逝。他们的生活如此恬淡,只因阳光在这里走得如此缓慢。他们留在村里，家就在，千年的老手艺就在，仿佛世界不曾按下快进键。头顶那轮照耀古今的太阳，新鲜得如同阿婆的祖先所见，以一张纸的光泽，走完人生过场。

生活本来就该不紧不慢，张弛有度，可以没有语言，但必须有阳光。阳光的风一吹，山野的竹子便会应声生长，晒纸的时候便会号令众山皆响。

我必须用全部的肺呼吸。

2020 年 1 月 5 日于成都三学堂

一纸码头的云烟

相比历史，现实看上去简单明了。现实虽然琐碎、喧嚣，甚至五味杂陈，但因为正在发生、正在经历，如看得见的山摸得着的水，至少轮廓清晰。而历史，因为时间久远，线索纷乱，即使文献也有官方和民间版本之别，再加上后人重塑历史往往掺杂了太多的"私货"，从而让历史在时间的长河中不断被误读，每扒一次，真相就会被灰尘覆盖一次。

所以历史比现实复杂得多。但再悠久的历史，对现实来说，都是过眼云烟。

现在，摆在我面前的，就是这样一道漫漶不清、风云折叠的历史与现实"技术性"难题。

一

这是一张纸与一个码头的故事。它们的"前世今生"都与山有关，与水相连。

出生于温州泽雅纸山的女作家周吉敏，在她的《另一张纸》里对此有生动细腻的描述：

六指叔从胡昌记的收购点出来时,有点恍惚,眼睛从一排排店铺掠过,竟然想不起要买些什么带回家了。他踩着棉花走出瞿溪街,竟然走到了临街的瞿溪河边。

河埠头上,一条船正在装纸。

从山里来的水都在这条河里。

纸就顺着这条河走出去。

当一张泛着人生与自然光泽的泽雅纸,从吉敏的先辈手中造出来,无论是人的生存还是物的价值驱动,都会促使它翻山越岭走出深山老林,寻求更广阔的交易空间。这个交汇点或者集散地,就是吉敏笔下"六指叔"下到的瞿溪河。

瞿溪在哪?对泽雅而言,在"山的那边""水的那边"。地理位置更靠近通江达海的温州城。

从卫星地图上看,泽雅到瞿溪的距离是27.5公里。2013年,有网友为体验劳动人民的勤劳和辛苦,实地重走"祖辈卖纸路",得出的结论是超过30公里,在不负重的情况下耗时10个半小时。而事实上,当年卖纸的先辈肩挑背扛百斤以上的屏纸,去到瞿溪,以换取生活物资。

显然,造物主在把纸山给了泽雅的同时,就把纸的出路给了瞿溪。

在交通不便的古代,水运无疑是省时省力的黄金通道。即使在水系航运发达的南方地区,瞿溪的区位优势也显得十分明显。清人周衣德《瞿溪》诗云:"乱峰环簇似莲花,岷隐先生作此家。直汇溪流到沧海,山深无际水无涯。"

瞿溪老街东面对上河乡广阔平川,有三条溪,其中瞿溪源最长、水最大。瞿溪则以三溪河主流瞿溪河而得名,是瞿之溪,河之源，温瑞塘河主源头位于辖区泉东川桃源溪。三面环山一面城的瞿溪，一池瞿水穿城而过，古时从温州城内小南门内河码头乘船，经会昌河、仙门河，在雄溪、瞿溪交汇处沿瞿溪河而上，直达斋堂湾塘坎桥下。这条"黄金水道"，自古就是泽雅、西岸、北林垟、五凤垟，藤桥部分村庄，以及毗邻的瑞安湖岭、陶山山区百姓进城的水陆交通要津和物资集散中心。

每一个河湾怀抱的地方，都会有一个码头出现；每个码头出现的地方，都会有一座场镇存在。

对一个在嘉陵江边长大的重庆崽儿来说，我见过太多因水而生的码头和场镇，木板房、吊脚楼、雕花窗、青石铺排的狭长街道上，是豆花饭和咸烧白的大快朵颐，是盖碗茶和敲麻糖的清脆吆喝，川东人生活的日常都拥挤在屋檐相互低头的街道上，岁月如同泛黄的苔藓在石缝墙角缓慢生长。

因为瞿溪河航运而生的瞿溪码头集镇，据考证，形成于宋，其间数易其名，1949年后定名为瞿溪。

事实上，一个有山有水的地方，它的自然人文历史从来不会缺失。瞿溪的人文历史底蕴远比宋朝更久远。因为水资源丰富、水路发达，早在1598年前，公元422年，那位曾让李白甘当"粉丝"的中国山水诗鼻祖、发明登山木屐的谢灵运，来到永嘉（今温州）任太守，很快就马不停蹄地穿着他发明的木屐，把温州的山水游览了一遍，其中就有瞿溪山水。因为在他留下的诗作中，就有这首作于景平元年夏秋之际（423年）的《过瞿溪石室饭僧》一诗，回顾他迎着旭日、穿着木屐走过陡峭山间小径、看到山居禅境的景象：

> 迎旭凌绝嶝，映泫归澉浦。
> 钻燧断山木，掩岸堙石户。
> 结架非丹甍，藉田资宿莽。
> 同游息心客，暧然若可睹。
> 清霄扬浮烟，空林响法鼓。
> 忘怀狎鸥䱇，摄生驯兕虎。
> 望岭眷灵鹫，延心念净土。
> 若乘四等观，永拔三界苦。

但瞿溪，在后世博得大名，甚至留名上海滩、红极东南亚的，不是"谢公屐"也不是"谢公诗"，而是泽雅纸，一种古法捞出来的手工竹纸。

据从瞿溪走出去的台湾著名文人、《橘子红了》的作者琦君回忆：从宋朝到 20 世纪 60 年代，瞿溪码头一直是泽雅屏纸的集散地。

二

就这样，将泽雅和瞿溪勾连在一起的，除了纸还是纸。

就这样，这张苏轼、黄公望、潘天寿等等大家笔墨"伺候"过的纸，在它从水里出生、阳光下成型、又沿着水路流转那一刻起，就不曾停下过脚步。一闪而过的两岸，伴随着一纸上市，就百业繁兴。

据明万历《温州府志》记载，当时温州府已在瞿溪设立纸局，专门负责温州蠲纸的制造、进贡和运销。在 400 多年漫长的岁月里，瞿溪码头因纸而繁华，成为全国闻名的屏纸集散地。周吉敏在她《斜阳外》一书中记述："来自泽雅、瑞安、藤桥的纸农把纸挑到瞿溪街上，歇在店铺门头等待伢郎和纸行人估价。卖了纸后，在瞿溪街上买了生活必需品物资回家。旧时，一天内就有一千多刀纸从瞿溪河出去运往温州，然后从温州运往上海。听说，在上海南市十六铺码头建有屏纸仓库进行中转，然后运往全国各地，甚至输向东南亚等地。"

这纸的传奇远不止于此。比起"洛阳纸贵"，泽雅纸在顶峰时，竟然有过之而无不及，因为它的定价不是山里的纸农说了算，而是来自上海十六铺码头。有点像今天的石油、大豆"期货"，不是产地说了算，而是市场说了算。

不管怎么说，因为这张纸，瞿溪成为温州最为繁忙的水运码头之一，温州更是将这张纸列为当地"名优土特产"。也因为这张纸，全国各地做纸行生意的客商、跑山货生意的商贩云集瞿溪码头，街上每天人头攒动，热闹非凡。

琦君回忆儿时在瞿溪镇（那时还叫三溪镇）生活时，曾感叹每年二月初一的"会市"比过年还热闹："那一天，满街张灯结彩，搭戏台摆花祭，亲朋好友纷至沓来，家家户户设宴，比过新年还热闹。"

"会市"的形成，跟屏纸交易有着千丝万缕的联系，如今已成为非物质文化遗产。

这样的"联系"，一直持续到20世纪60年代达到顶峰，最终在大上海以街道命名的方式留存下来。作为国际大都市，上海的街道命名，一般都是选择在全国有影响力的省市来命名，比如著名的南京路，浙江路是紧挨南京路的一条路，而温州路只是一条小巷。但只是温州下面一个乡镇的瞿溪，却在上海对外贸易的咽喉之地、南市区一条颇具规模的街道获得了命名，且分为瞿溪东路、瞿溪西路。由此可见瞿溪作为屏纸集散地,当时在全国的影响力。

无疑,那是泽雅屏纸的黄金时代,也再次印证了,码头能走多远,纸就能走多远。

三

天下没有不散的宴席,也没有一成不变的产业。曾经风光无限的泽雅纸山,如今仅仅作为"中国古代造纸术的活化石"保存在山间"生态博物馆"里,因纸而生的瞿溪码头,往日的芳华都浓缩在眼前这条曲折、狭小的老街上。尽管阳光仍然在飞檐、屋脊、石墙、街巷的半张脸上缓慢移动,但稀疏的行人、寂静的店铺、丛生的杂草,无不感叹岁月不居、时节如流。

当我们从泽雅转到瞿溪,眼前的景象实在不能用兴奋二字来形容和修饰。千篇一律的古镇早已提不起我的兴趣。只身穿过小巷,直奔瞿溪河边,结果引领我的流水声送来更大的失望。

想象中的瞿溪河,虽比不上人工开凿的大运河,但也不至于变成潺潺溪流。且不说水里没有一条舟楫的影子,就是放一条江南水乡常见的乌篷船进去,也会搁浅。仅仅只能打湿脚背的水面,再也载不动那张薄薄的纸。

倒是用条石修葺得整整齐齐的两岸河堤,让人幻想这里曾经水面宽阔,桨声灯影,繁忙如昨。这样的堤岸,并不鲜见。在我生活了20多年的成都,曾经"门泊东吴万里船"的锦江,如今也是这般模样。只是每次看到这规则的石砌河堤,我就想起阿多尼斯感叹的"河水的囚笼"。也想起济南同行曾转述莫言游黑虎泉时,对条石砌成的河堤提出批评:"一点野趣也没有!"

没有野趣的河堤，没有舟楫的溪流，也就没有如烟往事。

难怪在今天的瞿溪名片上，那么多头衔里，唯独没有那张曾聚集财富、聚集人气的纸。取而代之的，是浙南古镇和真皮古镇。

没了纸的瞿溪，连同其他历史人文遗迹归入了"浙南古镇"，但这"真皮古镇"最初让人有些费解。直到当地人领着我们，到瞿溪真皮批发市场走了一遭，亲眼所见，我才知道，世界上竟然真有那么大那么软那么品类繁多的真皮。比起人造的纸，至少在柔软和书写性上丝毫不逊色。毕竟在纸出现之前，人类已经在牛皮、羊皮上书写文字了。

当地政府自然将这归类为产业升级，而我却天真认为这不过是一种价值回归，毕竟一张普通的纸贵不过一张真皮。

也是，在这个挖掘历史价值的时代，越是久远的东西越值钱。从这个维度看，只有 2200 年历史的一张纸，自然抵不过使用时间更久远的一张皮。

晚饭后，当我们乘车离开瞿溪，车窗外一闪而过的新村风貌和广场上跳舞的大妈们，让我再次想起那个历史与现实的"技术性"难题。尽管这趟没能找到标准答案，但我内心却不再纠结，仿佛一切都已在一张纸里走完过场。

2020 年 4 月 6 日于成都三学堂

谢灵运的楠溪江

那时候，温州还不叫温州。虽然城镇仍"鸥居海中"，中亚热带季风常年吹拂，冬无严寒，夏无酷暑，温润适中，但让"温暖的州"名副其实，则要到公元675年去了。

在这之前的300多年里，它叫永嘉。

公元323年，晋明帝太宁元年，析临海郡南部四县置永嘉郡，属扬州，建郡治于瓯江南岸（今温州市鹿城区）。辖永宁、安固、横阳、松阳4县，是为永嘉建郡之始。

但要说永嘉是温州历史之根、文化之源，时间又得跑上将近百年。那是南朝宋武帝永初三年，公元422年，一个叫谢灵运的人被贬官至永嘉郡，因为他的到来，永嘉成为闪耀历史长河中的文化高地，就像20世纪改革开放之初响遍全国的"温州模式"，深刻影响和改变着这一方天地，赋予其深厚的人文内涵。

因为，那个被贬官的谢灵运，不仅是中国最早的"登山鞋"发明者，更是中国山水诗的鼻祖。

即使将近1600年过去，今天只要沿温州境内的楠溪江走上一趟，你仍然会看到，这片山河依旧保持着桃花源般的气质，溪水里依旧在流出令陶弘景、李白、杜甫、王维、孟浩然、韦应物、柳宗元、苏轼、陆游、朱彝尊等大家推崇备至的山水诗。他们或因谢灵运慕名永嘉山水接踵而至,或在自己的诗中取法于谢灵运,形成蔚为大观的山水诗运动。

一

这个让后世诗仙李白、诗圣杜甫都着迷的谢灵运,到底何许人也?

熟悉魏晋南北朝历史的人都知道,谢灵运是不可忽视的一个人物。就连大历史学者黄仁宇,在他《赫逊河畔谈中国历史》里,也有专门列举:"最显著的一个例子,则是在淝水之战立功的谢玄,三传而至孙子谢灵运,为诗赋名家。"在南京秦淮河边的乌衣巷,刘禹锡曾留下著名诗句:"旧时王谢堂前燕,飞入寻常百姓家。"这里面的"王""谢",也和谢灵运以及比他更早到永嘉的王羲之有关。

没错,谢灵运和王羲之都属于魏晋时期"四大家族"中的世家子弟,"王谢袁萧",谢家排第二位。在影响中国大历史的"淝水之战"中,以谢安为首的谢氏家族为东晋大胜立下至伟贡献,奠定了陈郡谢氏为东晋以及南朝的当轴士族,以至于后人将门阀士族鼎盛的魏晋南北朝时期比喻为"王谢"并称的年代。在历史上最著名的一场文人雅集、永和九年王羲之于会稽山阴之兰亭召集的42人雅集中,陈郡谢氏就有谢安、谢万、谢滕三人。

短短的200多年中,谢氏家族不仅产生了许多叱咤风云的政治家、军事家,更出了许多著名的文学家、艺术家、思想家、诗人。其中谢灵运、谢朓的文学成就为世人瞩目。在南朝宋时代,谢灵运与颜延之、鲍照并称为"元嘉三大家",有意思的是,这三人都先后担任过永嘉郡守。

二

比起今人热衷挖掘"琅琊王氏"等门阀世家轶闻趣事，我更热衷于探寻一个人与一条江的关系。这条名叫楠溪的江，为何吸引王羲之、谢灵运、颜延之等名人流连忘返？难道仅仅是地理位置的原因？中国那么多大江大河，为何偏偏影响至今的山水诗从这条江里流出？

脑子里有太多"十万个为什么"，也得回到源头，回到这条江本身说起。

今天已被列为世界地质公园的楠溪江，和当年王羲之、谢灵运游过的楠溪江一样，仍横亘在浙江省温州市北部的永嘉县境内，从未"变节"。南距温州市区26公里，东与雁荡山毗邻，西接缙云仙都，总面积671平方公里。可能唯一不一样的地方就是，今天的楠溪江，被人为划分出了八百多个景点。而谢灵运需要专门发明"登山鞋"来征服的楠溪江，自然不会有景点划分的。"横看成岭侧成峰"，移步换景，人在景中，景在心中。

在所有的赞美和比喻中，我觉得散文家祝勇在《楠溪江：长达一千年的春天》里的描述最为贴切：

楠溪江的水域地图，看上去像一片摊开的桑叶，皱巴，起伏不平，边际不规则。凸起的地方是山，几乎在山的每个缝隙，都有曲折的水流，细致如丝，很像叶子上的茎脉，弯曲，在反反复复的弧线中展开自己优雅的长度。在所有的水流中，楠溪江一眼可辨，那是最粗的脉，其他所有的茎脉都从它的身上分离出去……整个桑叶就像一个巨大的海绵一样，吸收并且蓄积水分。

所以，这里几乎永远是绿色的，一切生命无不蓬勃健美，永不枯萎。

或许正是这种开枝散叶式的水系分布和海绵一样的兼容并内涵，使得这条江在从山中流出的那一刻，就不再是千回万转、曲径通幽式的一路单调下去，在串联起沿途的小桥流水人家和田园牧歌炊烟的同时，人生和自然的光泽在这里显露无遗。

三

来到楠溪江的谢灵运，正是仕途开始坎坷的时候。

如前所说，出身门阀世家的谢灵运，很小的时候就聪慧过人，祖父谢玄十分看重他。谢灵运从小便爱读书，博览经史，一手文章好得"江南几乎没人赶得上"，堂叔谢混尤其喜欢他。晋安帝元兴二年（403年），十八岁的谢灵运继承了祖父的爵位，被封为康乐公，享受两千户的税收待遇。谢灵运喜爱奢侈豪华，他车子的装潢鲜艳而美丽，他的衣着、玩的用的东西，无不改变以往的旧样式，世人都学他的样子跟着变，人们都叫他谢康乐。

元熙元年（419年），刘裕在彭城建宋国。刘宋代晋后，谢家日渐衰落，先是叔叔谢混被杀害，后来谢灵运擅自处死门生，被免除官职。第二年，谢灵运爵位由康乐公降为康乐县侯，食邑五百户，出任散骑常侍，转任太子左卫率。门阀世家出身的资历和恃才傲物的天性，使谢灵运仍然任性妄为，仍然偏激有加，自视有经世济国之才，但朝廷只把他当作有些才华的文人，而不是有学识才干的政治家。这便注定了他仕途坎坷和抱负无望。

422年，宋少帝继位，权力掌握在大臣的手上。谢灵运在中间挑拨离间,诽谤当权人。司徒徐羡之等人很怕他,便排挤他外放任永嘉太守。

正是在这样的时代背景和怀才不遇的心境下,翻越崇山峻岭来到永嘉的谢灵运,甫一见到楠溪江,便被收走了所有的不痛快。远离朝堂的喧嚣和尔虞我诈,被贬谪的苦闷加速了他走向自然山水的步伐。游山玩水,本就是魏晋文人名士的平生快事。更何况,谢灵运还是他们中的头号"旅行家"。传说最早的登山鞋"谢公屐"就是他为出游搞的专项发明。

他在木鞋鞋底安上两个木齿,上山去其前齿,下山去其后齿,这样山路走起来就稳当多了。后世大诗人李白对这种登山鞋喜爱有加,在《梦游天姥吟留别》中为其点赞致敬:"脚著谢公屐,身登青云梯。半壁见海日,空中闻天鸡。"

当时的永嘉,地处荒僻东夷。楠溪江草木蒙茸,在它的下游绿嶂山,也被葳蕤草木覆盖。被贬谪的苦闷之人,猛然碰到这样的山林水泽,他内心的光亮一下子被点燃,仿佛那就是为灵魂准备的疗伤药酒,不逮着灌醉岂能罢休?

有研究表明,谢灵运到永嘉任上一年,几乎不问政事,只管任情遨游,足迹几乎踏遍了每一个县。每次出游,经常十数天不归,贵为一方父母官,治民、进贤、决讼、检奸等郡守的主要职责,一概不闻不问。

脚穿特制登山鞋的谢灵运,就这样徜徉在永嘉的山林水泽里,一如闯入世外桃源,沉醉不知归路。走到哪里黑就在哪里歇,触景生情就挥笔写下诗句。这片处子一样的天地,带给他的身心体验,足以洗却身上的疲惫和污浊。"澹潋结寒姿,团栾润霜质。涧委水屡迷,林迥岩逾密。眷西谓初月,顾东疑落日。"这是他的《登绿嶂山》中的诗名,可想象当时古树蔽日,浓翳遮天，在林间竟闹不清月出日落谁东谁西，辨不明方向。《登石门最高顶》一诗，是写距离永邑（今鹿城）十三里贤宰乡的北面石门，即今天永嘉县黄田镇境内。当时"长林罗户庭""密竹使径迷"，甚至"嗷嗷夜猿啼"，不仅山上林木苍翠，还有猿猴啼鸣。《石室山》描写的更是楠溪江腹地大若岩景色，在当时要去到这个景点，道路可谓艰难险阻，也只有谢灵运这种真正醉心用情于山水的诗人才可能去得了。

据考证，谢灵运漫游楠溪江的一年里，先后写下了二十余首山水诗。他的每一首诗传抄回京都，都引起不小轰动。但他区别于田园诗鼻祖陶渊明而称山水诗鼻祖，显然不仅是他笔下的永嘉山水令人着迷，更在于他从露珠般的自然光芒中感受到的原始现实。登临万古如斯的仙岩山，他写下《舟向仙岩寻三皇井踪迹》：

> 弭楫向南郭，波波侵远天。
> 拂鲦故出没，振鹭更澄鲜。
> 遥岚疑鹫岭，近浪异鲸川。
> 蹑屐梅潭上，冰雪冷心悬。
> 低徊轩辕氏，跨龙何处巅？
> 仙踪不可即，活活自鸣泉。

在楠溪江流域的瞿溪，这首作于景平元年夏秋之际（423年）的《过瞿溪石室饭僧》一诗，回顾他迎着旭日、穿着木屐走过陡峭山间小径、看到山居禅境的景象：

> 迎旭凌绝嶝，映泫归溆浦。
> 钻燧断山木，掩岸墐石户。

> 结架非丹甍，藉田资宿莽。
> 同游息心客，暧然若可睹。
> 清霄扬浮烟，空林响法鼓。
> 忘怀狎鸥鲦，摄生驯兕虎。
> 望岭眷灵鹫，延心念净土。
> 若乘四等观，永拔三界苦。

出守不得志而寄情山水的文人心境昭然若揭。

四

俗话说爱得越深伤得越深。深度游玩楠溪江的谢灵运，从最初的惊喜与狂热中清醒过来，发现自己内心深处的创伤并未得到彻底医治，就像做了一场春梦，醒来还得面对自己提不起来的现实。而那些他用探险和生命写下的诗篇，并不能改变朝堂上那些人对他的看法和排斥。或许正是这样的无奈，使他在疯狂游山玩水一年后，毅然决然地称病离职，返乡隐居，开山造湖，大兴土木，无论堂弟谢晦、谢曜、谢弘微等人如何规劝，根本不听。

这样的情节，与他祖辈谢安同时代的王羲之早已阐述：

当其欣于所遇，暂得于己，快然自足，不知老之将至；及其所之既倦，情随事迁，感慨系之矣。向之所欣，俯仰之间，已为陈迹，犹不能不以之兴怀，况修短随化，终期于尽！

信可乐也的背后，"固知一死生为虚诞，齐彭殇为妄作"是每个人都逃不过的宿命。

也正因为这样短暂的偶遇与感伤，不仅成就了谢灵运之于山水诗的发展际遇，也成就了楠溪江作为一条文化河流的起源。永嘉山水因谢灵运的发现而名扬天下，而谢灵运又因永嘉山水孕育的诗情，奠定他山水诗鼻祖的地位。苏轼云："自言官长如灵运，能使江山似永嘉。"在谢灵运之后，一代又一代的诗人慕名而至，吟咏不绝，留下无数珍贵诗篇，形成浩浩荡荡的溪山文化。

从长时间远距离看，谢灵运、王羲之身处的那个时代，是真正意义上的文人时代。在地域南北对峙、天下动荡的魏晋时期，也是一个思想活跃的时期。一部《世说新语》，将那时的文人名士刻画得淋漓尽致。他们特立独行，放浪形骸，对酒当歌，不拘礼节，洒脱倜傥，从"建安七子"孔融、陈琳、王粲、徐干、阮瑀、应玚、刘桢到"竹林七贤"阮籍、嵇康、山涛、刘伶、阮咸、向秀、王戎，从钟繇到王羲之，从陶渊明到谢灵运，从郭璞到张衡，以及顾恺之、颜延之、鲍照、谢朓、干宝、陈寿、范晔、蔡邕、蔡文姬、陆机、陆云、左思、沈约、萧纲、萧绎、王献之等等，更有文韬武略的曹操、曹丕、曹植、郭嘉、荀彧、夏侯惇、诸葛亮、孙权、周瑜、袁绍、司马懿、董卓、张角、张梁、张宝、苻坚、谢尚、谢安、刘裕、拓跋珪、拓跋焘、萧衍、宇文泰、萧道成、高欢、陈霸先、羊祜、祖逖等等帝王将相和名士。这份长长名单里，被后世称得上"鼻祖"的人，亦大有人在。比如书圣王羲之、画圣顾恺之、琴圣嵇康、堪舆鼻祖郭璞、天文学鼻祖张衡、楷书鼻祖钟繇、田园诗鼻祖陶渊明、山水诗鼻祖谢灵运……灿若星河，构筑起唐诗宋词元曲明清小说之前中国文学艺术的绝对高峰。

除了时代背景和天赋异禀，这些文人雅士活得真实，活得张狂，活得自我，也活得洒脱。可以动不动就"与山巨源绝交"、琴曲宁可失传也不愿无知音、亭子修禊就要搞个群贤毕至曲水流觞的盛大雅集,留下许多逸闻趣事、千古佳话,成为后世文人景仰或羡慕嫉妒的"名士生活方式"。

唯有活得真性情,才可能写得真性情。白日放歌须纵酒,酒酣耳热之际,王羲之挥毫写下《兰亭集序》,这不仅是书法艺术史上一件价值连城的瑰宝,也是一篇千古流芳的美文。

然而魏晋风度或者魏晋风骨,又不止于自我性情的真实抒发。他们既能"仰观宇宙之大",也能"俯察品类之盛",即使是当世枭雄曹操,对酒当歌,慨叹人生几何时,也有"白骨露野"的民生疾苦关切。这个关切,除了对个人命运的关切,更多的是对现实的关切。尤其是一大批宁为玉碎不为瓦全的文人高士,或遁世修道、骑鹿炼丹,或归隐田园、纵情山水。朝代的频繁更替,世道的沧桑起落,加上奔走于自然山水之间,让文人们的抒写对象开始关注现实,逐渐摆脱汉赋的浮华气息,形成了一种自然天成,个性飞张的风格。谢灵运从一条江里捞起的现实,既有苔藓一样跳动的光泽,又有蝉虫一样刺耳的寂静。

这种现实主义的关切,让他们的风度和诗句有了蓬勃的生命力。

2020 年 5 月 19 日于成都三学堂

嘉陵江小三峡

曾经在很长一段时间，我为故乡的偏远感到莫名的自卑，不是因为交通闭塞，而是因为文化荒漠。虽然背靠连绵大山，门前嘉陵江环绕，青山绿水在今天看来堪称世外桃源，但在那个渴望走出山村、走向广阔天地的少年心中，贫瘠一如脚下的泥汀，堆积着厚厚的烂泥，连一块青石板都是奢侈。

直到对一座城的深入研究，直到一首诗的出现，我仿佛听到了历史的回响，那远去的鼓角争鸣、那暗淡的刀光剑影，让长满荒草的故乡突然间变得厚重起来，沿着大部分时间清澈的江水浮出水面，影影绰绰，穿越嘉陵江尾段沥鼻峡、温塘峡、观音峡三座峡谷，冲出两岸河滩的泥沙，冲向浩浩荡荡的长江，在时间的深处重新定义我对故乡历史文化的认知。

一

城是钓鱼城，在我家屋背后的山坡上平视可见；诗是古诗，南宋后期川东地区最著名学者阳枋（1187—1267，合州巴川〈今重庆铜梁东南〉人）所作一首五言律诗。

关键是诗的标题一下子解开了我的自卑与困惑：

沥鼻峡

【宋】阳枋

双穴流清泉，古来名有自。
至今存一息，呼吸窍万类。
山以泉为津，石以穴为鼻。
无形本扩天，有质著平地。

沥鼻峡，这不就是我家门前嘉陵江龙洞沱段的峡口所在吗？小时候家乡不通公路，我们去上游合川城、到下游重庆城，都得坐船，那船身上就印着硕大三个字：小三峡。后来盐井船厂又造了一艘船，就叫"沥鼻峡"。江边的人都知道，小三峡指的是嘉陵江小三峡，从上往下，分别是沥鼻峡、温塘峡、观音峡，位于重庆市合川区、北碚区境内，全长 27 公里。出了这三峡，重庆城就不远了。

一个南宋著名学者，为何给我那穷乡僻壤的家乡留下诗篇？难道仅仅是因为他也是大合川人？还是他从这里经过想起什么往事？

随着对 760 多年前那场改变世界历史走向的"钓鱼城之战"深入研究，我那贫瘠的家乡面目越来越清晰。

二

全长 1345 千米的嘉陵江，发源于秦岭北麓的陕西省凤县代王山，是长江上游一条重要支流，在南宋抗蒙名臣四川安抚制置使兼知重庆府余玠大帅著名的"川蜀山城防御体系"中，嘉陵江作为"内水"是重点布防对象。因为冷兵器时代大军和粮草辎重，最快速的转运方式就是水路，尤其是崇山峻岭、峡谷密布的四川地区，控制水道就掌握了战场的主动权，相当于今天的"制海权""制空权"。

事实上，公元1258年，蒙哥汗三路大军伐宋时，由其亲率的中军主力到达六盘山后，就将在西征时攻无不克的回回炮等重武器留在了那里，大军沿江河快速推进。蒙哥汗的计划堪称完美，史称"斡腹之谋"。计谋的核心是，由他所率领的西路主力入川后东出长江三峡，与忽必烈自京湖地区南下的中路军、兀良哈台自云南与广西北上的南路军在鄂州会合，然后顺江而下，直捣建康与宋都临安。

计谋虽好，但要达成目标，一要看被攻的一方是否有准备，二要看对手是否有实力。而令当时如日中天的蒙哥汗没想到的是，他的这次举兵伐宋，非但没有砍瓜切菜那么轻松，反倒使他走上一条不归路，命殒钓鱼城下。

后人说到宋朝，在感叹文化高度发达的同时，无不对宋朝军队的战斗力嗤之以鼻，北宋澶渊之盟后，大宋不仅失去燕云十六州，还每年向辽国纳贡；靖康之难后，不仅连中原和首都都丢了，徽宗、钦宗二帝及宗室、后妃、官僚、百工等数千人，连同大批从宋朝掠夺的金银珠宝、珍贵书籍等等都被掳走，立国160年的北宋王朝灭亡了，大宋的天下只剩下长江以南的半壁河山。

但再弱的朝代，也不乏名将良臣，尤其是以文治天下的大宋王朝，偏安南方的南宋王朝，比起朝廷的羸弱不堪，南宋名将辈出，他们以自己超凡的人格魅力、文治武功、开阔胸襟、远大抱负，撑起帝王风雨飘摇的朝堂和江山社稷，这些国之栋梁，前有抗金名将岳飞、吴玠、韩世忠，后有抗蒙名将孟珙、王坚、张钰，就连书生出身的虞允文、余玠，也都是令敌人闻风丧胆的文武大才，前者石采之战大败60万金军，后者治蜀十年令蒙古大军数十年不敢在四川地区为所欲为，更是为后来王坚击溃蒙哥汗大军、延续南宋国祚二十年，使得钓鱼城坚守36年、创造改变世界历史进程的辉煌奠定了坚实基础。

因为川蜀地区独特的地形地貌，余玠自淳祐元年（1241年）底全面负责四川防务后，在十年治蜀期间，革除弊政，轻徭薄赋、整顿军纪、除暴奖贤、广纳贤良的同时，采纳播州（今贵州遵义）人冉琎、冉璞兄弟建策，采取依山制骑、以点控面的方略，先后筑青居、大获、云顶、钓鱼（分别位于今四川南充南、苍溪东南、成都金堂南、重庆合川东）等十余城，并迁郡治于山城。又调整兵力部署，移金州（今陕西安康）戍军于大获；移沔州（今陕西略阳）戍军于青居；移兴元（今陕西汉中）戍军于合州（今重庆市合川区东钓鱼城），共同防守内水（今涪江、嘉陵江、渠江）；移利州戍军于云顶，以备外水（即岷江、沱江）。诸城依山为垒，以水为链，据险设防，屯兵储粮，训练士卒，经数年建设，逐步建成以重庆为中心，以堡寨控扼江河、要隘的纵深梯次防御体系，史称"山城防御体系"。据称，余玠所筑山城堡垒一共大小72座，在四川星罗棋布的水网上，结成一座专制以灵活机动快捷著称的蒙古大军的大网。其中最有名的"四川八柱"（又名"蜀中八柱"，即苍溪大获城、通江得汉城、剑阁苦竹城、金堂云顶城、蓬安运山城、南充青居城、合川钓鱼城、奉节白帝城），大部分都分布在嘉陵江及其支流的江边山上。作为蜀口关键的钓鱼城，更是从山上修筑了多道数米宽的城墙直抵嘉陵江、渠江中，既方便转运笨重物资，又方便快速传送兵力。如此"边防稍安"，四川也因此再度成为南宋重要的粮仓和兵源所在地，支撑起宋末王朝的半壁江山。

三

诗人梁平曾在其诗文中，将嘉陵江最美的身段给了南充一带，我想那是因为嘉陵江流经丘陵地区的南充时，江面比之上游和下游的高山峡谷更加开阔和平缓。这开阔和平缓也不仅是江面的开阔和平缓，也有从江面往两岸眺望的开阔平缓，江水七弯八拐，两岸浅丘田野，若是在春天，花红草绿油菜黄，更是美不胜收。

南充下属、也是司马相如的老家蓬安县，如今每年春天都会举办"百牛渡江"活动。嘉陵江在流过蓬安县城后，在相如镇油房沟村一带，由于江水的冲刷，泥沙的沉积，形成两个巨大的江中岛屿：太阳岛和月亮岛。从暮春到初秋时节的清晨，数百头耕牛分别从嘉陵江岸边成群结队游上岛去啃食青草，黄昏时分牛又下水回游上岸。为推动当地文旅业发展，政府有意识打造了这个"百牛渡江"活动。我虽未去现场看过这个生态奇观，但多次因为工作原因从视频和照片上见到，数百头水牛浩浩荡荡、争先恐后冲向嘉陵江，那场面确实壮观。

这样的壮观在嘉陵江进入我的家乡合川，尤其是进入我老家龙洞一带后，不复存在。因为庞大的缙云山系阻挡，江水陡然收紧了腰身，不仅形成一个个巨大的回水沱，也形成嘉陵江上有名的沥鼻峡、温塘峡、观音峡三峡。江水变得湍急狰狞，险滩暗礁密布，莫说渡牛，渡船都十分危险。长江三峡的纤夫，一段时间也曾活跃在嘉陵江小三峡一带，我八十多岁的父亲，至今仍记得他父亲跑船时纤夫们喊的几句号子：龙洞沱房子没几间，卷二石脑壳朝脊上……

一入峡谷深似海。要生存就得斗争，与山斗，与水斗，与天斗，与人斗，江边滩头上，曾经此起彼伏的纤夫号子，不过是他们苦中作乐罢了。

四

然而，山水毕竟有灵。

这样的环境，今天虽然不适合城市化进程的发展与普及，却在相当长的岁月长河中，是人类的出生地与栖息地。

就在南充往下、合川往上的遂宁嘉陵江边上，考古学家发现了距今5万年至20万年之间的旧石器遗址，出土了大量的手斧、手镐、薄刃斧、重型刮削器、大石核以及动物化石等遗物，这是皮洛遗址之后，四川旧石器时代又一重要且罕见的大型旷野遗址。

山的磅礴丰富，水的润泽丰腴，对长时间处于农耕社会的人类来说，实乃桑梓之大幸也。

刘禹锡居陋室曰：山不在高，有仙则名。沿嘉陵江（包括涪江、渠江两条支流）从上往下，仅四川一带，历史上就曾出现了阆中落下闳、南充司马相如、陈寿，绵阳江油李白，遂宁射洪陈子昂等等历史名人，近现代更有张澜、朱德、邓小平、罗瑞卿等为代表的革命家和领导人。瘠土穷人，却往往能出志向远大之人，或许是这个理。

但是，这些灿若星河的名人，虽然同饮一江水，可他们毕竟不是江尾合川我的老乡啊。

这份执念，阻碍了我的视线，也激起了我的求索欲。

因为生我的这片土地，在遥远的恐龙时代，曾出现了"合川马门溪龙"这种超级动物。作为"龙"的传人,"龙"的出生地,当真就该是"瘠土穷人"?

五

前文说过,这一切的发现与惊喜,归功于一座城和一首诗。

城是钓鱼城,诗是阳枋的《沥鼻峡》。

然而,当我百度查找"阳枋",却又不免让人尴尬了一番。这位赞美过我家乡的南宋理学大家,却不如今天的北京的"阳坊"有名,直到加上"南宋""合州巴川"等前缀,才找到零星线索。

翻阅阳枋的人生履历,才知道这位生于1187年的大儒,原来是"大合川"人。南宋时的合川即合州,辖区面积是今天的五倍多,到彭大雅和余玠治蜀修筑钓鱼城、王坚坚守钓鱼城时,更是将周边五个县迁到钓鱼山上,组成"石照县"。阳枋属合州巴川(今重庆铜梁东南)人。在那个风雨飘摇、动荡不堪的时代,他的一生与抗蒙、与钓鱼城紧密相连。

有趣的是,在张生全小说《蒙哥大帝》中,阳枋被塑造成南宋打进蒙古大军、影响蒙古帝国政权的智者、英雄。

历史的真实却是,这位活了81岁的智者,终其一生也没离开过南宋偏安的半壁河山。一生中大部分时间都在川蜀地区为官讲学,一生中最高光的时刻也是余玠治蜀期间。

南宋淳祐四年(1244年),三年前赐同进士出身的阳枋,应蜀帅余玠之请,分教广安,历监昌州酒税,大宁理掾。而他在宋理宗嘉熙四年(1240年),四川制置副使彭大雅为了抗击蒙古军队,派遣甘润于合州(今重庆合川)东十里钓鱼山上筑寨时,就曾多次写诗盛赞这一英明举措。在今天能看到的阳枋《字溪集》十二卷中，就收录有两首《庚子叨贽合州甘守》。尤其是第一首指明了钓鱼城"蜀口关键"的战略地位：

> 吴门扞蔽重夔渝，两地藩篱属钓鱼。
> 自昔无城当蜀屏，从今有柱壮坤舆。
> 军心铁石深山里，敌胆灰尘筑鉴余。
> 看偃天戈夜忙月，郎声读破磨崖书。

1243 年，已帅蜀的余玠命冉琎、冉璞主持修筑钓鱼城，迁合州治所于此，驻以重兵，以控扼嘉陵江要冲。到了宝祐二年（1254 年），王坚任合州守将，开始大规模修城设防，陕南、川北人民纷纷迁来，钓鱼城成为当时南宋抵抗蒙古大军入侵的军事重镇。

"钓鱼"与"被钓鱼"的一场大战随后打响。公元 1258 年，蒙古帝国第四任可汗蒙哥兵分三路全面伐宋，蒙哥亲率主力大军从六盘山起兵进入川北，一路披靡，于 1259 年开庆元年春正月兵临钓鱼城下，但历史却在这个弹丸之地转了个巨大急弯。

面对横扫天下无敌手的蒙古帝国十万铁骑，守城的南宋军民在长达半年的抵抗时间里，创造了以弱胜强、震惊世界的战绩，不仅击毙蒙军前锋总帅汪德臣，更是让一代天骄成吉思汗的孙子蒙哥大汗阵亡城下。为争夺汗位，正在欧亚大陆征战的蒙军各部急速撤军，进攻鄂州（今湖北武昌）的蒙哥汗之弟忽必烈和进攻潭州（今湖南长沙）的大将兀良合台，以及正在叙利亚与埃及军队作战的旭烈兀均匆忙回师，与留守蒙古草原的幼弟阿里不哥开始了长达十年的内战。蒙古帝国企图急速灭宋的战略计划由此破灭，蒙古占领欧亚、侵吞非洲的梦想也被粉碎。因此，钓鱼城被欧洲人誉为"东方麦加城"和"上帝折鞭处"，中国人则称它为：延续南宋国祚20年的城、独钓中原的城、支撑南宋王朝半壁江山的城、改变世界历史的城。

明朝诗人胡应先曾作诗赞曰：

孤城百仞接云烟，撑拄巴渝半壁天。
率土已为元社稷，一隅犹守宋山川。
虽然地利夸奇险，终藉人谋妙斡旋。
欲剔残碑寻战绩，苔荒径断总茫然。

中国作协副主席、文学评论家李敬泽评价说："钓鱼城在一个世界规模的军事事件中发挥了影响，一根钓竿钓起了世界之重。"诗人、教授邱正伦则称："钓鱼城是加盖在世界史扉页上的一枚图章。"

出于对历史细节的考究，我则更为关注作为历史当事人的蒙哥汗，为何明知不可为而偏要为之，或者说谁给了他与绝壁坚城决一死战的底气？

咱们接着往下看。

六

蒙哥汗围攻钓鱼城受挫，本可以采纳属下建议，用一部分兵力围城，主力继续顺嘉陵江、长江而下江汉与忽必烈汇合，但他没有。他有帝王天生的骄傲和自信。骄傲和自信源于他那些辉煌既往："长子西征"时在里海附近活捉钦察首领八赤蛮，横扫斡罗斯等地；血雨腥风中争得大位，即位后励精图治，命弟忽必烈南下征服大理等国，命弟旭烈兀率大军西征，先后灭亡中亚西亚多个王朝，兵锋抵达今天地中海东岸的叙利亚、巴勒斯坦地区，即将与埃及的马木留克王朝交战。蒙哥汗发动三路攻宋战争后，亲率西路军进入四川仅仅大半年时间，就攻克了川北大部分地区。这些辉煌战果让他自信天下还没有蒙古铁蹄征服不了的城池。

但现实的残酷和无奈却是，他的御驾亲征竟然奈何不了一块石头，大军受阻于一个弹丸之地，分明让他感到脸上无光，分明让他觉得劝说的人都在嘲笑他的无能。自己下不了台，他的命运只好下台。

当然，除了他性格的原因，还有一个重要原因，那就是当时的钓鱼城处于孤立无援之地，给了蒙哥汗围进攻钓鱼城、坚决要拿下的底气。

据《元史·史天泽传》记载：

宪宗八年（1258年）秋，随宪宗伐宋……九年夏，驻合州之钓鱼山，军中瘟疫流行，正计划班师，宋将吕文德率艨艟千余，溯嘉陵江而上。蒙古军迎战不利。宪宗命天泽抵御。天泽兵出两翼，由两岸向敌船齐射，箭如雨注。他自己亲率水军顺流而下，三战三捷，夺敌舰百余艘，直追到重庆而还。

另据《元史·李进传》记载：

宪宗九年（1259年）二月，蒙古大军围攻合州钓鱼山寨。五月，宋水军由嘉陵江来援救，大战于三槽山之西。六月又大战于三槽山之东，李进均有战功。秋七月，宋军战舰三百余艘停泊黑石峡东岸，以轻舟五十只为前锋，蒙古军船七十艘泊于黑石峡西岸，两军相距一里左右。宪宗立马于东山，拥兵二万，列阵于大江两岸。在史天泽指挥下，蒙古军发起攻势，宋军前锋败走，战舰混乱，蒙军顺流而下，宋军死者不可胜计。

从这两篇传记文章可以看出，正是有了蒙军在嘉陵江"三槽山""黑石峡"阻击宋廷吕文德援军的胜利，使得宋廷再也无力救援被重重围困的钓鱼城，给了蒙哥汗"瓮中捉鳖"的底气和错觉。

好了，"三槽山""黑石峡"到底在哪儿？大学者阳枋为何要写下《沥鼻峡》之诗呢？

七

时称"内水"的嘉陵江，来到三江汇合的钓鱼城下，过了我家门口的龙洞沱，就进入沥鼻峡、温塘峡、观音峡三个高深狭窄的峡谷，然后一路冲到朝天门，与"外水"金沙江汇合，形成浩浩荡荡的长江，一路东流，偏安杭州的南宋朝廷就在下游江之南岸。对当时的蒙古大军而言，沿长江东去取临安，是最佳路径。

而史书中的"三槽山""黑石峡"又到底在哪儿呢？直到看见阳枋的《沥鼻峡》，我心中一惊，莫不就是我曾经感叹文化沙漠的家乡盐井镇一带？那地方我太熟悉，无论走路、坐船，无数次穿越，因为小时候的活动轨迹都在那一带。

倒是会计出身的父亲看后，一语中的："沥鼻峡不就是牛鼻峡吗？因为伸入水中的山像牛鼻子，而鼻孔里是长而宽的石灰岩崖壁，有多级溶洞发育，暗河水从洞孔中流出，长年不断，远远看去像牛鼻子吐水。对了，它还叫黑石峡呢！"

哦，这又是咋回事？父亲说，盐井镇对面、外婆家麻柳坪一带产砚台石和煤炭，所以又称黑石峡。

"那三槽山呢？"

"在观音峡那一带呀！"父亲说，嘉陵江出沥鼻峡、温塘峡后，进入重庆北碚城区东南方向的缙云山中梁山一带，江水冲刷侵蚀形成的峡谷就叫观音峡，最窄处江宽仅140米左右，西北起自朝阳桥，东南止于施家梁，全长约4公里。两边的山上，因西岸的山有南槽、后槽，东岸有石魁槽，合称三槽山。

历史的解码方式竟然这么简单。知道钓鱼城之战，却不知道蒙古丞相在我家门口打过仗，父亲用深厚的民间口头文学知识，为我解码了这两个困惑已久的历史地名。

八

犹记得小学春游北温泉时，曾听导游说当年在钓鱼城下被砲风所伤的蒙哥汗曾在缙云山下的温泉寺养伤，后逝于温泉寺。2018年我创作长诗《钓鱼城》时，曾仔细研究过那段历史，之所以有这样的误传，一是因为史料记载，明万历《合州志》卷一元无名氏所作《钓鱼山》载："宪宗为砲风所震，因成疾。班师至愁军山，病甚⋯⋯次过金剑山温汤峡而崩。"正是因为这份资料，世人都认为蒙哥死于北碚温塘峡，因为古时峡口建有温泉池，称为温塘，又名温泉峡、温汤峡。其中，台湾学者姚从吾在《元宪宗（蒙哥汗）的大举征蜀与他在合州钓鱼城的战死》（台北《文史哲学报》1965年第14期）一文中认为，"温汤峡在钓鱼城对面,也可以说是钓鱼山的附近";二是因为1942年初夏,郭沫若专程考察了钓鱼城遗址,断定"温汤峡"就是今天北温泉一带嘉陵江水域的温塘峡。

意外的是,2021年,我参加重庆沙坪坝虎溪镇的一个采风活动,意外在这个昔日成渝古驿道上的中梁山间古道石壁上,见到了隶书阴刻的"蒙哥棺"三个大字,虽不知为何年代人所刻,但当地民间传说,南宋时蒙哥汗攻合川钓鱼城遇流炮所伤,撤退到北碚温塘峡,再撤至璧山金剑山,不治而亡,葬于金剑山凉亭关北侧。民间传说虽不完全可信,但从展开的地图而言,这几个地方都在庞大的缙云山中绕来绕去,彼此相距并不遥远。

据多位学者考证,《钓鱼山》所记的"金剑山温汤峡",实则是现在璧山区西北四十里、接铜梁区界的汤峡口,今名西温泉。因其地高,便于养伤疗病。乾隆《巴县志》卷二《建置志·驿递》:"温汤驿,在县西北一百里,往陕西僻站……"所以有不少专家更倾向于受重伤而北归的蒙哥汗,曾顺嘉陵江而下到了北碚温塘峡,因为森林茂密的缙云山和山中温泉,利于避暑养伤,但伤势太重不得已继续沿成渝古驿道东小路,试图进入东大路,抵达已被蒙古军占领的成都府,最终却半路丧命。至于"葬于金剑山凉亭关北侧",这个纯属"传说"。毕竟至今为止,包括蒙哥、成吉思汗等在内的蒙元十多位帝王墓葬所在地仍未被发现,因为根据《蒙古秘史》所载,蒙古贵族有不书葬的传统,尤其是帝王陵墓,所以中蒙学界曾联手,甚至邀请世界顶级专家、运用顶级设备、耗费巨资,至今仍无所获。

还有一个情况,导致有人认为蒙哥汗到过缙云山中北温泉、西温泉一带,是因为汪德臣。这位蒙哥的爱将、进攻钓鱼城的前锋总帅,因挖地道偷袭钓鱼城不成,于城下怒骂王坚,被砲石砸下马而受重伤，蒙哥派人将他送到缙云山下嘉陵江边的北温泉养伤。汪从受伤到不治身亡有一个多月时间，期间应该与蒙哥有书信来往，想必曾告知蒙哥夏天的缙云山确为避暑胜地，山中温泉对伤势确有帮助。但蒙哥受伤前汪德臣已死，显然林荫也好、温泉也好，都救不了重伤之人。仅凭这一点，一代雄主蒙哥汗不可能步手下后尘。

比起《元史·汪德臣传》的详细记载，由于蒙古贵族不书葬的传统，所以关于蒙哥的死期、死地、死因至今仍是一个谜，这不仅是一篇复杂的学术文章，甚至几百书都说不清楚，虽然我曾在长诗单行本《钓鱼城》的注释里有过详细解读，但那些也未必是历史的真相。举个例子，关于蒙哥的死期，《元史宪宗纪》记载："癸亥（宋开庆元年，1259 秋七月），帝崩于钓鱼山。"而屠寄《蒙兀儿史记》云，蒙哥汗死于七月癸未。但《宋史理宗纪》载："八月乙酉，降人来言：大元宪宗皇帝崩于军中。"《宋季三朝政要》却记载，蒙哥汗死于十一月。另据郝经《班师议》记，他在七月十二日随忽必烈军队行至淮河之滨，得到蒙哥汗死于合州的消息。由此，史学家们也只能推断，蒙哥汗死于 1259 年秋七月上旬应是可以成立的，至于究竟是哪一天，仍是个谜。

说这么多，我想说的是，从前面蒙古丞相史天泽在"三槽山""黑石峡"的记载来看，包括沥鼻峡、温塘峡、观音峡在内的嘉陵江小三峡，都曾参与了那场改变世界历史走向的"钓鱼城之战"，峡谷里的刀光剑影、鼓角争鸣一直在回响。

首尾相连、长达 27 公里的嘉陵江小三峡，峡谷深邃，峡壁两岸相距不过 200 米，悬崖挺立，犹如刀劈斧削，是打伏击的绝佳阵地。但在交通不便的古代，水路是最佳选择，也是唯一适合大军运行的最佳方式。所以，明知蒙军可能在峡谷两岸设伏，奉命救援的保康军节度使、四川制置副使兼知重庆府吕文德,还是率战船千余艘,沿嘉陵江而上,增援钓鱼城。在这之前的1259年5月,被蒙古军纽璘部阻挡于涪州(今重庆市涪陵区)一带的吕文德,就是凭借勇气和智慧,趁涨水和顺风之利攻断浮桥,击退蒙军,打通蜀道,进入重庆的。

战事之初,吕文德所率战船冲破了蒙古将领李进的防线,接连突破了观音峡、温塘峡两个险要的峡谷隘口,直到我家门前的"黑石峡",才被史天泽"跨江注射"战败,退回重庆。

"由两岸向敌船齐射,箭如雨注。""蒙古军发起攻势,宋军前锋败走,战舰混乱,蒙军顺流而下,宋军死者不可胜计。"从这些描述可见当时战况之惨烈。

九

峡谷传来的历史回响似乎并不止于此。

当我将目光再往历史纵深看,发现在嘉陵江小三峡响起的刀光剑影、鼓角争鸣,真的是远不止760多年这么近。

其中,为今天百姓甚至海外民众所熟知的三国历史主要人物刘备、孔明、张飞、赵云、马超、黄忠等人,都曾激战于嘉陵江上。无他,当时从长江、嘉陵江汇合的重庆到蜀汉政权所在地成都,历史上有两条陆上官道,东大路与西大路,其中东大路直到民国初期都是主要干线通道。

东大路的具体线路是:从重庆渝中区三圣殿(今凯旋路)起,出通远门,经兴隆街、盐锅奇石(今枇杷山)、两路口、遗爱祠、浮图关、石桥铺、二郎关、白市驿、走马岗,到璧山来凤驿。继续经马坊、永川县(今永川区),途经双石到大足县(今大足区）的邮亭铺，西进荣昌，过石燕而达隆昌县（今隆昌市）。再经内江、资中、资阳、简阳等县到达成都。

此路按道路走向，本应命名为西大路，但因四川省省会在成都，故命名为东大路。东大路全程 800 多华里（1 华里 = 500 米），沿途设有 5 驿、4 镇、3 街、72 场，共 10 站路程，历代官府用来传送公文、政令、邮件等。

据考证，东大路路面宽的地方近 10 米，最窄的地方也三四米，可容两匹驮马相向行进，这在"蜀道难，难于上青天"的四川，可谓宽阔大道，类似于今天的"国道"，最低也是"省道"。

而历史上所谓的西大路，并不是像东大路那样是一条路，而是沿嘉陵江水路逆行进入合川或遂宁、南充等地，从路上翻过丘陵，经金堂方向进入成都。对水道交错纵横的古天府之国来说，这条路更具有军事战略意义，因为适合大军和粮草辎重转运。

当然，还有一种说法，西大路也可能是指从重庆溯"外水"到泸州、乐山、自贡、宜宾、眉山而抵成都，李白当年趁着峨眉山月下渝州向三峡，就是走的这条水道，苏门父子三人第一次出川赴京赶考也是走的这条道，经重庆出夔门过三峡到宜昌下船，从江汉平原进入长安、开封。

说到三国，那时的重庆还不叫重庆。重庆得名于南宋时期。宋光宗赵惇先被封为恭王，后来继位成为皇帝，自诩"双重喜庆"，于 1189 年将恭州升格为重庆府，从而使得重庆得名。而在此前，重庆的名字来源于嘉陵江古称渝水，因此重庆也简称"渝"。

同样，今天的四川也得名宋朝。在北宋初期，四川地区被分为西川路和峡西路，后来这两个区域合并，被分为益州路、梓州路、利州路和夔州路，这四个区域合称为"川峡四路"，简称"四川路"。不过，这个名称的由来与四川境内的四条河流无关，而是因为这些地区位于四川盆地的西部，有着广阔的平川沃野，因此得名"四川"。元朝时期，正式设立了"四川省"，这是"四川"作为省级行政区划名称的开始。

从三国到有宋一朝，时间走了千余年，一个名字也走了上千年，时间里的人等得起，但我们看历史说历史的人等不起。只有顺着前文往下看。

也就是东汉建安十九年（214年），刘备、诸葛亮率军定江州（今重庆）后，命张飞率军沿嘉陵江北上攻巴西（合川以上的遂宁、南充一带）。张飞军队进入嘉陵江小三峡地带，因水势凶险而前进受阻。为不贻误军机，便于嘉陵江小三峡的沿江左岸，在原有人行小路的基础上，开筑行军便道，穿峡而过，后人称为"张飞大道"。此道从观音峡上东阳镇开始，经禅岩、西山坪，绕温汤（塘）峡，由草街子、麻柳坪进入沥鼻峡而达合川。这条道路，护险编栏，竖围马墙，宽3尺。此后，该路便为渝合交通要道，而且是渝合间距离最近的道路。

遗憾的是，在重庆北碚西南师范大学（今西南大学）读书的那四年，尤其是谈恋爱都去到了东阳镇的嘉陵江边那片芦苇荡，我还是错过了这条张飞道。不过，现在的驴友却发现了这条道，徒步穿越，有图有真相。

这条现在还有遗迹的嘉陵江小三峡栈道，后来多次在重大的军事行动中使用过。据史料记载，东晋永和三年（347年），荆州刺史桓温率军溯长江经嘉陵江而上消灭成都李氏政权，就经过此栈道。前面讲到的"钓鱼城之战"中宋蒙双方都由此道进军，蒙军大将史天泽大败宋军吕文德部后，曾沿此栈道追赶宋军。

一路追踪，我从一本20世纪70年代从日本影印回来的《万历合州志》中查到，清道光二年（1822年），在合州的陈大猷等巨商带头捐资下，历时两年半，将年久失修、经常坍毁而中阻的此路修复。从合州沙溪庙北岸起，经盐井、草街、二岩、黄桷树至水土沱止，全长110华里，宽3—5市尺。1998年10月开工建设的渝合高速公路合川到西山坪段，正好是这条古栈道的路线。

有人才有路，有路就有人。因为有这样敞亮的大路，被誉为一代文宗的唐代大诗人陈子昂，就曾途经此道，并留下著名诗篇：

> 离离间远树，蔼蔼没遥氛。
> 地上巴陵道，星连牛斗文。
> 孤狖啼寒月，哀鸿叫断云。
> 仙舟不可见，摇思坐氛氲。

这正是古道风光的真实写照。

毫无疑问，在蜀道远通荆楚的历史尘埃中，在"天下诗人皆入蜀"的大军中，从中原来的文人骚客们，基本上走的是杜甫所走过的路线，即从蜀西川陕甘交界处的广元入蜀，然后从重庆下长江出夔门过三峡到宜昌，然后是极目楚天舒，策马奔腾。

时至今日，那些在蜀道上远去的背影里，除了金戈铁马的大军、衣衫褴褛的移民队伍，还有白居易、刘禹锡、元稹、李商隐、王十朋、周敦颐、陆游、赵孟頫、杨慎、王士祯等等千余名诗人留下的灿若星河的诗篇。

所以有人说，蜀道也是一条诗道，一条流传千古的诗歌之路。

十

再看阳枋，他出生于合州巴川，依当时的交通条件，无论应余玠之邀出山入仕，还是晚年（1265年）自夷陵（今湖北宜昌）还蜀归乡，都必须从这条路往来，尤其是大自然鬼斧神工造出的沥鼻峡，更是让他动了诗情，所以有了《沥鼻峡》一诗留下。但从这首诗内容来看，显然是写于"钓鱼城之战"前，否则就不仅仅是自然风光描写了。

如今，从重庆到合川，除了高速公路还有高速铁路，加上沿江水电站开发，嘉陵江小三峡的历史和风光，再也不能用客船去细细品味了，甚至沥鼻峡的"鼻子"都被电站蓄水淹没了。但每次坐汽车或者火车经过这段路程时，我都会对窗外一闪而过的峡谷深情看上一眼，耳边仿佛又响起远去的鼓角争鸣，暗淡了的刀光剑影仿佛就在眼前。厚重的历史压得我喘不过气来，仿佛在嘲笑我曾经的自卑。

无知的空虚还不仅仅在于此。

在奶奶走的那年春节，我又回到了家乡龙洞沱，嘉陵江边那个以百岁老人众多而更名的小山村。平整的沿江柏油马路还未完工，还未加护栏，正好方便小汽车拐进村子。我靠边停下车，站在江边远眺，因为下游草街水电站已蓄水，昔日的河滩码头全都不见，连那曾经立于悬崖上的桑蚕茧站，也只剩下一排砖瓦房"浮"于水面上，江面开阔，远山薄雾霏青岱雾，倒也是一幅怡人山水画卷，加之天空灰暗阴沉，颇有几分宋人山水画意味。只是眼睛往沥鼻峡方向一瞥的时候，却突然跳了一下，一个不文明的词脱口而出的同时，江水中那个我曾经唯一引以为傲的"文化地标"没了。

那是钓鱼城一样的地标，一样的传说啊。

那就是曾为合川人骄傲的八景之一"照镜涵波"。这块曾立于我家门口嘉陵江龙洞沱江中的巨石，据说高 118 米，平常露出水面的身姿也高达二三十米，关于它的传说，打我小时候就听爷爷讲过。在我们那个小山村，流传最广的一个传说是穷教书匠与一只波丝（蜘蛛，我们那里又叫它"灶精"）的故事。说是陈家湾有个教书匠，偶然见抽屉里的波丝喜欢吃他掉的饭粒，就开始有意识喂养它，不想波丝越长越大，大得一间屋子都装不下，教书匠怕了，也养不起了。一晚，波丝托梦于他，请他第二天半夜子时去湾头的嘉陵江边拉船，那是一艘金船，它已经用自己吐出的丝把船拴住了，但由于江水湍急，它还得在江里用身体推船，只要教书匠使劲拉，那船金子就是他的了。结果第二天晚上，波丝并没有等到教书匠来拉船，而它在回水汹涌的江里早已筋疲力尽，绝望之余不由得发出震天号叫，叫声惊落了山上一块巨石，落下来刚好把金船和波丝压在了下面，等到一切响动结束，惊魂一夜的村民跑到河边看到，江中耸立一块像蜘蛛一样的巨石，其头部像镜面一样光滑，"灶精"（照镜）石因此得名。不信传说的人，则取其貌称之为"石镜石"。

直到今日，父亲母亲仍能有盐有味摆起这块石头，这个传说故事，甚至连连感叹"你爷爷讲得才好""他的龙门阵摆得玄"。更玄的是，我河对岸一个幺爷说，他经常在夜里听到江中"波丝"发出的哀号……

传说和故事毕竟是人们对自然奇观的想象，就像黄山飞来峰，一样有令人津津乐道的传说。但关于这块石头到底是何年出现在嘉陵中？传说没有给出答案。从我获得的证据表明，这块奇石的出现，不仅轰动陈家湾、龙洞沱、合川和重庆城，还吸引来了不少大人物，其中最早在这块石头上刻字留名的是唐朝绵州刺史、诗人王铤，他于唐大历三年（768年）在"石镜石"根部刻字题记：

涪内水石镜题名：大历三年，此石出，兵甲息，黎庶归，六气调，五谷熟，刺史兼侍御史王铤记。

关于这事，合州县志有记载，后人在枯水期也曾见过，只是因江水冲刷而变得模糊不清。

一位唐朝的刺史怎么跑到非郡非县的龙洞沱来了？显然是因为这块奇石的出现引来的"蝴蝶"。而从绵州到合州，两地尽管如今相距仍有几百公里，但在当时，水路无疑十分方便。正如王铤题记里所言"涪内水"，绵州在涪江上游，合州在下游，而合州恰好是嘉陵江、涪江、渠江三江汇合处，所以站在他的角度，这里的嘉陵江成了"涪内水"。

奇石一出惊天下，作为诗人的王铤自然免不了一睹为快，何况地方不远，交通还又方便。遗憾的是，同样是诗人的李白、杜甫、陈子昂却未曾给这块蜀中奇石留下诗文，尤其是陈子昂出川曾经过这里，既然他都能给前面说过的古栈道题诗，若是见到这江中奇石，自然不会放过这位抒情对象。所以，从王铤的题记来看，只能说明这块石头出现在唐大历三年（768年）左右，而前述几位唐代大诗人早已仙逝或离开四川了。随后的考古发现和文献资料记载，这块石头的出现也都晚于这个时间。

继王铤刻字题记之后，"照镜石"再次出现在文字记载中，时间已是几百年后。南宋著名藏书家、文学家祝穆所著《方舆胜览》曾记曰：石镜因"正圆如月，其根崭岩，如云捧之"而得名。南宋地理学家王象之在其《舆地碑目记》，曾将王铤刻字题记完整收录：

涪内水石镜题名：大历三年（即唐代宗李豫三年，公元768年），此石出，兵甲息，黎庶归，六气调，五谷熟，刺史兼侍御史王铤记。

我曾购得的近代著名史学家张森楷所著《民国新修合川县志》也有记载：

龙洞沱下，有石如镜，屹立江心，高可三四丈，根盘水底，涌出江波面，山光远映，嵌空圆激，与巴峡仁寿争灵奇。

另据媒体报道，2006年11月重庆市考古所对外发布，他们在对合川八景之一——"照镜石"进行抢救性考古发掘过程中，首次发现一则全文34字，可能出自宋代的题刻。该题刻字幅高0.55米，宽0.9米，为直书逆排（字行由左到右排列），楷体："□□□巴川□□□蜀赵□远□□□□□曾过石□大宋治平元年（1064年）三月一日□记"。照残余文字推断，该题刻出自宋朝治平元年，距今已有942年历史。这倒是比南宋时的两份文献记载时间提前了一百多年。但这次发现的这段题刻，现有史料中并无任何记载。

因为下游即将修建草街航电枢纽工程，拦河筑坝蓄水，这块石头将被永久性淹没，并成为碍航暗礁，他们建议对该"宋治平元年题记"进行整体切割，送进博物馆保护。

毫无疑问，这块奇石不仅见证了嘉陵江的沧桑变化，也见证了发生在这条江上的"钓鱼城之战"。前文说过，合州还曾以"石镜石"和"照镜石"的合称设立过"石照县"，在钓鱼城上还曾设立过石照县衙。不管是蒙古史天泽军与宋廷吕文德军大战，还是蒙哥汗、汪德臣顺江而下北温泉疗伤，都曾从这块石头跟前路过。我们无法知道，镜面一样的石头，看着那惨烈的战争场面、那受伤之人的痛苦，会是什么样的表情？或许它就是石头，根本不会动容。唯一能让它"动容"的，只有江水日复一日的冲刷。

十一

一块石头，如果只是形状奇观，顶多只会活在民间口头传说中。然而，只要它披上文化的彩衣，那它就不再是一块普通的石头，它就有灵魂，牢牢扎在人们的心中。它在与不在，都会永远流传。

毫无疑问，诗歌是这方面当然的主力军。李白的诗写红了庐山瀑布、写红了敬亭山、桃花潭，崔颢写红了黄鹤楼。

千百年来，江水潮涨潮落，文人墨客从这块石头前经过，都会感叹两句。明朝"一代直臣"合州人邹智（1466—1491，明成化二十三年进士），就有《照镜含波》诗云：

> 江中一大石，砥柱中流立。
> 左右无攀援，任他波浪起。
> 万古此江山，万古此镜石。

清乾隆年间举人、"合州四子"之张乃孚在《照镜怀古》诗中写道：

> 题名有唐贤，刻削有神禹。
> 屹立挽颓波，中流作砥柱。

其还有五律一首：

> 屹立何年石，团栾手可扪。
> 涵波侵月魄，照镜拥云根。
> 星斗光常护，鱼龙势欲吞。
> 江山与终古，忠介句犹存。

清代合州诗人、书法家彭世仪有《照镜石》诗一首：

> 石镜砥中流，题名人已昔。
> 斯石以人传，斯人介于石。

清代华蓥山伏虎寺住持、四川著名诗僧释昌言有《照镜石》诗一首：

> 江中一片石，世人千秋镜。
> 朗澈照胆台，妍媸由此定。
> 过去未来心，古今多少憾。
> 回头问至人，至人不肯应。

不管是一座城还是一首诗，越深入其中，越令我感慨，感慨这是"多好的一块石头啊"，这是"多有文化的一块石头啊"。感慨这嘉陵江小三峡、那回水的龙洞沱，哪里还是文化的荒漠。随便喊一嗓子，回响都会像江水拍打礁石。

巨石犹如一面"镜子"镶嵌在江面，照见古人也照见今人，默默收纳着远去了的鼓角争鸣、暗淡了的刀光剑影。么爷夜里听到的哀号，或许是历史的回响吧。

曾经，当我乘坐"小三峡"或"沥鼻峡"号班船，从龙洞码头出发，顺江而下，在到达巨大的回水沱前，巨石伟岸的身躯从船舷三五米外一闪而过时，我知道，我的中学、我的大学之门敞开了；当我从下游坐船逆流而上，从它身边而过时，我知道，我的家近了。

这块江中巨石，和上游十里外另一块山一样的巨石——钓鱼城，遥遥相望，彼此能看见，它们共同构成我童年少年甚至部分青年时期的记忆，成为我进城、求学、回家的指路牌，使我无论走多远，都能找到路。

如今，它却淹没在高峡平湖的江底，成为无船可挡的暗礁，连那曾经令无数优秀船长水手胆寒的回水大沱也没有了，江面开阔，没有船帆，只有水天一色的苍茫和空中巨大的跨江大桥，还有不曾停下一顾的车流。

一块有文化的石头没了，我的心被抽空了。

尽管如此，作为诗人，我还是没能为它写一首诗。它曾经遥望的钓鱼城，我为它写了一部1300行的长诗。我不知道，这些文字算不算是对它的一种补偿，或者它并不需要我的自作多情。因为钓鱼城还在，那些文人墨客的诗文还在，它们让我在得到与失去之间，还不至于"一夜返贫"，也不至于断了念想。

诚然,历史从不因为人的无知而消失。它就在那里,也不因为时间远去而流逝,哪怕尘封百年千年,深埋地下或水下,只要拂去厚厚尘埃,总会找到蛛丝马迹、断篇残简。

正如嘉陵江小三峡、照镜石,哪怕已经远去了身影,暗淡了光阴,每当有风吹过,总会有回响,风暴一样从心尖掠过:

> 留下颤战
> 那是谁的

2020年8月初稿,2024年2月改定于成都三学堂

拖车上的月光

对一个自驾游发烧友来说，长途开车的乐趣不是沿途的风景，也不是目的地一杯酒的宽慰，而是路上永远无法预测的意外。顺和不顺的转场往往迅雷不及掩耳，没有人知道下一刻会发生什么，尽管你提前做好了各种各样的攻略和准备，道路和车轮的摩擦久了总会闹点情绪，即使它们能一路握手言欢，暴露在路面的钢铁躯体，也会被来历不明的明枪暗箭所伤，尤其是在大峡谷穿行，本身就是一种冒险。但在那段狂热的时间里，前路越是不可预知，我越是用力踩下油门。

一

这一次，我们的自驾目的是怒江大峡谷。从成都到云南保山，汽车一路狂奔，但因国庆当天加班半天，比起大假头天就出发的前两车队友，还是晚了一天的时间。根据事前准备的攻略，如果不紧赶慢赶，这次国庆长假要游完怒江大峡谷并准时返程上班，还真有点悬。这也是前车队友不断打电话催促我的原因。因为他们这趟自驾，完全是我忽悠的。

在这之前，我们这个"铁三角"组合，已经自驾远征广西北海、宁夏中卫、云南腾冲、青海湖等地，每一次大假都在路上。而不走回头路，让他们觉得再从成都到云南保山去怒江，至少有三分之二的路程缺乏新鲜感。而我一番"怒江大峡谷是世界上最长、最神秘、最美丽险奇和最原始古朴的大峡谷，被称为'东方大峡谷'"的忽悠也没能打动他们，最后我拿出撒手锏，问他们："旅行的目的是什么？"其中一个朋友说：对着风景发呆。我说，那就对了，峡谷深处的丙中洛、秋那桶被称为"人神共居的地方"，最适合在那里发呆了。他们看了我详细的攻略介绍后，终于信了我的"邪"，甚至为避免国庆当天出城的拥堵，他们头天下午就赶到了川滇交界的宜宾，而我因为要做第二天国庆阅兵的"号外"，不得不留下迟滞了半天行程。

两个半天，加一块就是一天的差距。所以我得马不停蹄地赶路。好在多年的长途奔袭，早已将开车当成了乐趣，只要手握方向盘，路再远也不觉得疲惫，毕竟我是曾连续开车 22 小时的"老司机"。

二

然而，欲速则不达这句俗语总会不合时宜地横插一杠子，不经意间给你使个绊子，使得好不容易缩小的差距，一下子打回原形。

那是第二天下午的黄昏时分，我已驶出大（理）保（山）高速，拐进通往云南怒江傈僳族自治州首府六库的 S228 省道，再有一个多小时，就将抵达当晚的目的地六库，朋友们准备在前面的贡山县城住下来等我，因为峡谷道路狭窄，即使大白天也因平均达 2000 米的深度而光线阴暗，行车安全难度系数较大，不希望我冒险走夜路。

或许是目的地在望，或许是对自己的车技过于自信，竟忽略了帕萨特底盘低的问题。车子穿出一个场镇，前面是一个下坡，因正修路，路面坑坑洼洼，但不影响车辆通行，而且整个泥土路面也就几百米，接着又是平整的水泥路面。就在车子冲下坡车头即将重新昂起那一刻，一声巨响从底盘传出，直觉告诉我撞上石头了。在动力惯性作用下，挣扎开了十几米，将车停在路边，不用趴在地看，车后面的清晰油线告诉我，油底壳被扎破了，车子不能开了。

真是好了伤疤忘了痛啊。头年国庆自驾青海湖时，在从玉树到共和的路上，也是油底壳被扎破了，当时就决定回成都给底盘装一块钢板，结果忙没顾得上，这下又受伤了，同样在前不沾村后不沾店的荒郊野外。一个人不能在一个地方犯两次错，偏偏我就在油底壳问题上"霉"开二度。

三

没办法，碰上这档事，只有报修吧。打电话给参保的保险公司，对方给了一个云南保山分公司的电话，好不容易才打通电话，但拖车费的标准和成都能报销的标准差距较大。这里到保山还有一百多公里，高速公路和乡村道路的收费算法也不一样……无奈之下，决定到刚才经过的镇上去找找有无修车厂，但油底壳坏了毕竟是大修，一般的修车厂显然奈何不了。

走了几步才发现，即使到镇上也有好几里路，开车不觉得，几分钟的事，但要用脚丈量，就不是几分钟的事了。

好在这条路上车来车往，搭个顺风车吧。于是也学着电影里想搭车的人，站在路边把手指翘起，半天也没人搭理我。估计他们见我一男的不待见，便动员老婆女儿也来拦车。终于一辆不运营的士停下来了，我赶紧上前递了一支烟，说明意图。师傅倒是通情达理，说那就十块钱拉我去镇上。

结果上车一聊，师傅得知我是油底壳坏了，建议我别去保山了，去前面的六库修车，反正你还要去怒江大峡谷，而去保山则是往相反方向，离大峡谷更远了。再往下说，师傅常年跑车走这条线，认识六库最大的一家汽修厂老板，他们若不能修车，真只有去保山了。

于是我赶紧让他停车打电话，问他们有无帕萨特油底壳。电话打过去，运气真好，汽修厂说他们还真有一个帕萨特油底壳，而且是整个怒江傈僳族自治州唯一的一个。然后又问拖车费，比保山公司报的价还便宜。真把我高兴坏了，当即成交。

这个早已忘了名字的师傅，又把我送回坏车的地方，十块钱也退我了，让我们安心等汽修厂的拖车来。

直到这时，我才直起腰杆打量四周的一切。这是大峡谷的入口处，公路在山腰上，右边是山，路外边是秋收后的玉米地，峡谷在看不到的低处，只能看到对面黛青色的山峦，一种被遗弃荒野的感觉自心底升起，真不知自己身在何处（那时候还没有微信，也没有手机导航定位功能）。所以无法给修车厂报出具体位置地名，只说沿着往保山方向这条路一直走，路边上坏的那辆灰色帕萨特，就是我的。

四

当月亮从右边山顶的树梢上升起，夜莺在颓废的玉米地里低唱，女儿在花露水中驱赶蚊虫，过往的车辆变得极为稀少时，盼望已久的拖车终于找到了我们。

两位师傅麻利地把车子绑在了拖车上，同时抱歉地说，驾驶室挤不下了，你们一家人继续坐你们的车子。

这还真是头一遭，在拖车上吹风看月亮。望着天窗上皎洁的月亮，母亲说，今天是中秋节吧，怪不得月亮这么亮。

坐在拖车上赏月，赏的还是中秋月，我突然觉得这不是浪漫，而是有点奢侈。赏月当登高，视野要足够开阔，所以李白说："危楼高百尺，手可摘星辰。"我现在坐在拖车上，峡谷两岸的群山和景物都在车外的黑夜里隐身，耳边除了拖车的轰鸣，奔腾咆哮的大峡谷变得幽静深邃，明晃晃的月光始终在天窗上与我对视，即使道路回头拐弯，也不离不弃，似乎把人的心事全部看穿，毫无秘密可言，那些沮丧、那些纠结、那些不安，全都被月光收走。

等到车窗外的街景在路灯照耀下逐渐清晰，我知道，六库到了。更没想到的是，汽修厂旁边就有一个酒店，而师傅们更是连夜把我的车修好，第二天吃完早饭就交钱取车走人，原来的计划几乎没耽搁。接下来我们不仅按预定时间赶到丙中洛与朋友汇合，还同游了大峡谷最深处的虎跳峡、秋那桶、马蹄湾等"人神共居的地方"，夜晚与独龙族的青年们围着火炉喝酒跳舞更是难忘。总之，该遇见的、不该遇见的都遇见了。

有人说，被明月照耀的人，都会是有福之人。这一切或许是拜意外所赐，假如我车子不坏，就不可能那么赤裸裸地被月光长久照耀。顺和不顺的转场真是迅雷不及掩耳。人在旅途，总有无数的意外等着相逢。我偏偏就喜欢那份"意外"。

2020 年 7 月 29 日于成都三学堂

南迦巴瓦的憾

"在西藏的天空下，是群山，是经幡，是小黑的脸。"2010年7月的一天晚上，在雄伟的布达拉宫下一间低矮的鲜奶坊，诗人何房子在游客留言簿上，挥毫写下这样的诗句。他笔下的小黑，可不是小狗的名字，而是同行的一位北京美女的姓，何房子一边写诗一边透过酸奶瓶偷瞄正和我说话的美女侧脸。在这之前的几天里，一场大峡谷之旅，让何房子彻底被这位高出他一头的小黑震撼着。

何房子说，"那是峰与谷的垂直震撼"，就像在雅鲁藏布大峡谷底，仰望直刺苍穹的南迦巴瓦峰一样的巨大落差震撼。但他因为多睬了一会儿，失之交臂而彻底遗憾着。

一

事实上，两天前当飞机从成都平原来到林芝上空，我们就被舱舱外群山与峡谷巨大的垂直落差所震撼。奔马似的群山，逼迫飞机只得沿着峡谷利用河流导航寻找着陆场。飞泻的流云在风的吹拂下，推着飞机的翅膀一个劲往山体倾斜，轰鸣的引擎不停纠正着航线偏差，在峡谷狭小的缝隙里穿越，总算有惊无险地把大家平放在跑道上。但过程的惊心动魄，早已把四五点钟爬起来赶飞机的人颠簸得七晕八倒，往日里牢不可破的梦境被撕得粉碎。何房子说，他由于用力过猛，指头把头等舱的真皮座椅扶手都抓破了。

大美西藏行，就这样被迎面而来的峰与谷，垂直震撼。

但这还只是刚刚开始。接下来的行程里，我们每天都在峰与谷的垂直落差里震撼着、颠簸着。从林芝到鲁朗，从八一镇到雅鲁藏布大峡谷，后来到拉萨，到纳木错，到定日，直到去珠峰的路上翻车结束。

导游说，在神奇的西藏，你的一切经历都是神奇的，每时每刻都会有无数意外等着与你相逢。

在这无数的意外里，最难忘的不是去珠峰路上的翻车经历，而是在雅鲁藏布大峡谷，邂逅中国最美雪山——南迦巴瓦峰的震撼与遗憾瞬间。

二

对每一个到西藏的人来说，眼睛是不够用的，好在人类发明了数码相机，我一路不停按快门，每天夜里住下来，第一件事就是把数据卡倒进电脑硬盘里，尽管这样，也差点崩盘，十余天竟然拍了一万多张照片。

在西藏众多的美景里，被誉为云中天堂的南迦巴瓦峰，无疑具有强大的号召力，巍峨的山势、绝美的风景、丰富的物种吸引着无数的探险家慕名而来，除了头顶超越珠峰享有中国最美雪山的称号，还因为这是一座男人的山，是力量与美完美结合的山。由于它所在的地区构造复杂，处处山壁陡峭耸立，地震、雪崩经常发生，给攀登增加了巨大的难度，迄今为止，人类仅有一次登顶记录。但越是困难，它就越有魅力。在探险家的眼中，征服它变成了绝对的丰功伟绩。也正是因为它的险峻奇伟，成了背包一族心中最美丽的梦想。但遗憾的是，并不是每一个走近的人都能看到它真容，以至于有"十人九不遇"的说法。

单论海拔高度，地处喜马拉雅山脉、念青唐古拉山脉和横断山脉交汇点的南迦巴瓦峰只有7782米，在世界最高山峰中仅列第15位，但它是西藏最古老的宗教"雍仲本教"的圣地，有"西藏众山之父"之称。同时，紧邻着的雅鲁藏布大峡谷绕着它转了一个马蹄形的弯，随后向印度洋延伸出去。比百度百科还懂得多的导游解释，南迦巴瓦峰别称"木卓巴尔山"，在藏语中一为"雷电如火燃烧"，一为"直刺天空的长矛"，还为"天山掉下来的石头"。后一个名字来源于《格萨尔王传》中的"门岭一战"，在这段中将南迦巴瓦峰描绘成"状若长矛，直刺苍穹"。其巨大的三角形峰体终年积雪，云雾缭绕，从不轻易露出真面目，所以它也被称为"羞女峰"。

关于"羞女峰"的来历，在北京念过大学、拿到硕士文凭的藏族导游继续绘声绘色地说，相传很久之前，天帝派南迦巴瓦和加拉白垒两兄弟镇守东南。弟弟加拉白垒武功高强、勤奋好学，个子越长越高，深受天帝的喜爱。哥哥南迦巴瓦十分妒忌，在一个月黑风高的夜晚将弟弟残忍杀害，天帝为了惩罚南迦巴瓦的罪过，罚他永远镇守在雅鲁藏布江的东边，陪伴被他杀害的弟弟。南迦巴瓦自知罪孽深重，所以常年雨雾缭绕，羞于见人。

毕竟是高知导游，她告诉我们，之所以"十人九不遇"，主要是游客来的季节不对，南迦巴瓦峰最佳观赏时间为每年的十月到次年四月，这一时节降水不多、空气干燥、能见度高，经常可以看到南迦巴瓦的真颜。而山外游客的进藏游时间大都集中在夏季，基本上属于放暑假或避暑游（当然，大多数人也承受不起藏地秋冬乃至初春时节的严寒），这个季节恰好是雅鲁藏布大峡谷地区的雨季，雨后峡谷水汽蒸腾，位于峡谷边上的南迦巴瓦峰自然云遮雾绕，难见真容。

一句话，你有时间雪山没时间，你怕冷雪山不怕冷，你怕热雪山怕雨；只有人将就山，山不会将就人。

三

现在，我们就在"错误的时间"段来到了雅鲁藏布大峡谷。

汽车沿着奔腾咆哮的雅鲁藏布江飞驰，近万米垂直落差的高山与深谷，映衬着雪山冰川和郁郁苍苍的原始林海，云遮雾罩，既神秘莫测，又壮丽奇异，犹如凌空展开的一幅神奇美丽的画卷。但对我们来说，此行的目的就是为了一睹南迦巴瓦峰的真容，用何房子的话说，站在谷底仰望山峰，就像和小黑并排照相，要的就是峰与谷的落差感。

午饭后，我们终于从路边的指示牌看到了"南迦巴瓦峰"，但顺着指示牌往前望，除了云雾缭绕的巨大山体，直刺苍穹的长矛山峰端的是羞于见人。哪怕是我们下到雪山下的村庄，金色的麦田波浪翻滚，与远处的雪山和云雾、头顶蓝得没有一丝杂念的天空，绘制成一幅绝美的油画，也难掩我们的巨大心理落差。山就在那里，你能感受到它巨大的身躯，巨大的沉默，巨大的呼吸，巨大的灵魂，但就是无法窥见它的真容。

我们下车，沿着木质栈道一直下到江边的观景平台，以雪山和峡弯为背景拍照。身高和睹峰不成的失落，让何房子没了和小黑合影的兴致，反倒和小黑就虫草争执起来。何房子见路边村民的虫草只卖 5 元一根，兴奋得要全部打包，小黑告诉他等到了藏北那边的虫草更好。两人谁也没有说服谁，诗人何房子毕竟心地柔软善良，不想让村民失望，最后挑了 100 根，还叫我买了 20 根。后来的行程里，一车人"虎视眈眈"看着我们边走边晒虫草。

这个插曲，反倒成了话柄，大家把未能一睹南迦巴瓦峰真容的怨言，全都发泄到我们两个重庆宝器身上。车子返程路上，小黑的数落还在继续。

四

或许是失望而归的沮丧，或许是当天早上起得太早，车子开动后，不少人又习惯性摇摇晃晃睡着了。而我紧贴着车窗，手里举着配有 70—200mm 镜头的佳能相机，眼睛一刻也没离开南迦巴瓦峰方向，尽管眼前的云层很厚，似乎在昭示着南迦巴瓦的不存在，也许南迦巴瓦就像传说中那样，因悔恨而羞于见人，但因悔恨而留下遗憾的，不只是南迦巴瓦，更有近在咫尺却始终无缘相见的游人。

离南迦巴瓦越近，你越能感受到它的存在。曾有人感叹："远眺南迦巴瓦时，它会让浮云遮了你的双眼；它在人间矗立，却极少有人可以和它相见；它在云中深藏，却和我们赖以生存的这个世界骨肉相连，休戚与共。人类从未停止过向往遥不可及的天堂，而南迦巴瓦正是这样的地方。"

想见却不能见，这不仅是人的遗憾，也是山或风景的迷人之处。

正胡思乱想着，藏族导游突然叫了一声："出来了！"我睁大的眼睛，仿佛有风吹过，刚才还云雾漫漶的山峰，突然现出了真身。司机也恰到好处地把车停下来，但我等不及下车，就举着相机用镜头把山峰拉近，一阵机枪扫射式地按着快门。取景框里的南迦巴瓦峰，犹如大山奋力掷向天空的一柄长矛，有我无敌，孤傲勇猛，凌云而立，峻峭挺拔，几乎穷尽人们关于山的美好想象，对山的所有特质作出了最完美的诠释。

又一阵风来，我还没来得及换一个短焦镜头，把峰与谷的巨大落差来一个同框定格；从睡梦中惊醒的何房子和小黑刚跑到车门口，云雾又合上了天空之门，将南迦巴瓦的长矛关在了白底蓝面的宝匣里。整个过程短得只有两三分钟。

这一次，有人得偿所愿、欣喜不已，有人再次错过懊恼不已，但再也没了一致的失落和沉默。

我虽然有一睹山峰的小确幸，但也有未能将峰与谷同框的小遗憾。但山就在那里，错过这次还有下次，就像朝圣，并不是一次就能顺风顺水完成。只是人在路上，生活在别处，我们需要这样的偶然重逢来慰藉心灵，需要这样的震撼与遗憾来清空身体。

2020 年 6 月 30 日于成都三学堂

在西藏的天空下

"在西藏的天空下/是群山,是经幡……"10多年未见的诗人朋友何房子,按捺不住重逢的喜悦,挥笔在布达拉宫下的"酸奶坊"游客留言簿上写起诗来。这个时候,我们已经从林芝抵达拉萨,已经过了高原反应的生理关,但我们还远没有走过高原风光带来的心理反应关——一种从未有过的灵魂洗礼和心灵震撼。

那是2010年7月中下旬的一次大美西藏行,一次在心中燃烧了30多年的渴望之旅。为了让这份渴望燃烧得更加热烈,主办方西藏商报社的同行们,联合西藏国旅,为我们精心设计了9天的行程,穿越大美西藏的精华行程:从林芝出发前往拉萨,再从拉萨到那曲,到日喀则到珠穆朗玛峰……

随着海拔不断升高的,是一个个听起来都叫人兴奋的风光和历史文化胜地——雅鲁藏布大峡谷、鲁朗林海、南伊沟、米拉山口、布达拉宫、大昭寺、八廓街、玛吉阿米、矮房子、酸奶坊、纳木错、羊卓雍错湖、念青唐古拉雪山、卡若拉雪山、江孜宗山抗英古堡、白居寺、班禅大师驻锡地扎什伦布寺、珠峰大本营……在这些名字的背后,你能想到的词——天上西藏、圣地拉萨、雪域高原、风轻云淡、牛羊满山、转经祈福……都不足以表达一个大自然的热爱者、心灵朝圣者的全部感官享受。所以我们乐此不疲地奔波在西藏广阔的天空下，融入群山之上的云彩里，沉浸到天地之间的空灵中，去尽情地享受朝圣路上的苦与乐，思与悟。

当飞机沿着林芝河谷徐徐降落米林机场，那一眼望不到峰的群山，给了我们这些虽然见过山、生长在山区，但从未登过山的旅行者带来极大震撼，使我记住了那个叫"壮美"的词。而当我们穿越了神秘幽深的雅鲁藏布大峡谷、被誉为"神仙居住的地方"的鲁朗林海，以及被称为"地球上最高的绿色秘境"珞巴族民俗村——位于喜马拉雅山北麓东段中印边界的"西藏天边"南伊沟时，我终于明白林芝为什么叫"西藏江南"——那些扑面而来的野花、牛羊、森林、木屋、溪水、阳光、白云、远山和珞巴人迎客的舞蹈，让你置身画中仙境，让你忘掉世俗烦恼。那时候，你只想做一只飞翔的小鸟，或者一头摇尾吃草的牛，成为别人吹奏的悠扬牧歌。

在西藏的天空下穿越，尽管有时候你觉得自己比使出吃奶力气爬山的汽车还累，但当你登上海拔5000多米的那座山口，从风中飞舞的经幡中看到天边的纳木错就像一盆圣水时，你又会平添几分触摸的渴望与征服的勇气。同样的感受还会出现在从拉萨到日喀则的路上，当汽车在盘山公路上转得头晕胸闷时，突然间拐个弯跃出云雾，那边群山怀抱中的羊卓雍措湖，像条美人鱼横陈在你眼皮下时，所有的高原反应和旅途的疲劳都会烟消云散，你除了疯狂按动手中的照相机，想的就是尽快下山与湖水和牛羊亲密接触。

在西藏的天空下行走，如果仅仅是这些渴望与征服间的较量，你难免会感到单调和枯燥。最让人像恋爱那样触电难忘的，是旅行中不期而遇的惊喜。比如，穿越壮美神秘的雅鲁藏布大峡谷，最美的风光是仰望南迦巴瓦峰。在 2005 年《中国国家地理》评选的"中国十大最美雪山"中，南迦巴瓦峰击败珠穆朗玛峰排第一。这座海拔只有 7782 米、高度只排在世界最高峰第 15 位的雪山，之所以被誉为中国最美雪山，其中一个原因，就是它具有神秘之美。据说日本登山家曾两次试图登顶，都未成功，南迦巴瓦又被誉为"抗日第一峰"。当然这是民间的说法。究其原因，一是南迦巴瓦峰巨大的三角形峰体像一柄"直刺天空的长矛"，令攀登者无所适从；二是雅鲁藏布大峡谷升腾起来的云雾，终年缭绕山峰，使得南迦巴瓦从不轻易露出真面目，所以它也被称为"羞女峰"。西藏商报社的同行说，要在这个季节一睹南迦巴瓦峰尊容，比在峨眉山顶看佛光还难。他建议在每年 11 月至翌年 4 月的南迦巴瓦旱季再来。

就在我们准备失望地离开时，雅鲁藏布大峡谷突然天开云散，南迦巴瓦像长矛一样尖锐的山峰露出了她处女样纯洁和羞涩的面容！尽管只有短短的几分钟，但我还是用镜头捕捉到了南迦巴瓦的羞涩。后来在相反方向的鲁朗林海，也是在游完离别之际，我们再次目睹了直刺苍穹的南迦巴瓦峰。于是我明白了，藏地旅行，绝美的风光，不需要"密码"而是要靠运气。

也正因为如此，我们最终没能抵达这次大美西藏行的终点——珠峰大本营，没能在神圣的雪山下履行捡垃圾的诺言。因为，我们的汽车在海拔 4757 米的叠古拉（藏语意为 100 道弯）翻车了。

这是劫后余生的一次翻车，也是神山眷顾的一次翻车。

那天中午，大家在定日县放下行李，简单用过午饭便驱车往珠峰大本营进发。主办方在大本营还为大家安排了捡垃圾的环保公益活动。尽管藏地比内地天黑得晚，但还是时间有限，毕竟捡了垃圾还要赶回定日住宿,珠峰公路那 108 拐夜晚可不好走。所以主办方希望大家辛苦一下,当天就不午休了,困了就在车上睡觉。

时间很紧,车队(一辆开道车后面跟着四辆大巴车,足足近百人的一个团)在出了定日后,几乎是一路狂奔。大家这些天已经习惯了高原生活,有高反的人都已在拉萨返程,对主办方的这个安排,熟悉起来的众人也没谁有意见,想着就要见到神圣的珠穆朗玛峰了,反倒有些兴奋,就连之前不苟言笑的罗布师傅也偶尔会和大家开几句玩笑。一车人就这样说说笑笑往大山里奔去。直到汽车进入盘山公路,或许是午休的生物钟来了,或许是随着海拔升高人易犯困,一车人开始东倒西歪打瞌睡。唯一没睡的就只有坐在第五排的我和第四排的山西秀总两人,我们两个都是摄影发烧友,来西藏前都借了专业照相机,一路咔咔不停按快门。谁也没料到一场巨大的危险正在降临。

直到劫后余生,大家才后知后觉回想起来,其实这次出事冥冥中还是有些"征兆"。被我从二号车忽悠到四号车的何房子和小黑(我说我们车的导游太棒了,他们只听了我复述她在布达拉宫的一段讲解,就立马转到了我们车上)后来喝着"余生"酒时告诉我,西藏真的太神奇了,这次出事真的有"兆头"。小黑说,那天团队到拉萨后,由于同事要先回北京,她俩便拉上何房子去了大昭寺,在释迦牟尼等身像前,游人太多,生生把她同事从布达拉宫请的手串线挤断了,佛珠散了一地。当时他们的心里都有了不好的预感。一个小沙弥告诉他们,把佛珠捡起来,后院一个喇嘛可以帮忙重新串上。于是他们三人在人群中拼命捡回这些珠子,找喇嘛把手串串上了。当我们从拉萨赶往定日的同时,她的那位同事也平安回到北京了,她便认为没事了,也就把这事放下了。心里没了阴影，和我们也就玩得更放松了。没想到她和何房子却跟着我们一起遭遇了翻车事故。

而我后来也讲了中午出发时一个不好的预感。中午从定日出发，何房子上车就一屁股把第二排天津张总的位置占了，而且是倒头就睡，拉都拉不醒。我当时心里突然咯噔了一下，因为我想起了母亲以前曾叮嘱我出门坐车，千万莫要上车就睡觉。只是见张总并未计较，也就没再把何房子弄醒让座。而我自己也很快落座，擦去玻璃窗上的雾气，对着外面的天然美景按着快门，反正汽车一个转弯就又是一次取景。

盘山公路爬了大半，一车人也基本上睡着了。我们这辆四号车上 20 多人，清醒的也就我和秀总两个"快手"，加前面开车的罗布师傅三人。珠峰公路 108 拐至今仍很有名，但那时候去珠峰的公路，不像现在全是柏油路，汽车从海拔 4200 米的山脚开始爬起，就进入一条泥土和碎石混合的路面，坑坑洼洼，颠簸得没有规则，打瞌睡的人基本上是东倒西歪。回头再回头的弯道，加上不时避让路上的石头，这车子实在坐着有些难受。我好几次发现山坡下与另一座山交界处有岩羊出没，结果来不及对焦，汽车要么又跳起来要么又拐弯了。尽管这样，罗布师傅还是和前面几辆大巴车一样，保持速度追赶着开道越野车。在终于抓住机会保持平衡拍到一张岩羊的清晰照片后，我忍不住说了句"岩羊"。话音刚落，后排刚醒来的凤凰网露露问我怎么啦，我又重复了一句，我拍到岩羊啦。

这时候，汽车又跳了起来，只是这次明显比之前跳得都高，然后期待中的落地加速没有出现，却突然往我所在的左边倒下去，一声巨响中，我只感到自己像被人突然从右边冲过来，死死压着身体左倾砸到了路面上，车身快速向路边冲去，尽管一车人从睡梦中惊醒尖叫，没系安全带的人和行李在车厢里乱飞，但我心里却保持了足够的冷静，祈祷车子千万不要翻滚起来，因为我想起之前四川巴朗山发生的一起重大车祸，之所以死伤惨重，就是车子翻滚下路基，在山坡上一路翻滚，许多人被甩出车厢致伤致死，最后要不是半山腰的森林树木挡住车体，死亡人数还会更多。而我们这里，从我刚才拍岩羊看到的山坡到有山体可挡的地方，至少直线距离超过五百米，整个山坡光秃秃的，一棵树也没有。看来今天小命真要交代在这里了……

电光石火之间，车子滑到路基下，居然30度半斜着没动了，印象中同排右手边靠窗坐着的宁夏杜总应该垂直压到我身上，好像也没有。后来才知道，他没系安全带，睡梦中人飞了起来，额头撞到了天窗棱角，只是血却洒到了前面第四排秀总的身上，以至于秀总被救出来后，大家见他衣服上都是血，纷纷安慰他，但他找了半天也没发现身上有伤口。

车子不动了，一车人的尖叫和志愿者姑娘们的哭声传来了。我却忽然大喊了一声"大家不要动"。后来他们问我为何莫名其妙喊"大家不要动"。讲真，我当时真想起了施瓦辛格电影《真实的谎言》里的那只鸟，让断桥上正庆幸没掉下海的汽车失去平衡。一片惊恐和悲伤中，几名解放军官兵犹如神兵天降，像两年前"5·12"特大地震时出现在绝望的灾民面前一样出现在我们挡风玻璃已破落的车前，从前排的导游开始，把我们从倾斜的车厢里一个个拉出来。后来我们才知道，他们这辆车就在我们车队前面不远点，由于回头弯的原因，距我们直线距离不到100米。当他们从后视镜里见我们这辆车跳起来下不去时，就预感到出事了，立马靠边停车冲下山坡来救人。据他们说，头两天才在这个地方遇到和我们同样的一起翻车事故，只是那次走了两个人。而我们万幸的是，车体没有发生翻滚，否则后果不堪设想。

　　我们的车子为什么没翻滚呢？我跑到山坡上一看就明白了，是路边和路基下修完路没有被推下山坡的石头救了我们一车人的命。当车子跳起来左倾砸到公路上，惯性往左滑行时，路边上的石头减缓了速度，而路边上被挤出路面的石头，又遇到路基下几块更大的石头，共同把车体卡住，使之形成一个30度左右的倾斜体，要是这个倾斜度再大一点，就会发生不可挽回的翻转，我们很可能被甩出车体摔死或者被翻滚的车子压死。之前对路面石头还有抱怨的我，转身冒险冲进车厢，找出两根哈达，给前后车轮处的两块大点的石头，虔诚系上。

　　这个时候，其他几辆车的团友们都围了过来，安慰我们。上海的张总摸出海拔测量仪，告诉我们这里海拔4757米，也就是说我们翻山翻了大半，快到山顶了。我正准备发条微博讲述劫后余生的惊魂一刻，突然听到何房子号叫一声："遭了，我的脑花撞出来了！"我过去一看，他头上和手上是有些白花花的液体，但脑花出来不应该有血吗？我用手沾了闻，没有血腥味。主办方的陈总过来说，不是脑花是牛奶。原来是挡风玻璃破碎时把堆在前面的牛奶扎爆了，奶花飞到何师兄脑壳上去了。何师兄说他出事后第一反应就是左手抓住前面的把手，右手护住脑壳，所以看到手上脑壳上有白色液体，就以为脑花撞出来了。

　　回到定日县，我们都去医院做了检查，受伤最重的就是杜总，在甩飞过程中被天窗棱角划破了额头，缝了几针，其他都是软组织挫伤。我的左膀砸在地上，有些淤血，难得的是靠窗坐居然没被窗玻璃划破脸皮，看来脸皮真厚。

　　最内疚和郁闷的是罗布师傅了。原本这趟车愉快跑下来，有不错的收入，结果却出了车况，导致了这次不大不小的车祸。据他说，他一路避让着路面的石头，但这次的石头有点多，避了这个避不开那个，车子跳起来他连忙打方向，不想方向杆突然断了，眼看车子落地就要往前冲出路面、冲下山坡撞向对面一座山，他只好踩了一脚重刹车，结果没想到车子向左侧翻了，差点翻滚下山坡。

大难不死，豪情顿生。在我们这车人被分到其他三辆车上后，大家强烈要求继续前往珠峰朝圣，但主办方和司机们都吓住了，还是原路返回定日。司机们是真的吓住了，来时开得不怕天不怕地的他们，回去时明显又慢又小心，即使到了山下的柏油路，也没超过四十码。

晚上，西藏国旅的领导们从拉萨赶到定日为我们压惊，并对我们允诺："欠你们一个珠峰！"让我们以后再来，他们免费送我们去珠峰了愿。

如今 10 多年过去了，我再也没去过西藏，允诺的领导们估计都已退休了，连当年组织我们"大美西藏行"的陈总也在几年前退休了，如今在青城山下养生。去珠峰这个愿望虽然还未实现，但想到那些经年在川藏线、青藏线上磕头朝圣的人，也就明白了朝圣的不易。也明白西藏不是去一次就够了的。因为在西藏的天空下，除了群山和经幡，还有太多的神秘与神奇，等着你去相遇或遭遇。

2010 年 8 月成都补记，2024 年 2 月 12 日修改

帮一棵树说话

俗话说："人有人言，兽有兽语。"我一直相信，树是能说出话来的。

许多年前，我还是个穿开裆裤的小毛孩，就曾在家里新修的一进两间瓦房前的自留地边上，种了 27 棵桉树苗，不过它们刚刚存活，就被父亲无情铲去 25 棵，只剩两棵。我被它们来不及喊痛就死去的惨状所感染，愤怒地扑向父亲的锄头。若干年后的 1993 年夏天，已经念完大学一年级的我回到老家，看到那两棵早已高出屋顶的桉树，听树叶哗哗作响，像是我在和父母交谈。一时觉得对父母来说，它们就是我和妹妹；对我和妹妹来说，它们就是父亲和母亲。于是我写了篇《家门前的两棵桉树》，来记述那段陈年往事。没想到在今年三月末的一个会上，龙泉驿区文联的李科长在声情并茂地说起"一棵树就是一个人，一个人也是一棵树"时，竟几度哽噎甚至失声而泣，让我再次想起自己种树的往事，也对自己即将去拜见的一棵树有了几分复杂心情。

这是一棵黄连树。一棵有 400 年树龄的黄连树，生长在龙泉驿区山泉镇红花村 4 组碾子坝的山坡上。在有 10 余棵上千年古树的龙泉山上，这棵 400 年的老树，相比之下还年轻着呢。但对于普遍寿命在 300 年左右的黄连木属来说，它又算是高寿的了。白纸黑字，在"特殊性状描述"一栏，这棵高24米、胸径137厘米的黄连写有"遭雷击，有病虫害，树干开腐烂，侧枝上资生女贞"。看完我竟有一种想与时间赛跑的冲动，生怕去晚了它撒手人寰了。

只是没想到，这一去，我竟然前后跑了两趟，又平添了一份牵挂。

手机导航实在方便，沿新修的成简快速通道，出龙泉山一号、二号隧道，路边一块巨大的"桃源深处"农家乐广告牌右转，新拓宽的两车道水泥路盘山而上，到得山顶开阔地，继续往上是山泉镇，红花村往左拐过一个山垭口，V形深弯对面的山坡上，就能看到这棵"属于我的"黄连树了。

当然，这是我在"五一"节第二次来看它时，方才准确向家人介绍它的方位。那位没能带我前来寻树的吴文德林业员，给我介绍了村上的护林员龙德宏。等我们到了村委会，却只见到龙的表弟。原来朴素的村民见是中午时分，料想我们还没吃饭，接了电话就忙着做饭了。因为赶时间，我一边让他表弟带路去见这棵树，一边请老龙过来，给我们介绍介绍这棵树的历史或者掌故。

让我们失望的是，在桃花红李花白的碾子坝山坡上，这棵高大的黄连树像是还未从冬天苏醒，粗糙开裂的枝干上一片新芽也没有，光秃秃的枝丫像一把把失去锋刃的剑，无力刺向空洞的天空。倒是巨大树干上资生的女贞显得十分活跃，吐故纳新。

从灶台上赶来的龙德宏，还有过路的蒋姓村民，除了指证树顶有一截巨大枯枝，担心它掉下来砸伤路人外，实在不能提供更多细节。居住在大树上方的一户村民，房门紧闭，家中没人，我想要找人翻译树的"语言"显然是不可能的。

围着这棵大树上看下看，除了老树该有的体貌特征，实在找不出别的什么来。因为要赶回成都开会，我不得不拜别这棵树，另找时间来好好与它说说话。

这一拖拖到了"五一"节。正好放假，家里人听说我"认"了一棵树，也跟着来看看。

第二次远没第一次来时顺利。车子刚转过垭口，虽然远远望见了那棵树，结果前方塞车，以为出什么车祸了，原来正值山上樱桃成熟，加上"五一"放假，城里人蜂拥而至，从早上堵到现在。我们只好步行前往，体会"隔河一千里"的艰辛。一个深 V 形回头弯，这边能看清那边，但真要走到那树的跟前，小米手环上的计步器显示足足有五千多步，好几公里路呢。

但正是这步行，让我先后碰到了放羊的蒋佑平老汉和卖樱桃的杨永香、钟永芳母女，前者 68 岁，后者一个 79 岁一个 46 岁，在他们的讲述中，我算是大致听懂了最近几十年黄连树说的那些"话"。

"这棵树从我看到它就这么大了！"蒋佑平接过我的烟，蹲在公路边与我交谈起来。他眼中的这棵黄连，虽然与他的年龄一起生长，却越长越瘦小了。

他说，那时候还没有这公路，山上也还没有遍种桃李枇杷樱桃等果树，而是松柏等大树参天，连著名的成渝铁路枕木也出自山上。后来大炼钢铁又砍了很多树，但都没人砍蒋家屋前这棵黄连，倒是大树自己在一天夜里遭到天雷袭击，原来的一树三丫倒了两丫，只剩下现在的这根独树了。那倒的两丫树据说加起来有上万斤柴火，三两尺宽的板子都改了不少。

嫁过来二十多年的钟永芳则清楚记得那些在大树下碾米、斩草、乘凉的快乐日子。那时她家还没搬到公路上来，那时公路也还只是机耕道，对面的垭口除了变幻无常的云就是歪歪斜斜的人和畜生，哪像现在大车小车开到家门口呀。

这棵大树枝密叶繁，秋叶变为橙黄或鲜红色，能一直保持到深秋，也甚美观。只是这树是公的，见过它开花，未见它结过果，所以也没有"哑巴吃黄连——有苦说不出"的事发生。不过大家收工后，都爱聚在树下，男人烧烟摆龙门阵，妇女赶着骡子碾槽米，纳鞋底，说着谁家的家长里短，顽皮胆大的孩子爬到二十米高的树上掏鸟窝，平淡日子中透出恬静。

再后来山上遍种果树，宽阔的公路把各村各组串联起来，成群的水果商和游客涌来，小山村热闹起来，她家也搬到了坡上的公路边，大树下的碾槽长满荒草，大树下的热闹都搬到公路边上了，正如我沿途看见的，到处都是讨价还价买卖水果的人。甚至人们开始对大树拒而远之，担心枯死的枝丫冷不丁掉下来砸到人。

不顾村民们的劝阻，我在树下久久徘徊：一棵看似活得好好的古树，怎么突然间就病入膏肓？是这该死的水泥公路阻断了山体水系？在我有限的知识里，这喜光的黄连木生存能力特别强，对土壤要求不严，特别耐干旱瘠薄，抗风力强，虽然生长较慢，但寿命长。显然，不是这个原因。那是天雷？嗯，这树上没有避雷针，对大树来说，天雷比病虫害更可怕。

有一年我到河南嵩阳书院，进门见工作人员正在层层叠叠的脚手架上给一棵古柏树治病和安装避雷针。导游说，术后"二将军"还能再活五百年。这被汉武帝封为"将军"的古柏，据专家考证已有四千五百年以上的历史，再活五百年，快赶上中华五千年文明史了。可龙德宏告诉我，人有病得治，树有病也得治，几年前救治过，打吊针、除蚁虫等等手法都用过，还是没见好转。

为求证他的说法，我又给吴文德打了个电话。老吴说这树是

"老年人害病，救不活了！"这句话像地上突然消失的光，在我焦灼的心里投下一块黑炭。生老病死，人不可违，何况对一个已经超活了一百岁的大树。

我想起第一次来访正要离开，忽听到山坡下深沟里传来阵阵梵音时的情景，当时我以为是有什么寺庙，四下里张望，除了漫山桃红李白树绿，未见黄色屋顶的庙宇。过路的蒋姓村民说，哪来的什么庙子，那是五组的陈婆婆去世了，在做道场。

"什么时候死的？"我问。

"今天早上？"

"她好大哟？"

"96岁了！"

"哎哟！高寿呀，喜丧呀！"

2017年5月1日于成都三学堂

缓冲地带

第二章

在 路 上

我为车狂

男人爱车，就像女人爱化妆品一样痴狂，因为都是面子问题。但我爱车，却像老婆逛商场——转了一天什么都没买。

这不，昨天趁着周末，又到机场路的一家东风雪铁龙 4S 店去试驾凯旋，完事后销售顾问说你既然对这车评价如此之高，现在就订？我连忙说："再考虑考虑，我还要比较比较帕萨特领驭、马 3 和锐志！"

随后我就来到旁边的一家丰田 4S 店，想再看看锐志，结果刚跨进展厅，一个熟悉的声音在身后响起："梦哥，你还没买车啊？这回锐志你总该满意了吧？"

原来是销售顾问小季，他这里我是来了多次，所有的销售顾问都混熟了，熟得我都有些不好意思再来了。

因为我说买车说了七八年，看遍了成都的汽车销售点，试驾了所有我中意的车子，销售人员都把我的脸面记熟了，但我至今未下单。

所以男人爱车如我者，恐怕没几个。

我为车狂，缘于当年做特稿编辑时，编了一篇北京富豪李春平爱车玩车故事的稿子，这位在美国开遍了世界名车、回到国内买了中国第一辆劳斯莱斯房车的富豪与车的故事，如同一个传奇故事，让我这个梦想当大侠的人很是崇拜了一阵子。

但我知道，对我等凡人而言，这辈子也只能跟劳斯莱斯照照相，拥有一辆那是痴心妄想。

但凡人也有凡人的爱车方式。那就是一切从零开始，从自行车开始，从 26 圈到赛车开始。

不过，就在我脚踏实地奋斗的时候，领导认为我的速度不够快，说当记者抢新闻就得快，于是我就花 3000 多块钱买了辆 50 轻便摩托车，却因为没有入城证，天天绕着圈子躲交警，那时我想能有一辆奥拓车开该多好啊。

领导又说，要开车就得先学车。于是在 1999 年那个炎热的夏天，开着踩两脚离合的吉普教练车苦练两个月，终于拿到了驾照。

学车的故事虽然精彩，但每个学车人的故事都大致相同，只是有一点，因为我们五个人都是一个单位的同事或家属，所以师傅也不敢对我们下"重手"，比如我们明知道他爱打牌，就打一毛钱起价的麻将，气得师傅懒得上桌子。不过现在回想起来，他教的还是蛮标准。而且开车作为现代人的一项必备技能，早学确实比晚学好，因为现在不仅红外线监考倒车，最重要的是，一人一车一教练，全成都加起来有上万人报了名却没学成车，队都排到明年去了。

学完车，却没能开上车。因为我们是学的两脚离合的车，而小轿车都是一脚离合的，总得练练吧。就找同学借了辆他们单位的旧面包车，由他陪着上路。结果刚上车就出了状况，这喇叭按不响，路过菜市场时，吓得只好脚放在离合上不敢松。过第一个红绿灯路口时，一起步就熄火，后面的司机气得要打人，而我却急得一身臭汗。鼓捣半天，最后在第四次亮绿灯时才过了路口。

不过真正操练好手艺，还是过菜市场，不断起步停车打方向，使我找到了感觉。

车子练会了，领导也真说话算数，他叫车商把夏利车送到了报社停车场，可正当我兴奋地等着拿钥匙时，领导的领导不同意奖励我车子，原因是单位之前没有夏利品牌，维修不方便，还有一个原因是夏利底盘太低，外出采访不方便。所以我的处女车梦就这样在眼皮下破碎，连车门都没拉开又目送车商把车开走了。

机会总是眷顾那些不懈努力的追梦者。半年后（时间跨越千年进入 2000 年），我换了部门。那天我正骑着 50 摩托车穿小巷回家，主任打电话告诉我，部门研究决定，把新分配给部门的那辆两缸云雀给我使用。

终于有车开了，心里自然十分高兴。虽然那辆云雀只比 125 摩托车的动力好一点，但它毕竟是辆四个轮子的车子，所以我仍然把它开得风车斗转。而且为了对付夏天天热没空调，我硬是在方向盘边加装了一台小型电风扇，引得很多人"尝鲜"。

这一开就是一年多，直到 2002 年我北上"闯关东"，交车走人。有趣的是，开了这么久的车，临走前却第一次违章被交警开罚单。

北上沈阳的五个月里，突然没了车，生活一下变得非常不方便。加上沈阳打的比成都贵，城市面积也大些。成都打的穿城而过也就二三十元，而沈阳市区到铁西，单边就要 50 多元，所以我们大多数选择步行，每天晚饭后没事就散步，有时一走就几个小时。看着不时从身边驶过的汽车，老板对我们这些在成都时都有车的兄弟说，只要我们的事业发展起来了，你们原来开帕萨特的可以开宝马，原来开捷达的可以开帕萨特，原来开奥拓的可以开捷达。

虽然晓得是老板在给我们画饼，但大家觉得有盼头才有奔头，也都心存感激，拼命创业。然而，家里孩子太小，丢下她们孤儿寡母在万里之外的四川，我还是有些舍不得，所以在老板的事业有了起色后，我又回到了四川。

回来后一切又从零开始。我首先想的是买辆车子，这样哪怕是当记者抢新闻的速度也比别人快些。作为回来的一个"条件"，老婆很是爽快地答应了。但买什么车好呢？从那时开始，我就每天关注新浪、搜狐的汽车频道，20万元以下的汽车资料几乎都看过、对比过，下载的资料厚达几百页。直到现在，我每天都还保持去这两个地方浏览最新车型、价格、试车报告等的习惯。

那时我最看好的是爱丽舍。本来波罗不错，但我固执地认为，没有屁股的车不算车，直到后来去了欧洲，目睹了满街跑的两厢车，这种观念才有所转变。

因为之前看的都是网上资料介绍，所以回到成都的头一个月，我几乎每个周末都泡在车市里，把成都东南西北的几大汽车市场都跑了个遍。但那时的车型不是很多，10万到20万元价位区间可供选择的车子实在太少。老婆说要买就买辆能一步到位的车，免得几年就落后，并且警告我说，车子不比房子，转手就折价。所以就等等吧，因为预告说马上有几十款新车上市。

结果新车没等到，却等来了辆旧车。

那天我正在小季他们丰田专卖店体验刚到的威驰车，突然接到电话，通知我换部门，一个有车的部门，也就是说暂时用不着买车了。

等我拿到车，却仍是辆云雀车，只是两缸变成了四缸，车队队长说这车比奥拓还多一个缸，动力不错。想到它纯粹是代步工具，也就这么着吧。

强烈的买车愿望虽然因为云雀的到来而推迟，但也因云雀遇到的伤自尊的事而又重新燃起。因为在这个人以物贵的时代，汽车和衣服、手表，甚至手机一样，就是你的脸面，就是你身份和地位的象征。

因为我开的是云雀，宾馆饭店门口禁停；因为是云雀，别人见了都说你怎么开这车？

那天和一位同事赴某单位之宴请，告辞时他们问你们的车呢？我指了指那辆白色的云雀，见他们脸露惊讶，同事忙说他的捷达停在单位。而我却认为，他们当然不是想说我不该开这样的车，而是想说堂堂两大主任居然开这车。

还有一天，一位领导拿自己的车送朋友去机场了，他只好坐我的车回单位，但大热的天，他却把车窗紧闭，没等到单位门口就让我停车他下了。我后来明白他是怕别人见他坐这车有失体面。

既然车子牵涉到脸面问题，那就赶紧换车吧。但这期间，中国的车市发生了深刻变化，一年要推出几十款新车，当塞纳出来时，我又想等伊兰特；当伊兰特出来后，我又想等凯越；当凯越出来后，我又想等花冠；当花冠出来后，我又想等标致307；当307出来后，我又想等福克斯；等到福克斯出来，我又想等速腾；看了速腾又想看马自达3；看了马3又想看帕萨特领驭2.0；刚试驾完领驭，凯旋又来了……这些一二十万元的车子，就像一个个十多二十岁的姑娘，挑得我眼花缭乱，难怪别人说车子就是你的情人。

正当我为"情人"挑花了眼时，突然我又换车了。这回换的是辆桑塔纳，虽然也是辆开了五年十万公里的老车，但却比云雀强多了。有了这车，过去想买车的老婆不着急了；有了这车，要大假我们一家也可以走远点了。但有了这车，仍然没有解决"面子"问题。开个会，连亏损单位的人开的车都比我好。

所以，我仍然没有放弃买车计划。哪里有车展了，我肯定是要去的；哪里来了新车，我肯定是要去试的。什么威驰、福美来、伊兰特、塞纳、宝来、花冠、阳光、飞度、凯越、福克斯、速腾、蒙迪欧、马6、马2、帕萨特、锐志、雅阁、凯旋……我认为自己经济能力能够承受而又比较"拿得出手"的车，都去试乘试驾过。

但最终还是没下手，因为都说车价还没到最低点，几大汽车品牌巨头们，还没有完全把最先进的车型投放中国市场。我还是凑合着等等吧。

开车没给我带来面子上的荣耀，但爱车却给我带来了无尽乐趣。除了我每周挑一款新车试驾，感觉自己就像"韦小宝"（后来单位一个同事，本来买了车的，因有经常有试驾车开，干脆把车卖了），还有机会走出国门开洋车过瘾。

去年在日本，参观了丰田、马自达两大汽车生产工厂，目睹了顶级轿车的生产过程，感叹日本人把三流的车投放到了中国市场。

日本的道路很窄，就连东京的许多街道都没有我们一个中等城市的街道宽，但车流量却是我们的几倍、甚至十几倍，却很少有我们这种一堵车就几个小时的情况，仔细观察发现，开车的都很守规则，绝不随意变道抢道，基本上是一条道走到头，这样条条道都提高了通行速度。所以，回来后我就组织记者整了一组"恶意抢道造堵"的报道。前年在德国 Autobahn（开快车的公路）上，生平第一次体验了一回无限速驾驶的刺激和疯狂。当我们从法兰克福上高速往海德堡时，带路的中国留学生告诉我们，车速没达到80码千万别上高速路。当我们的索纳塔油门踩到底，仪表盘显示的时速高达220公里时，旁边不时有宝马、奥迪、奔驰呼啸而过。

不仅如此，因为爱车而对汽车知识了如指掌，还使女儿在同学面前长了脸。上学期女儿幼儿园的老师打电话问离学校最近的汽车展场在哪里，怎么走，她要带孩子们去学习一些汽车知识。我一口气给她写了三大页的介绍，名字、路线、经营的品牌等等，还捐出了这几年我收集的几百张各种汽车品牌、型号、性能参数等资料图片。结果女儿回来兴奋地告诉我，老师看了大吃一惊，最后就没有带他们去看汽车，因为我拿去的资料太丰富了，老师就贴了满满一面墙的汽车图片，一张张指着教孩子们认车。汽车墙上还特别注明感谢"某某某宝宝家长提供资料"。

现在，每试驾一款新车，我就感叹一次还是新车开起舒服。但老婆没有"中圈套"，反正可以陪你看车，就是不同意买车。而我为了挑到性价比更合适的"情人"，也乐意等等再说。这事就这么一直拖着。

我想这也没什么不好的，就像女人心情好坏都喜欢逛商场，买不买东西并不重要，重要的是到商场逛了一圈；就像现在时兴的周末看房游，免费班车接送，空调房加咖啡吸引市民一样，我选择周末看车游，既了解掌握了车市最新动态，也过了把试驾新车的瘾。因为都不是我的车，我也不用因为谁比谁的性价比高而后悔，也不用因为这款车的缺陷而担心。

爱车而超然于车外，这种追逐的过程，远比得到更美妙啊。

2006 年 5 月 22 日

汽车年检

开了这么多年车,这还是我第二次去年检汽车。上一次要追溯到 2002 年,不过那一次是在市上某车管所。今天起了个大早(上午 9 点,不过对一个深夜两点后才下班的人来说,应该是大早哈),跑到省上某车管所去年检。虽然这次没有上次的排队之苦,却感觉一个样——审车就是交钱。

想起车子要年检,还是上周无意翻开行驶证找油票,才发现车子是每年 4 月年检。又因为忙,直到前天碰坏车才再次想起这事,算算 4 月就剩两天了,还好因"五一"放大假,周末要上班,不然过完节再去审就要挨罚款了。

而省上的年检远比市上复杂得多,首先就得单位盖章。昨天跑到集团去盖章时,管章的人却不相信我是我,她说:"赵晓梦是个女的嘛!"害得我只好给车队队长打电话,请他作证。拿到准审证,正要出门,却被告知,周五下午车管所的人全体政治学习,概不对外办公。所以,只好挪到今天了。

尽管定好闹钟睡觉,但到点实在睁不开眼,只好冲个澡解乏。慌里慌张跑到成温立交桥旁边的某车管所,还好,没几台车。但跟上次一样,刚进门代办串串就来了。我就偏不让他们挣国家的钱,自己去办,结果很快处处碰壁。收材料的民警说,去把号拓了再来。我问在哪。他说门口。我说门口只有"串串"哒嘛。他说那你自己拓吧。出门一看,一个胖警察正在训"串串"们:"咋个又不戴证呢?你们出了事,我们要背黑锅,把证戴起!"我问他拓号吗?他指了指串串:"找他们!"整了半天,我又回到了起点。

帮我拓号的小妹一边拓一边说服我,由他们帮我年检,收我80元,包我一次过关。我说我这车才开十万公里,正当壮年,没什么毛病,咋个会过不了?小妹就笑了:"刚买的新车都有没审过的!"

我就不信了,将车交给专门的审车人员。结果等我从厕所出来,傻眼了:三项不合格,什么前制动、手动制动、侧滑等问题。要调校,每样收费30元,一共90元。

先前拓号的小妹过来了,一脸得意地笑。我就问她咋个整?她看了看被查出的问题,蹲下身给我的车左前轮放气。

我说前制动有问题,你放气搞啥子呢?

她没甩实我,拿给我一张单子,叫我上二楼去把100元的年检费缴了。

因为人少,我上楼缴完费下来,前后不到10分钟,我晕,车子居然年检过关了。

我不知道小妹使的啥魔法,调校加重新过检测线,还要去拿年检合格证,动作居然这么神速。

我便怀疑刚才那个代我开车上检测线的人,有可能也是个"串串"。这中间有什么门道,猜不出来也没证据。只是上次我到市上车管所年检时,车灯严重老化。结果交了20元,重新过道检测线便合格了,看来这次也一样。

后来与一个也刚审完车的捷达司机聊起来,他也是被"查出"三项问题,在交了 90 元后过关。他说,马上"五一"大假到了,车子查出问题是好事,但既然给我查出问题,我就希望认真给我调校合格,而不是给钱了事,"问题"根本没解决,那不是让我开隐患车上路?出了问题咋办?

他的话很有意思:"我们是拿钱买安全,不是花钱买张合格证!"就像刘德华在《天下无贼》里骗了宝马还大骂保安:"我们要的不是敬礼,是安全!你懂吗?"

2006 年 4 月 29 日

路上拾遗

在路上,一如明天就将开始的远行。

一次大假,就是一次远足。对一个自然的热爱者来说,没有什么比这更让人兴奋的了。

事实上,我是不知道远行的终点在何方的,或者说我们到底要往哪里去。最迫切的想法是,走出城去,哪怕是到高原去看云,到大山里去听风,到小溪里赤足。只要行走在路上,哪怕地当床、天当被,都令人向往。天是那么的无边无际,心儿是那么的惬意。那些魂牵梦萦的景象,那些陌生的山川与河流,那些潮湿的风炙热的阳光,甚至那些未知的凶险,都是吸引我行走的理由。

一次远行,就是一次考验。考验我的准备,考验我的意志,但我更愿意是一种解脱。解脱城市的烦琐,解脱一支烟一杯酒的无聊和虚伪。去鲜有人烟的路上行走,享受过程的快乐,哪怕短暂,却足以让我满足。

在路上,一直向北,离城市越来越远,离时间越来越远,离花朵和云彩越来越近,这就是我全部的企图。

在路上。我的身体在路上。我的心却永远充满向往。像一只蝴蝶,追逐花朵,却无法把家安在花朵上。

在路上，明天就出发。

记住，我们一直向北。

偶然间翻看到这则写于 2006 年 4 月 30 日的博文，十多年前那些利用大假和年假自驾游的记忆又纷至沓来，那时候人还年轻，孩子也还小，既有带她出去见见世面的意思，也有读万卷书行万里路的意思，但更多的是一次一次的出游，让我喜欢上这种在路上的感觉，也喜欢上手握方向盘脚踩油门驰骋于天地间的那份自在。印象中最疯狂的一次，曾不间断开车 22 个小时，从云南赶回成都上班，因为老婆说她迟到扣 30 元，缺席扣 100 元。这种疯狂开车赶路的经历，在那段迷恋旅途的时间里，好像经常发生，几乎每一次出去都是几千公里，最多的一天曾在高原上奔驰上千公里。有一次在稻城桑堆草地上拍照时，把对讲机忘地上，都快到理塘才想起，于是调头狂奔回去找，还真找到了，但这一折腾又是一百多公里……

现在想来，真是有趣。更有趣的是，本来没有写日记习惯的我，因为每天想着要给博客涨粉，晚上停车休息时，哪怕再累都会写上几段上见闻，再配上照片发到博客上，相当于今天的图文直播……想到这里，我立马登录博客，结果很多年没使用了，用户名和密码早忘了。费尽九牛二虎之力，总算从新浪博客上找到一些 2006 年的博客日记，更早的留在搜狐、腾讯博客上了，只是连登录名、博客昵称都忘了，更不用说密码了。借这次出书，整理其中几则，算是对自己那段时光的一个追忆和怀念吧。

2006 年 5 月 1 日　成都到平武　高速路比城里还挤

汽车一路向北。从成都到绵阳平武，250 公里不到，却足足耗费了我 5 个半小时。虽然路况良好，但弯多车多，走走停停，火球一样的太阳几乎吸干了我所有的水分和激情，以至于坐在电脑前却不知不觉睡着了。

大假就是出游，大假就是万人空巷，大假就是没完没了地出城，跟着别人奔跑。昨晚还饱满的向往自然的激情，在路上一点点消磨殆尽。才早上八点过，出城向北的汽车，一辆接一辆，从府青路立交到青龙立交来回调头加个油，就足足花费了半个小时。好不容易出了城，上了高速路，满以为这下可以在田野的芬芳中飞驰自己的心情，没想到高速路比城里还挤，最高时速不到 40 码。沿途不断有超车引发的小车祸（若是往日的车速，每起都将是致命伤）。

车速越来越慢，太阳却越来越烈。后座的老爸说，比起去年"五一"的太阳，就像 100 瓦的电灯变成了 250 瓦。车跑不起来，车里就热，人的脾气也就跟着升温。这不，车过广汉不久，我也跟着提速抢道，车子瞬间从 40 码升到 80 码。突然，前面的雅阁来了个急刹，我也跟着踩，天哪，没踩住。眼看就要撞上了，只好再踩。只听到轮胎擦得地面直叫唤，跟着焦煳味就飘进了车里。还好，雅阁若无其事地往前走了。

险情解除，我的心却提到了嗓子眼，反光镜里看到后面的白色捷达也吓得够呛，这可是我开车 7 年来最危险的一次！险中求生，我便感谢前天去检车时修理厂硬要我换氮气胎，若是空气胎，刚才的高速急刹肯定爆胎了，后果将不堪设想。

汽车一路向北。却发现这条在成渝高速后修的成绵广高速，连一个生活服务区都没有，你只能一直往前开。一直往前开，却发现路标十分模糊。车到绵阳南，由于磨家沟收费站撤了，没了问路的，路标上也没有写到江油或者九寨的方向，害得不少车都跟我一起在分道路处的中间段违规停车，四处打听该在哪个路口下高速。一个千里马司机说，去江油到前面下。这个前面在哪，只好边走边看。

终于看到了，绵阳北江油。结果到了的最终指示牌，却只写着绵阳北龙门。我们几辆车又停在分道路中间等车问。等了半天等不到，我便往前开。看到的是科学城出口。想起前年到绵阳也是在科学城出口下车后曾见到过往江油的路牌，便决定下高速。但让我郁闷的是，收费员告诉我，刚才的绵阳北出口就是到江油的出口。我就纳闷了，为啥要写个绵阳北、龙门？等倒回去在绵阳北下了高速，结果龙门就是到江油快速路边上的一个小镇。这下真气疯了，大地名不写，写个外地人都不晓得的小地名。想想每天有多少车要从九环西线经绵阳、江油、平武到九寨沟，但又有多少自驾者知道龙门？

绵阳到江油的这条路，刚修好，看上去十分熟悉。想了半天，和广安的那条路相像。原来这两条路都是某人的手笔。路过李白故里时，比我几年前去拜访诗仙时，修了个比帝王宫门还提劲的山门。警车开道下，几辆高档车正从里面缓缓驶出。

从江油到平武，100余公里的路程，却跑了近三个小时。这倒不是我听话——车子刚进入平武境内，就有一个交警拦车敬礼发宣传单，郑重告知平武境内限速40公里/时，沿途不时有交警拿着测速仪在路边瞄准；而这条水泥路面还算平整的山路，弯道又多又急，有时甚至是90度的直角转弯，车速稍快就有可能甩出去坠进涪江。前年著名的"10·24"特大车祸就是在古城镇外，一个急弯处因车速太快司机刹不住撞岩翻车，致20多人死亡。现在车上坐的可是我一家老小啊。虽然有人超我的车，虽然平武的朋友一遍遍催促，甚至说你超速不多，路边的交警也只是警告你，不会罚款扣分，但我还是力求把车开得稳当。尽管这样，尾气管还是给抖断了。

在路上花费大量时间后，下午剩下的时间就只够到平武县城的报恩寺去逛一逛了。还好，这个深山寺庙原本是大土司王玺给自己修的皇宫，因仿照北京故宫布局设计，被誉为"深山故宫"，寺中"一绝"的9999条龙，形态各异，令人叹为观止。

平武县城很小，却比很多我见过的小县城干净，民风淳朴。一群帅气十足的中老年人，骑着清一色的黑色250摩托车，在我们宾馆旁边吃饭，一打听，他们是德阳二重的，十几个摩托车友带着家属自驾游，准备吃完饭赶往白马藏寨露营。终极目标是王朗。摩托车自驾游本不是什么新鲜事，关键是每个人后座都带着老婆，这也算夫唱妇随吧。

在路上，这才第一天呢。明天将挑战高山，还是早些洗了睡吧。

2006年5月2日　平武到王朗　冰火两重天

屋外白马藏族的锅庄还在欢快地进行。大山里的风传递着我们这群四面八方来客的吼声。打开电脑，却是郁闷无比——由于电脑无线上网卡是联通的，这海拔2000多米的王朗山下的祥述家山寨，只有移动的信号，所以今天的博文只有明天到九寨后再发了。

但想到这路上火与冰的刺激，想到满天尘土里的奔跑，却只为短暂的林中的漫步，又觉得不吐不快。

汽车继续向北，心比天高的感觉却渐渐被冰与火的刺激所消融。早上出平武，沿九环线向白马、王朗进发，或许是海拔不断升高的原因，离天越来越近的太阳是越来越炙热，衣裤几乎短到不能再短，却还是觉得穿得多了。就这样赶到了白马，70 多公里的路，虽然前面有辆警车，我跟着它仍然跑了整整一个半小时。

在进不能进、退不能退的情况下，我们只好选择在白马吃午饭。在屋子里喝茶的时候，我们明显觉得冷。当地人告诉我们，这里跟新疆吐鲁番差不多，早穿棉袄午穿纱，晚上围着火炉吃西瓜。太阳坝里热得要命，阴凉坝里却冷得要命。这种火与冰的感觉，随着汽车的不断爬升，随着海拔的不断升高，阳光照耀的地方，火一样难受；树木掩映的林荫，冰一样刺骨。我们一家老小便在车里不停地加减衣服。直到太阳彻底消失，直到凉风四起，直到换下短袖毛衣上身。

在路上，感受路的火与冰。路从白马分路，直行到九寨，向左到王朗。路牌上的 21 公里，严重误导我这个老司机的判断。宽阔平整的水泥路很快被一个巨大的工地所阻断。这里就是华能集团投资 27 亿元在平武建的四个水电站之一的牛家坝水电站。几座山都被砍了头，满山的植被换成了密不透风的水泥堤坝，让人感叹人定胜天的同时，多少为远处的雪山担忧，担心它们在不久的将来因生态改变而消失。

这种山区里随处可见的水电开发，带来的路面破坏自是不言而喻。汽车便在这种颠簸里体验一面靠山一边临悬崖的刺激。好不容易又换了平整的马路，却因进入王朗保护区，所有景区公路全是碎石或泥土铺成的简易道路，汽车过后，后面都会拽着一条黄色的"泥龙"，倘若两车交会或者前后车跟得太紧，你只会觉得伸手不见五指，然后说这里也会下沙尘暴。但这种没有工业污染的道路，却极大地减轻了熊猫等高级动物们自由穿行的心理压力。

雪山始终在高处。沙尘暴过后的路两边，都是些高山荆棘，实在没有多少姿色吸引游人驻足。我便想,我们体验冰与火的天气和路面,难道就因为行走的过程本身累并快乐着?景区里的路只觉得把车都要抖散架,口鼻里都是泥沙,却不时有横亘路面的枯树绊倒汽车、稍不注意就撞车等事故发生。一个问题也就在心里随着海拔攀升:这般辛苦为哪般?难道汽车能开到雪山脚下?难道所有的高山上都有天池或者木格措那样的海子?然而,道路的尽头却不是被湖泊、溪流或者巨石阻断。是森林,长满参天大树的原始森林。

照理说,对我这样一个从小在山林里长大的人来说,森林的吸引力远没有在平原长大的妻子大。但是在今天,在一路艰苦的跋涉之后,沿着朽木、青苔和脚印铺成的"路"往林子深处走,我却有种恍若隔世的感叹,来时路上的疲惫,之前城市的喧嚣,全都随风而去。背靠一棵百年老松坐在千年的青苔上,看树影婆娑,看光阴流逝,想想身后的雪山,看看旁边因地震而裸露的山体(1976年平武大地震曾导致王朗山体滑坡),听听山呼海啸般的松涛声,我不知道烦恼为何物、忧愁为何事?要不是母亲催促的声音把我惊醒,我想我会继续睡去。

下山返回祥述家白马藏寨,在装修得像艺术珍品样的寨子里吃着烤羊肉、喝着蜂蜜酒、围着篝火、看美丽大方的白马藏族姑娘唱歌跳舞,最后上百个素不相识的人跟着头插鸡毛的白马姑娘跳起锅庄,将这种冰与火的刺激推向高潮。

2006年5月3日　白马藏寨到九寨沟　希望与失望

现在回想起来,我仍为早上的突然醒来感到莫名兴奋。对一个长期上夜班的人、甚至对一个长久居住在钢筋水泥浇灌的城里人来说,这样的醒来无疑是上天的恩赐。那只童年乡下时常光顾的阳雀，在这个清晨的山谷，婉转啼鸣，就连吼了一夜的山风也静静地听它歌唱。

我便在阳雀寻找爱人"李贵阳"的叫声中醒来。走出寨门，却见天刚蒙蒙亮。山寨里的人们因了昨夜锅庄的欢腾，都在沉沉入睡。我试着伸展身体，深吸一口凉凉的山风，却发现一丝早起的疲惫也没有。这时不到6点啊。对一个城里人来，即使他是上早班的，6点也是回笼觉睡得最香的时候。

等到我们一家人洗漱完毕，寨子女主人起来为借宿的客人们准备早餐，得知我们马上就要走，她丝毫没有因省了几个人的早餐而窃喜，而是一再热情挽留。但想到从王朗到九寨还有近200公里路要赶，我还是决定早点上路。

当汽车缓缓驶出白马藏寨时，阳雀还在鸣叫，山村却升起袅袅炊烟，藏民赶着马和牦牛上山放牧，城里来的游客，竟然围着寨子跑起步来。当车子驶上村头的石拱桥时，我特意停下来，拍下这张山村和谐清晨的照片。

因为太早，路上基本上只有我一辆车在奔跑。从王朗下山到白马分路去九寨，竟是一个长长的爬坡路段。汽车吃力的轰鸣声，惊得一只乌鸦在天空盘旋，我担心悬崖上飞石坠落，所以一直不敢停车，家人也都努力说一些陈年往事，让我不至于打瞌睡。但他们对童话世界九寨沟的向往是兴奋的主要原因，一路上猜测和幻想着九寨沟的美。我虽然去过两次，但打心里还是觉得不错，值得再去。

等到我们终于爬上山顶，太阳还没露出脸来。接着便是长达100多公里的下坡路段，一直到九寨沟口。然而，沿途植物的缓慢生长，却让我对5月的九寨沟有些担心。

果不其然，当我们终于赶在上午10点前抵达九寨沟，一人花了 310 元（门票 220 元、观光车票 90 元），跟着来自全国各地的数万名游客涌入九寨沟，我发现，这里的春天还只是枝头的几片嫩芽尖。相比前两次秋天的九寨行，这次九寨沟给我的印象却是那样的令人心碎。虽然解说员的口中，一再强调九寨沟的环保与世界同步，但那代表九寨沟生命的水，却一次比一次少。

9 年前的 1997 年，当我第一次来到九寨沟时，感叹人间仙境的同时，"谋杀"了我数十个胶卷，而且在那之后的所有有关水的旅游经历中，确实有看了九寨天下无水的骄傲。但当我从万人丛中挤到前台，看到长海这个九寨沟最大的海子时，我的心就像海水一样凉了半截，别说跟 9 年前相比，就连我前年看到的长海，也比现在深十余米。这个曾经我认为比天山天池、比西昌泸沽湖更美的海子，如今除了那棵标志性的断头残树还在、远处的雪山还在，水面本身却像一个害了重病的美女，让人不忍目睹。

更糟糕的是，九寨最美的海子五彩池，水位下降得极其惊人，小得只剩下不到三分之一的水函了。因干枯而裸露的乱石滩是那样的刺眼，以至于在返回诺日朗中心站的车上，第一次来九寨的老婆失望地说，我以为九寨沟好美哟，原来就这个样嗦？同样的感叹还有我们在诺日朗中心站巧遇的夜班同事龚爱秋及其朋友们。我只好说，最精华的珍珠滩及其瀑布、诺日朗瀑布、树正群海及其瀑布你们还没见到呢。

匆匆吃完夹生午饭，就往日则沟里的几个精华景点前行。现在，我既要向老婆和朋友证明九寨确实美不胜收，又要弥补我眼睛对记忆的伤害。但是，熊猫海十余米高裸露的海滩和瀑布的断流，让人干脆取消了游玩计划。抱着一线希望直奔珍珠滩和珍珠滩瀑布。但这个《西游记》里唐僧师徒牵马走过，《神雕侠侣》里古墓出口、杨过练剑、小龙女思念杨过等等重要场景的取景处，却因水流较少而"珍珠"味太淡、瀑布毫无威力，即使走近了，仰面也得不到一点水雾的亲吻。前两次九寨行，我在珍珠滩这个景点照了几十张相片，这次一大群人，却只照了十几张。他们都说景色一般，不用照了。

由于天气突变，还没走拢镜海，雷雨交加，接下来的游玩便显得更加潦草。我们除了在诺日朗瀑布、树正瀑布及群海下车游玩外，其他的景点都没有再去了。而爱秋和他的朋友们，则直接从镜海出了沟。老婆感叹地说，听你吹了这么多年的九寨沟，今天来看了，没有想象的好。这钱花得不值。我只好说，比起爱秋他们，你多看了几个景点，要不值他们亏得更多；第二就是可能我们来得太早了，目前还不是丰水季节，山上的雪还没融化完，海子还没涨水，所以九寨之美也就像姑娘样还没成熟。

我努力掩饰自己失望的心情。我不愿意看到人类的自然遗产九寨沟消亡，但我很快又陷入新的痛苦之中。那就是走出九寨沟口，9年前这里只几家旅馆排列河边，如今这里却繁华成一个小城镇，商业十分发达，住有五星级豪华宾馆，吃有砂锅米线火锅海鲜。跟9年前一样，我仍然要在这里住一晚，但没有了当年抢饭吃的辛苦与快乐，也没了那时头枕河流声入梦的惬意。

我不知道，这是社会进步还是人类离自然纯粹又远了。

2006年5月4日　九寨沟到若尔盖到红原　遗憾继续上演

在路上。从早上8点到晚上8点，从九寨沟到若尔盖到红原，从春光明媚的峡谷到阳光灿烂的草原，从清晨的一场雨到傍晚的一场雨，你很难想象，一辆孤独的汽车穿峡谷翻雪山过草地，历经四个季节的天象，狂奔470公里，将一家人平安送达驿站。这辆孤车的驾驶员就是我。

尽管现在已经很疲惫，尽管坐在这个海拔3500多米的高原县城仍感到头晕，但想到这一路的孤独与狂奔，便有一种痛快想与朋友们分享。

走之前查看资料，最吸引我的是"人间四月芳菲尽，山寺桃花始盛开"或"人间四月芳菲尽，高原春光才乍泄"等描写。于是便有了这趟漫无边际的川西高原行。然而，昨天九寨沟的遗憾今天继续上演。

早上出发时，为避开川主寺到郎木寺修路，特意选择了一条相对较好的九若路，从九寨沟口出发，标示牌上的路程是200公里。沿着峡谷一路前行，但见路边树木青翠，因骤雨初歇，两边山上云遮雾绕，一幅春意盎然的中国山水图。汽车犹如画中行，倒让我们很是惬意了一番。

然而好景不长，汽车很快脱离柏油路，驶入一段10多公里的烂泥路，想起去年"五一"回外婆家，经过一段烂泥路时，由于处置不当，方向打猛了一点，车头一下就冲到悬崖上去了，要不是货车压出的高高的泥堤挡住汽车后轮，当时我们一家老小连人带车就下去了。所以我打起十二分精神，认真对付这烂泥路。很快便背心出汗。还好，车子没有打滑，平安驶到柏油路面。

接着便翻越海拔4574米的戈藏佳则大雪山。这便是当年毛主席曾诗赞的"更喜岷山千里雪"的岷山啊。随着海拔的不断升高，人觉得胸闷，有些高原反应了，赶快把红景天拿出来吃了。车儿虽然没有什么东西可吃，但它十分争气，轰轰叫着就往上冲。待到山顶时，眼前顿时一亮，山尖全是雪啊，当年红军也曾见过的岷山雪。但这时的我们却没有理解到为啥要"更喜岷山千里雪"？直到抵达山丫口，接过若尔盖交警的安全须知和路线导游，我才发现，翻过之后就是下坡路段，森林植被丰富，牛羊满山坡。那些散布在半山腰的藏式民居，虽然简陋，却让人感叹生命力的旺盛。

车到巴西乡，特地拐弯3公里去了当年红军著名的巴西会议召开地班佑寺。结果这个写进历史的著名会议召开地，如今只剩几堵断壁残垣。倒是旁边的几个新修的寺院金碧辉煌，一群来自德阳的自驾游客简单拍照后，留下一句："巴西会议开得太久，我们这个会开得简单，一二三照相走人！"原路返回时，蓦然回首，却发现这里四面皆山，在当年确是块开会的安静之地。

事实上，这次重返高原，很大程度上是被网友帖子里描述的野花盛开的高原，成群牛羊在花间漫步的美景所吸引。因为去年"十一"我曾到过红原大草原和若尔盖的唐克黄河第一弯，却只见到满地枯草。所以想到"人间四月芳菲尽，高原春光才乍泄"，便匆匆赶来了。但车过求吉乡，进入高山草原区，依然是满地的枯草，甚至比去年10月的草还要衰败，便失了兴致。原本打算晚上在若尔盖驻足，因这原因，加之著名的花湖也处于休眠中，便决定继续赶路，直抵红原，明天再另寻梦里的春天。

途经唐克时，拐道又去了黄河第一弯。却发现去年10月我们宿营的地方，如今是干枯的河床，风吹过，泥沙满天。我们只好背向躲避。登高远望，黄河之水天上来的气势如游丝，豪情不再。

巧合的是，上次离开黄河第一弯返红原县城时，天空下起大雨，今天又是这般光景。所不同的是，上次我们还见到了雨后彩虹，这次却是打开车灯慢慢前行。等到了县城，一看表，晚8点。这路上，整整12个小时。

海拔3500米的县城，看来又将像上次一样，让我头痛失眠。不过，失望的不止我一人。大假刚过半，城里到处都找得到旅馆可住。我们连问四家，最后问到一家设施不错却价格非常便宜，100元住了两个标间。

看来，这次高原行，虽然不像九寨沟那样花了高价没看到好景，但免费的开放式高原风光也一样没有出来。唯一的收获是，今后"五一""十一"莫上高原。因为他们告诉我，高原最美的季节在七八月。

看来，是我们来得太早了。

2006年5月5日　红原到金川　经历春夏秋冬的光景

大假过半、旅途过半，现在是北京时间5月5日晚9点，地点在四川省阿坝州金川县城河边一农家乐。

正如我预想的那样，在路上的高潮终于来临，除了一路惊叹不断的美景，这个深山中的小城突然燃放起烟火，虽然短暂，但那照亮夜空的烟花，仿佛也在为我的快乐旅行歌唱。

快乐的一天始于清晨7点。起点就是昨晚驻足的红原县城。尽管是二到红原，但今天的感觉不仅一扫昨日对比中失望的心情，而且是一路爽到底。当车子刚驶出县城，但见远处的山上一夜皆雪白，这都是昨晚那场冷雨所赐。近处是金黄色的草原，天空刚露白，好一幅原野风光。车到月亮湾，已有很多过往的自驾游客在那里照相了。这片集中了红原最美风光的草地，上次来时因天黑什么也没看到，如今虽然青草还未长出，但在雪山掩映下，在月亮般的小河分割下，远比昨天看到的黄河第一弯美啊。

这次停车照相，彻底打乱了直奔丹巴的计划，因为打这之后，汽车的速度不断被沿途的美景减速。我们更是在从红原到马尔康这不到200公里的路程里，经历了春夏秋冬的光景。

秋。从月亮湾前行十几公里，到达安曲乡，这里的草地远远看去尽带黄金甲,更美的是,沼泽地周围,全是一个一个金黄色的草包,成群的牦牛打水边走过,不停车拍照都不好意思。

冬。从成都进入红原,必须翻越海拔4125米的查真梁子,这里也是长江黄河的分水岭。上次过这里,10月初就已积满了雪。这次路过,山上不仅积满了雪,更让我们这群平原上难得见到雪的人大开眼界——天空中正飘着鹅毛般的雪花,雪花迎面扑来,像子弹打在汽车挡风玻璃上。这次连怕冷的爷爷奶奶也下车玩雪照相了。

春。汽车很快下山,仅仅十余分钟,满天飞雪的景象不复存在,取而代之的是蓝天白云绿树成荫,一派春光明媚。小河水欢快地流着,农家地里的庄稼开始生长发芽,我们在停车照相的同时,开始脱掉厚厚的棉衣只剩下毛衣。

夏。汽车进入马尔康境内,春天越来越热烈,路边的野花差不多都开败了,阳光照在康巴藏族特有的藏式民居上,亮晃晃的很刺眼。等我们抵达《尘埃落定》拍摄地的卓克基土司官寨,已是烈日当头,大家纷纷脱下春装换上夏装。

让人愉快的不仅是那些路边随处可见的风景,与磕长头的洛桑夫妇的偶遇,更是让我觉得不虚此行。当时已是中午一点,在马尔康梭磨乡前面几公里的地方,一对藏族夫妇正一前一后在公路上磕着长头,他们走三步一磕头,双手高举过头,特制的木手掌碰得叭叭直响,俯下去身体完全与地面接触。对这种虔诚朝圣的人,我一向很敬重的,所以拍照也是征得他们同意了的。谁知我拍完准备离去,洛桑叫住了我,他说兄弟能不能给两瓶水。我便打开后备厢给他们拿了三瓶水(因为佛家讲三生无极),趁机与他聊起来。他告诉我,他叫洛桑意西。之所以要磕长头去拉萨,是因为父亲的临终嘱托。他们是若尔盖人,父亲生前的愿望是到圣地拉萨大昭寺磕个头。去年父亲去世时,他对父亲说,你放心去吧,我替你磕长头到拉萨了愿。所以去年 11 月,他们夫妻俩就出发了,磕半天休息半天,目前已磕了半年。但要到拉萨,洛桑说快则两年半,慢则三年。

为替父亲了却心愿,洛桑和妻子将在路上磕两三年的长头,对身体和精神都将是一种极限考验。我在心里默默祝福他们,扎西德勒。

而卓克基土司官寨之旅,更是花费了我近三个小时的时间。三个小时让我明白了一个道理,小说和电视里的土司生活确实是艺术化了的。但这个目前康巴地区保存较为完好、已有 700 多年历史、在红军长征中有着重要意义的土司官寨,给我的启示当然远不止此。而马尔康藏族姑娘的漂亮,在我看来,远比见过的丹巴姑娘漂亮。比如官寨下的叶家长女,漂亮白净的脸蛋,颀长丰满的身材,曾在九寨天堂表演多年,去年因病回家休息。更难得的是烧得一手好菜,由她亲自下厨做的午餐,是我们这几天吃得最香的一次。老婆和她照了好几张相片。后来给我们导游的小伙子不好意思地说,追求她的小伙子排起长队,但她还在选择中。

美景美食美女,这路走得真是愉快。

2006 年 5 月 6 日　金川到丹巴到泸定到成都　最后的疯狂

就像一首交响乐,总是在高潮部分戛然而止。比如我们这次"五一"大假出游。原定要把七天大假耍完才回城的,但就在昨晚夜宿金川县城大渡河边时,全家人一致决定今天回城,原因是回去消化休整一天,不然大假后上班将继续疲劳。如此一来,刚刚迎来高潮的旅行便结束了。

或许这就是遗憾的美吧。

汽车沿着大渡河一路飞奔，目标是今天的第一站丹巴美人谷。清晨的天空还没亮出艳丽的色彩，河谷的风还有些凉，但路旁夹道欢迎的行道树，却绿得让人心醉。这与两边高大而荒凉的山形成鲜明对比，假如只看这山，让人很难想象山下居然还有人烟。而金川也是当年乾隆爷派军苦战三年的地方。我不知道，山上原本有没有树，如果有，是乾隆爷放火烧了还是大炼钢铁时砍了，还是山外城市建设锯了？

随着晨曦乍现，天空湛蓝，河水泛着金光，让人不断在峰回路转中沉醉不知归路。这样走走停停，跑了两个多小时才进入丹巴美人谷。美人没看到，倒是路边河滩上巨大的乱石堆和废墟样的几座藏式民房吸引了我们驻足。一位戴眼镜的老人和几个妇女正在路边捡石头砌堤坎。我就问，这里就是三年前（2003年）七月那场泥石流灾难现场？老人点点头。"死了50多个人啊。"他指了指路下方的一块重达几十吨的巨石说，那上边刻有所有遇难者的名字。我用照相机镜头拉近仔细看了看，多数是青春年华啊。巨石前方有块小石，像个供案，上面有不少香烛纸钱烧过的痕迹。捡石头的一个女人说，每年清明节，都有许多外地亲人来这里烧香祭拜。巨石为碑，立碑的丹巴县人民政府在遇难者名单后写道："前车之履，后车之鉴，是以碑记。"这让我这个陌生的过路人不禁动容，祈求他们在天堂平安快乐。

公路的上方是几座残破的藏式民房，有的只剩半边，有的没了门楼，有的没了屋基，都以不同的形状述说着那场惊天灾难的悲伤。但令我百思不得其解的是，从泥石流冲击的河滩来看，灾难应该是从房子背后的邛山上来。但整个山体均完好无损，虽然过去快三年了，可任何泥石流发生后，山体均不会在短短几年间就复原掩盖它的狰狞面目。也就是说，那些泥沙俱下的巨石是从哪里来的呢？一位正上山的村民告诉我，这里原本是大片的田地，现在路边修着经塔的地方，原本是一个宾馆，那天晚上，几十个来自上海、成都的游客在房间里跳锅庄，因为下雨，玻璃门窗都关着，雨声喧哗声里，大家都没有听到山洪挟着沙石飞滚而下的声音，除了少数几个跑出来外，都被深埋在下面了。现在，丹巴县将这里建成一个路边的泥石流灾难公园，以"前车之履，后车之鉴"。他还说，邛山上到处是松软的泥土与山石，一场暴雨就有可能导致又一场泥石流灾难。那场灾难就是暴雨把邛山松动的乱石顺着山沟冲了下来。丹巴是个泥石流频发的地区，去年我到丹巴县城时，那里也发生了泥石流，半条街都被泥石流冲毁了，至今还能看到伤痕。各大媒体也曾报道过丹巴城在泥石流灾难中岌岌可危，如何保护、如何与自然斗争等引发广泛讨论。

但母亲却对此有另外一番解释。她认为山洪泥石流，那是因为这里居住有蛟龙，蛟龙一般都要借暴雨出海。她还说她的老家十年前发生的那场泥石流，也是因为蛟龙出海，把一个新中国成立前就开始挖掘的大型煤矿几乎毁灭了。"那天晚上，有人亲眼看见滔天洪水中，蛟龙闪着两把电筒样的眼睛顺水而下……"

我们便在自然神奇传说与科学解释的争论中继续前行。很快便到了昨晚金川人告诉我们的丹巴"美人谷"代表人物、有着"康巴之花"美誉的卢阿姆的"丽人居"。原来就是路边一藏式农家乐。招牌上的"丽人居"三个字硕大无比，横顶上的"康巴之花"几个字很小，虽然有照片，但如果没有昨晚店主人的介绍，我们可能和其他过往车辆一样，很难知道这个农家乐就是康巴第一美女卢阿姆的家。她的母亲热情地把我们迎进屋，得知我们只是照照相，卢阿姆一家的热情劲顿减。老婆一心想与这位美女照照相，反正没吃早饭，就叫他们弄点早餐。听到这话，卢阿姆不冷不热出场了。我看到一张涂满胭脂的脸，仍然难以掩饰她的实际年龄。倒是那个自称她侄女的小姑娘，年轻、淳朴、漂亮。有点像我们去年报道的理县"天仙妹妹"尔玛依娜。最后吃完早点一算账，两碗酥油茶、三杯茶水、几个包子馒头和一盘泡菜，收了我们 20 元。我便理解昨晚金川小伙子说她家"五一"期间一天的营业收入为一两万元的原因了。

阳光下的丹巴是美丽的。尽管是第二次来，但与 4 日重返若尔盖和红原的失望之情相比，这方山水仍令我激动。中午进入县城，特地到上次来去吃过的那家"袁胖子酒家"点了几个家常菜，菜的分量是我们这几天出来最多的一次。而且油价也是这几天来加得最便宜的一次（93#九寨沟是 5.04 元/升，红原是 5.09 元/升，丹巴是 4.75 元/升）。出城便是梭坡碉楼，正好在到泸定的路边，停车眺望，还有一个老头在那里摆摊，花两元钱，可用望远镜和天文望远镜细看碉楼。上次来时正下雨，对面山上云遮雾绕，除了三座标志性的碉楼外，什么也看不到，这次不仅看到了满山的碉楼，还望到了仙女山的仙女"皇冠"。

从丹巴到泸定有两条路。一条是经东谷天然盆景滩到八美、塔公草原、新都桥，翻折多山过康定抵达，一条便是沿着大渡河直抵泸定。前一条路风光无限，但上次走过，便选择了后者。确实是条平淡无奇的山路。汽车就一直赶路。这样在下午 3 点过到了著名的泸定桥。站在桥上，怎么也没有当年"大渡桥横铁索寒"的感觉，走到桥中，竟然稳稳当当，一点也不摇晃。过往的行人和游客混杂其间，熙来攘往，更多的是娱乐和到此一游的简单想法。想想也是，何必把自己搞得那么深沉，于是便在桥头花 5 元钱租了件服装照起相来。女儿见了也吵着要穿红军服，居然真有几岁小朋友穿的红军服，等她穿上，怎么看怎么漂亮，过往的人见了都驻足称赞，使得我俩有些飘飘然，摆起各种姿势照相玩耍，差不多玩了个把钟头才"收兵"。

接下来翻二郎山。有趣的是，刚出泸桥镇，天降大雨，以为这下翻二郎山困难了，结果走到半山腰，转过一个山头，滴雨未下，阳光灿烂，并且一直到穿过二郎山隧道的天全县境内，都是这般光景，看来高原就是高原，一步一景一气候。

车子驶过二郎山隧道，突然来了兴致，开起了快车。虽然道路仍是弯多路窄，但比起三州的路来，好多了。想起7年前学车时，跑完卧龙山路返回时，师傅一再催促："那么差的路况都跑过了，好路自然要跑快点，不然哪有长进！"加之天色渐晚，再不跑快点，回城就得半夜了。见车超车，忽见后面跟了一辆桑塔纳2000，我超他也超，我慢他也慢，如影随形，怎么也甩不掉，直到下成雅高速等候缴费通行时，竟看到他就在我旁边一个通道！当然，开快车虽然刺激，却惊险不已，几次因超车差点撞车。吓得我一身冷汗。后来上高速路，显示牌上滚动提醒说上午发生一起车祸，一辆丰田霸道越野车冲出高速路，一死三伤，所以在高速上不由得放慢了速度。车子驶入成都，已是晚8点30分，走到孔亮火锅时晚9点，再看里程表，这次大假整整跑了1738公里。

驶过灯火辉煌的城市街道，我突然有些不习惯。那些穿着超短裙或露背心的姑娘从路边走过，让我意识到又回到充满忙碌、欲望的城市。短暂的高原之旅，又将是几个月的回忆，直到下一个大假。

2006年5月7日　成都　回忆走过的路

终于可以睡个懒觉了。平安回到家，又累又困中，一觉睡到今天上午 11 点才醒过来。当真是人一放松万事皆空瞌睡好啊！要知道，这之前的六天里，每天早上不是六点就是七点起床赶路了。而且一整天开车，人也不觉得困。现在却如此疲倦，看来人是有惰性的。只要你自己放松自己，光阴便会像流水，白白流逝。

  回到成都，回到这个充满欲望的城市，最重要的是平安回家，这多亏了我的爱车。然而，毕竟狂奔了 1700 多公里，而且大多是低洼不平的山路，对没有越野车那样高底盘的小车来说，石头的伤痛可想而知。早在平武时，尾气管便被山路石子挂断了。当时花 10 元就焊好了。结果上王郎、翻黄土梁到九寨，又坏了，听上去就像开了辆拖拉机。一直想修，却越走越贵，加之不影响行车安全，便没管它。今天趁着假期，到置信车行去修车。结果一检测，不仅尾气管坏了，后轮刹车片、手刹拉线、刹车油、风扇皮带、正时皮带等等都有问题，右前轮的轮胎护壳什么时候掉了也不知道。原本以为简单换个排气管，没想到查出这么多问题，而且不少已危及行车安全，现在想起要是在山路上出个什么事来，后果真不敢设想。也罢，赶紧掏钱吧——1800 多元。

  确实有点多。要知道，这一趟我们一家五口人，从成都出发，经成绵高速、绵阳、平武、白马、王朗、九寨沟、巴西遗址、若尔盖、黄河第一弯、红原、卓克基官寨、马尔康、金川、丹巴、泸定、天全、成雅高速回成都，行程 1700 多公里，住了 5 个晚上，加上吃饭、加油、门票等等，也才花了 2000 多元。这下可多了。

  晚上回到家，整理这次出行的照片，心情又回到在路上飞奔的日子，阳光与暴雨、飞雪与云彩，竟有种不真切的感觉。在路上，虽然苦与累，但放松并快乐。可惜这种美好只是短暂的一瞬。留下的是对逝水年华的追忆。犹如人生，每天都在成为明天的记忆。

好在，还有下一个"五一""十一"可期待。

2006 年 8 月 7 日　川主寺到九寨沟到若尔盖　装满野花的芳香

时隔三个月，再次上路。只是这一次是以年假的名义。除了我、父亲、女儿一家三代三口人，还有生哥一家三口和他的两个姐姐五人，两个车。6 号从成都出发，再上川西高原，追寻草原上的格桑花。

只是这一次和"五一"的路线略有不同，我们从成都出发，走都江堰到汶川松潘这条线。生哥是自驾达人、老司机，喜欢摄影，关键是长着一张好吃嘴，沿途哪有好吃的，他早就打听清楚了，跟着他我只管到目的陪他喝两口。

出门在外，起得早不如赶得巧。今天的几番周折，正应了这句话。

早上 7 点过就从川主寺的清晨中醒来，当我们的车子驶出旅馆时，整个藏区人民都还在梦乡中。偌大一个镇上，只一家兰州拉面馆开着，味道是相当的难吃。但想到要填肚皮，只好闭着眼睛吞下去，跟小时候吃药一样。结果这么早换来的却是交警一句话：川主寺到若尔盖正封闭铺油路，所有车辆要晚上 7 点才通行。这下好了，只有取道九寨沟至若尔盖的路了。这一来，原本只有 141 公里的路程，至少要多出近 200 公里。更让人郁闷的是，这条路我今年"五一"才走过，短短三个月，居然又要重走一盘。

但高原是不会让人失望的。一步一景，让我几乎忘记自己不久前才开车从此经过。

汽车一直往九寨沟方向行驶。沿途满目的青翠,偶尔夹杂着麦穗的金黄,让人恍然以为行走在童话世界。而九寨沟外的九寨天堂旁边,那片漫山遍野开得正艳的花朵,仿佛是一串串美妙的音符,将这个夏天点缀得无比生动。我们自然是误入山花烂漫处。生哥上小学的女儿牵着我上幼儿园的女儿,走在两边开满鲜花的木栈道上,阳光从她们的身前照射过来,那一刻连背影都是那么鲜艳动人。等到男女老少心中都装满这野花的芳香,我们再穿越泥泞的峡谷、再重爬海拔4500多米的戈藏佳则雪峰,也不觉得重复和枯燥。

当再次来到广阔的若尔盖草原,心一下子变得开阔。因为这一次和今年"五一"、去年"十一"的草枯黄不同,绿毯一样的大草原上,牛群羊群吃草,格桑花儿开,终于没再让我失望。这时候,赶了一天路,连午饭都没吃的疲劳,彻底洗去了。

晚上,生哥好吃嘴的本事再次显现(头天中午在茂县一路边苍蝇馆子,已经让我们见识了他找地方和点菜的本事),在我曾路过好几次的若尔盖县城外一公路边,看上去有点像电影《龙门客栈》那样的荒僻地方,居然有卖黄河冷水鱼的,而且味道巴适得板(四川方言:非常好)。店家告诉我们,四川境内的黄河鱼早吃没了,他们是从青海那边买回来的,88元一斤。生哥淡定地说,还好,只比他十来年前第一盘来吃时三四十元一斤翻了一倍左右。等到第一盘麻辣味的端上来,我们已是一边流口水一边动筷子了。

正吃着喝着,生哥突然放下筷子,让我拿起相机跟他走,我还以为出啥事了,结果他说太阳落山了,正是"搞创作"的时候。他开着车,我们一路追着落日拍照,直到落日与月亮同辉,天幕彻底拉上。拍到佳作的生哥心情大好,大叫着回去继续吃鱼喝酒。

从开始的不如意,到美景美食充实,这一天实在太精彩了。只能说,在路上,有失必有得。何况跟着生哥这样的自驾游达人。

2006年8月8日若尔盖　漫游热尔大草原

川西高原最美的草原在若尔盖。若尔盖最美的草原是热尔大草原。热尔大草原最美的风景在花湖。七八月交替时节的花湖,就像一个如花绽放的姑娘,吸引着四面八方来的游人。

花湖传说中的美,也吸引了我们这些追花人。三个月前的"五一"节来时,因为天寒地冻,花湖还在沉睡,所以没敢打扰。这次,说什么也要去揭开她的神秘面纱。

然而,因为途经花湖的川(主寺)郎(木寺)路正在修路,我们再次被迫取道唐克、经黄河第一弯、辖曼和黑河牧场至花湖。长途跋涉近200公里,仍然被封闭施工给堵住。最令人不爽的是,当地一些藏民借机捞钱,故意开放自己的牧场,供旅行车绕行到花湖,短短一公里多路,重复收费高达几百元。我仅仅因为没弄明情况而"误入歧途",结果掉个头的距离要收我20元;不准原路出去,得从旁边的牧场绕出去,又被敲诈掉50元(要价100元)。你想不给,十几个小伙子马上围着你的车,车上的老人小孩早被吓住了。无语的是,警察就在不远处的"报警电话"牌下坐着。老父亲事后气得一个劲说"遇到棒佬二了"!

看来,花湖这个梦,只好继续在心底沉睡了。

随后改道去郎木寺,但走到一半,又被迫退回。原因是路太烂,坡陡,弯多,碎石遍地,担心把轮胎刺爆,所以又退回来了。就让它和花湖一道，留作下次来川西高原的理由吧。

但若尔盖带给我们的伤痛，却远非花湖、郎木寺的失之交臂可以比拟。当蓝天、白云、绵羊、牦牛、草地、野花甚至河流，这些草原必有元素见惯不惊时，草原还能带给我什么？这是我第三次来川西高原所一直想回答的问题。

当车子两次从辖曼乡和辖曼牧场经过时，我想我找到了答案。那就是这样的风景或许是看一年少一年了。就像我们这两晚吃的黄河鱼，生活在黄河的冷水里，每年只长一寸，据说四川境内的黄河鱼已经捕不到了，原来卖黄河鱼的馆子差不多都垮了，剩下的大馆子，要买到这种鱼，要到青海去了。而眼前的这片草地，怎么看都那么的刺眼。待到车子驶近了，才看清那青青草地的坡头、坡中、坡脚的金黄色是沙漠啊！

此前有媒体报道，500公里外的成都春天飘飞的黄沙就来自若尔盖草原，当时我一直不信，直到今天得见这些触目惊心的黄沙，才猛然惊醒。看得出，这些沙漠的面积正在不断扩大，有的地方已经推进到公路路基下了。而沿途立着的"治沙示范区"，告诉我们这里草地沙化问题的确严重。

于是我停车，让女儿照相。5岁的她不理解为什么要跟沙漠照相。我说现在还能看到青青的草地，等到你长大了再来时，可能全是沙漠了。她更好奇了，连问为什么？我还一时答不上来。想想70年前，红军打此经过时，那时的若尔盖草原一片沼泽地，被人称为生命禁区；如今短短70年过去，你的目光所及之处，很难相信这就是当年红军走过的沼泽草地，一脚踩下去再也爬不上来的沼泽地，如今一阵风吹过就会扬起阵阵沙尘。还有随处可见的现代化修路、架桥、开矿等机器的轰鸣，开发的代价就是环境的破坏。现代文明的黑手，正伸向这片圣土。

就像一位红原朋友说的：最后的净土，我们必须守住。

2006 年 8 月 8 日　红原境内　瓦切的塔林与经幡

其实，在新中国没成立前，红原县和若尔盖县的名字是不存在的。那时红军走过的这片川西大草原，统称为松潘草地。直到新中国成立后，才将这两个县与松潘分离。周总理亲自批示：红军走过的草原，就叫红原吧。于是，有了今天这个全县只有 1.8 万人的纯牧业县。

红原的平均海拔 3600 米，除一般草原风光外，其最值得一看的地方，一个是瓦切的塔林与经幡、一个是月亮湾草原。从若尔盖的黄河第一弯往成都方向走 75 公里，就到了红原县瓦切乡。此地是一丁字路口，北距黄河第一弯 75 公里，南距红原县城 40 公里，往东 150 公里可去松潘县的川主寺。塔林是安葬已故先人的地方，或者是供信徒转经的地方。瓦切的塔林以白塔为主，经常有藏民来转经，祈求平安吉祥。而经幡在藏区普遍存在，它是在布、麻织品上书写经文，然后将其插在山巅、路口、河边等地，其意义为用自然之力来诵经，以保平安吉祥。经幡在藏区的插法各地也不尽相同，瓦切的经幡是围成一顶圆帐篷式样的，而且瓦切经幡群面积之大也为藏区所少见。

前两次路过瓦切塔林时，一次是秋天一次是冬天。这次虽然没能赶上草原的花期最旺时节，却正好赶上瓦切塔林在搭建经幡和修建塔林。夕阳下，藏族小伙们在老年人的指点下，先在草地中树一根木桩，然后像撑帐篷一样将经幡竖起来。一位小伙子告诉我们，乡里刚死了两个人，所以竖了两顶经幡，而每顶经幡竟然要三四千元。竖好经幡，小伙子们还让我们照相留念。旁边一对汉族夫妇，正在修塔林。他们告诉我们，差不多两天时间可修一个塔。最后都会漆成白色。

远远望去，塔林、玛尼堆、经幡、草地、蓝天，一幅绝美的风景。

2006年8月8日　红原境内　黄河第一弯唐克寺活佛讲法会

川西高原的若尔盖大草原，因为70年前的红军长征"爬雪山过草地"而闻名天下。如今，又因有花湖、九曲黄河第一弯、亚洲第二大草原热尔大草原等绝美风景成为自驾游爱好者的天堂。这次年假重返若尔盖大草原，却是不到一年时间里我第三次造访。虽然花湖因修路而最终未能圆梦，但九曲黄河第一弯，却比"五一"节的水瘦山寒要丰满动人得多，让人流连忘返。

九曲黄河第一弯位于若尔盖县唐克乡，此处是四川、青海、甘肃三省交界处，黄河之水犹如仙女的飘带自天边缓缓飘来，在四川边上轻轻抚了一下又转身飘回青海，故此地称九曲黄河第一弯。若是在夕阳西下之时打此路过，登上路边的一座高坡，面向西方，S形的黄河在夕阳下泛着红色的磷光，而等太阳落入地平线之后的满天红霞，让你有"落霞与孤鹜齐飞，秋水共长天一色"的绝美感慨。

除了美景，高原藏区的寺庙是了解藏族文化的重要所在。而黄河第一弯登高望远山坡下的一座寺庙"唐克寺"（藏名索克藏寺）和一个藏族村寨，与黄河第一弯构成一幅神秘的画卷，吸引我一次又一次驻足，"谋杀"我大量的胶卷。

但这次，或许是为弥补我们错过花湖美景的遗憾，竟让我们在返回时碰上了唐克寺的活佛讲法会。汽车刚转过黄河第一弯的山梁，突见山凹里面河而建的宏伟唐克寺人山人海，脑子里立马蹦出活佛讲法会，这也使我们突然明白中午时间从唐克乡收费站经过时，沿途满是骑着摩托车飞奔的藏民，原来他们都是来听活佛讲法的。仔细一算，他们已经在太阳下晒了近五个小时。于是我们停好车，拿起相机就往寺里冲，正好赶上法会的尾声。却见广场上全是听法的藏民，旁边的经堂里外都挤满了人，但普通人是进不去的，我们也不例外。直到法会散场后，我才获得喇嘛允许进去参观，金碧辉煌的经堂显示这座寺庙的香火很旺，但讲完佛法的活佛却已经走了，地上满是做佛法时撒的米粒等物什。

法会散场，先前的人山人海快速而有程序地散去，他们的脸上没有被烈日暴晒五小时的疲劳，而是听法后的无比满足，每个人见面都很礼貌地问好。而那些寺里的喇嘛们，则友好地向游人介绍情况，或者友好地接受游人照相。

蓝天下的唐克寺，又恢复了它的宏伟与庄严。

2006年8月9日 红原境内 又遇磕长头的朝圣者

离开红原返回成都或者转道马尔康，都必须经过海拔4000多米的查真梁子，也就是长江黄河的分水岭。倘若是刚从理县翻遮鸪山经刷马路口往红原进发，风景是越走越漂亮；但若是从红原往回走，就与景色背道而驰。要命的是，这样的"背道而驰"，我在一年中竟然三次重复。而在最近三个月，更是两次重复。以至于沿途哪里该减速哪里值得刹一脚照相，都了然于心。

但这条路却往往能给人带来另一番惊喜与收获。那就是，无论你何时打此经过，你都会碰上磕长头朝圣的藏民。我三次打此过，次次碰上。今天也不例外。

车子翻过长江黄河分水岭，正式告别高原进入高山地区，快到中午12点，烈日当头，柏油马路的地表温度差不多有四五十度。但就在车子刚下山进入一段平路时，我们看到了朝圣的曲格。身着喇嘛服的他，按照藏族磕长头的传统仪式，走三步，双手护板拍两下，然后俯下身贴地平行，算是一磕头。然后起身再走三步，再拍护板，再俯身贴地……与我上两次看到的朝圣磕长头者不一样的是，曲格他们不是因为完成家中老人遗愿，也不是受人所托或感恩而磕长头到拉萨，而是他们一行三人，均来自若尔盖的一家寺院，他们想花两三年的时间，以这种方式到拉萨朝圣，增加自己的修行。

由于路途遥远，保持体力是每个朝圣者必须考虑的问题，因此，有的朝圣者采取上午磕头，下午休息的办法，均速前进。而曲格他们则采取两人磕头，一人作后勤保障，并如此轮换的方法，争取在两年内磕到拉萨。我们见到他们时，他们已经从若尔盖出来两个月了，沿着公路磕了 300 多公里。

一条路上随处可见磕长头朝圣的人，这是为什么？夜宿金川时，当地人告诉我们，凡是松潘、若尔盖、红原、黑水、茂县、马尔康等地的朝圣者，都必须走这条路，到金川后转道去炉霍、德格、昌都，进入西藏，最后到达圣地拉萨。而我们几次刚好都走的是从红原到马尔康到金川的路，自然容易碰上他们了。

天气太热，面对这些如此虔诚的朝圣者，我们唯有送上几瓶水，祝他们一路平安！

2006 年 8 月 10 日　金川　巧遇乾隆年间的牛皮船

早就听说阿坝金川的牛皮船，却一直无缘得见。今年"五一"路过金川时，还专门托人打听，也失望而归。但功夫不负有心人。三个月后的今天，当我再次路过金川时，却在不经意一瞥间，路遇了这种传说中的神秘船只。真是踏破铁鞋无觅处，得来全不费工夫。

当时约莫下午五点过光景，我们的车子刚行至金川县城外。突然，车外闪过一个移动的大"锅盖"，不知咋的，我下意识闪过一个念头——这是羊皮船。于是刹车，靠边停车，然后拿起相机就冲过去叫住师傅："请问你顶的是羊皮船吗？"

"不是。是牛皮船！"师傅一边回答一边停步。显然，对我这样的造访他早就习以为常。在陪他往河边走的过程中，我了解到，这位师傅是个年过七旬的大爷，姓李，身体很硬朗，每天下午驾着牛皮船出河打鱼，已成为他生活的一个部分。

下到河边，李大爷一边与我交谈，一边忙着准备工作。为保持人在圆形船上的平衡，他捡了三块石头放在船上。还有一项必备工作是放浮漂，李大爷用酒壶作浮漂。准备妥当，用力一撑，牛皮船就离岸了，再用力一挥桨，牛皮船就像箭一样射出去了。李大爷控制自如，牛皮圆船一点也不打转。通过长镜头发现，李大爷真是驾船在这片水域打鱼。在如此美景里打鱼，的确是人生一大快乐！

说起这艘牛皮船的历史，李大爷显得无比自豪。他说，如今在金川，像这样的牛皮船，只他一个人有，因为现在的人造不出这种船，也没人愿意再造这种船了。而他这艘牛皮船，还是他的祖上作为传家宝传下来的，始造于清乾隆年间，距今有近300年历史了。当年，乾隆皇帝两次派兵平定金川地区土司叛乱，前后历时27年，才攻下金川，史称"乾隆打金川"。其中，当时最先进的水上交通工具，就是这种牛皮船和羊皮船，也就是用牛皮或羊皮造的船，既轻巧又能载重，藏区本身出产牛羊，就地取材，方便。一艘船能载重四百斤，差不多能运三到四个兵。

李大爷祖先造的这艘牛皮船，一共用了三张牛皮，接缝处用松香油烧化后烙上去，整艘船对着光看像层纸，但历经三百年风雨却至今能用，不能不说是一个奇迹。

李大爷每天就驾着这艘船在金川的大渡河上打鱼，过往的游客见了，无不争睹，合影留念。所以李大爷自豪地说："我这艘船可有名了，每天都有人照相！"

我也是其中一个。

2006 年 8 月 11 日（补记）　若尔盖到红原　养蜂的"吉卜赛人"

人间四月芳菲尽，但 8 月的川西高原仍然是野花烂漫。花为媒，引来无数的蜜蜂，也就有了逐花而居的养蜂人。驱车从若尔盖到红原的草原经过，路边随处可见这些中国的"吉卜赛人"。公路边一顶帐篷，十几个蜂桶，几瓶新酿的蜂蜜，就是他们流动的家。

从我走访的十余家养蜂人来看，他们基本上来自山外的成都或南充、遂宁等地，他们都是职业养蜂人。每年春天，他们在老家放蜂采完花蜜，就开始逐花为生了，一般是从低海拔往高海拔放养，因为海拔越高，花期越晚。而平均海拔在 3000 多米的川西高原若尔盖、红原大草原上，8 月初仍然野花遍地，自然一路上都可碰上他们。山外那些来赏花的游人，成为他们最热情的顾客。虽然卖价一点不比城里便宜，但因为是新鲜酿成的蜂蜜，过往的游客都会停车购买。来自南充的老王就告诉我，他们出来快半年了，酿了差不多一吨蜂蜜卖，但还不是最多的。

然而，今年的气候比哪年都糟糕。川西高原先是 5 月飞雪，跟着气温急剧升高，花期也就比哪年都短。来自遂宁的老杨两兄弟就告诉我，今年他们亏本了。因为花期太短，蜜蜂采不够花，他们不得不买白糖喂养，而一桶蜂子差不多要吃 100 斤白糖，他十几桶蜂子，差不多要 1000 多斤白糖，100 斤白糖要 200 元左右，也就是仅喂蜂子，他就要花 2000 余元，还有生活费，交给牧民的草场占用费等等，卖蜂蜜的钱还不够本。

来自成都金堂县的老张更惨，他从青海放过来，没想到红原的花差不多都谢了，可还没站稳脚，牧民就找他们要 200 元"场地费"。他们实在没钱，最后还是到别人那里借了几斤蜂蜜当作场地费给了。无奈之下，他们决定收蜂回家了。但要找到返回成都的空车不容易，于是他们就在帐篷上写下一排字"找车回成都"。虽然不知道什么时候能碰上返空车拉他们和蜂子回成都，但老张表示，明年他们还会出来放养蜜蜂。因为他们是职业养蜂人，养蜂的"吉卜赛人"。

2006 年 10 月 6 日　康定到成都　因祸得福

现在想起那一幕惨状，仍心有余悸，仍心存感激。心有余悸的是，高速公路上十多辆车连环相撞在一起，现场惨不忍睹；心存感激的是，如果不是我追尾，如果不是那个雅阁车主一帮人向我漫天要价，如果不是双方讨价还价折腾半天，如果不是争吵中忽然发现我的车胎已漏气，或许那场连环车祸中有我……所以，我说这是因祸得福。

今天是国庆大假的第六天，也是中国传统节日——中秋节。一大早，我就从康定的宾馆里醒来，但事后发现，接下来发生的一连串事情，或许为晚上的撞车追尾埋下伏笔。

这次我们四家人，一号从成都出发，目的地是香格里拉的稻城亚丁，虽然一路上也有波折，但一切顺利，四号返程，五号顺道从新都桥到了趟塔公草原，晚上住康定，到二道桥的温泉洗去连日驾车奔波千里的疲劳。准备六号上午游完木格措后，下午返回成都。结果，还没出发，另外一家人就不想去木格措了。而他家的小女儿也不去了，更不愿坐我的车了。说是她昨晚做了一个梦，梦到我的车子开到河头去了。童言无忌，我一笑了之。但没想到，车子刚刚驶出宾馆，就发现右前轮没气了，昨晚都还是好好的，咋一觉后轮胎没气了呢？想来可能是晚上去二道桥洗温泉回来时，路面太烂车胎被刺破。没办法，只好找修理厂，师傅说不用换胎，他给我补起就行了。还给我夸下海口说，如果再漏气找他赔。朋友听了说，我们翻山越岭来找你赔，20块钱的补胎费连油钱和过路费都不够，岂不是豆腐盘成肉价钱。结果，晚上出事的，还真是这个轮胎。

当时大约是晚上7点过，我们已翻过二郎山，我带头，二号车紧跟后面，三号车一向很慢，当时天下着小雨，眼看就要驶出天全县城，前面就是出城的大桥，这时我的烟瘾来了，就在我弯腰取点火器时，前面的雅阁车突然刹车，我下意识地跟着踩刹车，但来不及了，由于跟得太近，只听得一声巨响，我的车子还是撞上去了。

停车下来查看，原来前面有个大坑，雅阁紧急刹车，我就从后面撞上去了。不过情况没我想象的坏，看了半天，也没见雅阁伤到哪。倒是雅阁车的老婆眼尖，发现后保险杠被我的车撞伤了一条一尺长的痕印。追尾全责，赔吧。关键是赔多少。他的一帮朋友一人一个价，有叫我赔整根保险杠的，有叫我自己开价的。我说算了吧，还是报警吧，让警察来判断，反正我的车全保，保险公司会赔付。就在这时，看热闹的一个车主提醒我，说我的车右前轮胎漏气了。我一看，天，早上补的那个胎真的坏了。我居然还不知道。还有35公里就从雅安上高速了，如果就这样开下去，后果真不敢想象！

这一发现，让我惊出一身冷汗，也让我在赔多少的问题上大大让步，因为要不是这次撞车，我还不知道轮胎又漏气了。所以，当雅阁车主以"4S店说的价格"要我赔300元时，我二话不说把钱给了。而这之前，我给的价是100元，心里价位是200元。当然，我知道警察来了也会是让我们"私了"。雅阁拿钱后走了，我和朋友换好车胎，这时三号车终于来了，他说300元给多了，我说蚀财免灾，因祸得福，至少我及时发现车胎漏气了。

随后我们继续向成都赶路，快到眉山市彭山县（今彭山区）成雅与成乐高速交界处，忽然发现前面警灯闪烁，警戒标识很显眼，减速前行，但见长一里多的路面上，横七竖八躺着被撞变形的各式各样的小汽车，差不多都是外出耍假返城的车。我见交警的拖车都来了，估计惨祸发生了一个多小时，如果我不因为追尾，应该正好赶上这次惨祸（后来看新闻，这起车祸造成一死十多伤）！在对讲机里，我们都感叹不已，庆幸我在天全的追尾，才躲过了这场大祸。因为要是我们路过时碰到这种情况，即使自己很小心，也难保后面的车不撞上来，毕竟高速路上大家的车速都很快。

因祸得福。回到成都，已是晚上11点半，大家坐在火锅旁，举起酒杯，不是互祝中秋快乐，而是齐祝我们平安归来！

我们也算明白了旅游的最大乐趣，不是沿途风景的好与坏，而是平安归来！

冒险夹金山

对一个自驾游爱好者来说，最大的乐趣不是目的地那些陶冶情操的风景，而是追逐风景的曲折过程。比如，这个"五一"节，我驾驶一辆二手富康车，单枪匹马，沿着当年红军长征的道路前进，顶风冒雪，黑夜里翻越海拔4124米的夹金山，经红一、四方面军会师的达维，前往被誉为"东方阿尔卑斯山"的四姑娘山。其间的艰难、惊险、绝望和刺激，一点不逊色于当年红军将士征服这座长征途中的首座大雪山。

都知道富康车有"高原反应"。几年前的"十一"黄金周，我和朋友自驾游川西大草原的红原、黄河第一弯、若尔盖时，朋友当时开的一辆富康车就因"高原反应"，怎么弄也发动不了车子，后来拖到红原汽修厂，师傅又是烧打火舌，又是换零部件，也没搞燃，最后是一位小师傅把富康车特有的电子控制进气元器件插头拔掉，才把车子发动。原来，富康车点火时的空气控制是电子仪器掌控，而平时在成都平原上跑，它已"习惯"低海拔的富氧，而到了高原，空气稀薄，氧气不足，它也像人一样有"高原反应"，唯有把电子仪器控制件拔掉，让它"忘掉"平原富氧，车子才能发动。正因为如此，我一直对富康车"心存芥蒂"。但不巧的是，这次"五一"节，我借到的车刚好是一辆富康车，而且是一辆开了 11 万多公里的二手富康车，排量 1.4 升，方向没有助力，油箱刚修过……正因为它"浑身是病"，加上以往大假同行的游伴因为值班时间不凑巧等，原定 5 月 2 日从成都出发远征贵州黔东南苗乡侗寨的自驾游计划被迫取消，一家老小五人挤在车里，在成都周边的古镇转悠。

　　但对川西高原那片洁净天空下雪山、草地的向往之情，始终令我心里悸动。这不，3 日早上在雅安吃早饭时，偶然从报上得知位于阿坝州小金县（红军长征途中著名的"懋功会师""两河口会议"所在地）日隆镇的四姑娘山风景区，因巴郎山至映秀一段修路限时通行游客稀少、吃住游价格不升反降，而从雅安宝兴（大熊猫发现地）翻越夹金山便到了当年红一、四方面军会师的达维，达维到日隆只有短短的 20 来公里，总路程不到 200 公里。加上沿途不仅随处可见当年红军留下的遗址，这条线也是去年刚刚被联合国教科文组织命名的"世界自然遗产——大熊猫栖息地"，最重要的是，差不多走遍四川藏区的我，唯独还没走过这条线，未知的道路总是吸引我这样的冒险者。于是，在说服家人后，我便提心吊胆地开着这辆二手富康车出发了。

　　虽然突如其来的一场暴雨把沿途的风光弄得青翠欲滴，老农赶牛犁田的乡村风景醉人心扉，但车子离宝兴县越近我的心越悬，因为沿途基本上是在群山间穿行，而大雨后山上飞石众多，我虽避开了已落在路面上的飞石，还是不幸被一块山上落下的石头击中车顶，吓得一家人尖叫连连，停车查看，还好，石子体积较小，只把车顶砸了个凹，要是大石头，也就没了我后面的冒险。而宝兴灵关镇收费站收费员事后证明不负责任的一句话把我进一步往险里推。他告诉我："夹金山翻过去就是达维，只有 160 多公里，最多 3 个半小时就可以到！"我一看时间，当时下午 4

点,也就是傍晚 7 点半就能到达维。按爬山三分之二时间下山三分之一时间算,也就是今天我无论如何也不会在黑夜里翻山了,只要不是夜里翻山,我有把握把富康车开过夹金山,把一家人平安送到美丽的四姑娘山的。但接下去的路不仅让速度快不起来,更让我进退两难。

四川三州(阿坝、甘孜、凉山)这些年大兴水利,各地都在拦河建水电站,宝兴县也不例外,尤其是夹金山脚的硗碛,一个偌大的水电站正在建设,长达 10 多公里的山路被大型机械碾压得破败不堪,加上刚下过雨,路面泥泞,车行其上,比冰雪路面还滑,如果一踩急刹车,车子就会打滑冲出路面掉进山沟里。这些年自驾游,虽然也曾几次走过这样的路面,但每次我都走得提心吊胆。2003 年的"五一"节走这样的泥泞路面时,汽车右前轮都冲出了路面,幸好后轮被土坎挡住车子才没掉下山崖(说实话,写这些时我的心还在打战)。所以,非到万不得已,我是不会走这样的路的。但现在,车子根本掉不了头,只有往前走。要命的是,在一个弯道会车时,靠里的车占着大半边道让我先走,而我从右边后视镜看到我的车离悬崖不到半米,如果轮胎一滑,车子就下去了……当时也没敢再多想,在尽量压着离合保证车不熄火时边放手刹边启动车子……还好,上帝保佑,我冲过去了。我把车子停住,只听到自己的心在怦怦直跳,车里的家人都没说话!

因为这段路的原因,车到夹金山下的景区管理站时,已经晚上 7 点半了。说实在的,当时真不想走了,可惜管理站已住满了游客,只有往前走,而且还有车也在往山上走。但高山气候无常,山下"风平浪静",山上却是又刮风又下雨,再往上走又变成风雪交加。这时天完全黑了下来,满山遍野都是雪,路面只能看到两行车轮印。这无边的雪路,让人感到极度绝望。最让我担心的是富康车的"高原反应",心想如果车子一旦熄火就可能发不燃了,那只有困在这山上了。就在这时,我看到后面有一排灯光追来,原来是四辆车跟来了。他们的车比我的好,动力助他们越爬越快,很快就追上了我。虽然我的心因有同伴而踏实了许多,但他们追得越近,我的心越慌,就像走夜路的人总怕后面的影子一样。于是我挂着二挡拼命踩油门。但这些七弯八拐的山路,每到回头弯车子就得减速换挡,不用一挡冲不上去。我担心的事终于在一个回头弯时发生了——车子熄火了!

当时我的第一反应是拉死手刹,然后打火,同时给了一点油……万幸啊,车子又启动了!赶紧往上冲啊!后来我才明白,富康那一刻没"高原反应"因为是热车。但车子没事了,可越往上雪越大,挡风玻璃上都结了冰,而且路面上的车轮印也没有了,路边上的护栏也没有了,车子相当于是在雪山上"裸奔",也没防滑链可挂,相当于光着脚在雪路上跑,一不留神车子打滑就将是万劫不复,车上可是我的一家老小啊!

不知过了多久,我终于看到了山垭口,风雪中两位警察向我敬礼,给我发了一张"致驾驶员朋友的一封信"。我问去达维还有多远,他们说下山就是。警察不忘提醒我开慢点、注意安全。那就开始下山吧。没想到真的遇到了大学时烧脑的辩论题:上山难还是下山难,而且绝对是反方一辩"下山比上山还难"。常年翻雪山的大货车,都要挂防滑铁链,我这富康车连轮胎都磨得差不多了,唯一办法是轻踩油门,保证车子匀速前进。好在山的这一边,也就是山垭口那一带有积雪,越往下路面越清晰,最后无雪而宽广。也就是说,我终于走出了困境!

这时候,我看山下还有车上来,他们还要翻雪山!我在心里向他们致敬的同时，一辆警车驶来，原来是当地交警组织的抢险救急车，又是一句"开慢点"，让人温暖啊。当达维红一、四方面军胜利会师的纪念碑出现在眼前时，虽然已是深夜 10 点，我却兴奋异常，就像当年翻过雪山见到同志的红军战士那样欣喜若狂。

而我后背的衣衫，早已被冷汗打湿了。

那一夜，老婆破例让我喝了一点酒，既是压惊，也是为我们一家人平安庆贺！

第二天，四姑娘山的天气格外晴朗，20 多座能看到的海拔 5000 米以上的雪山全都露出了真容。而我前年专程来看它们时，它们却全都躲在云雾里，当真是"不经历风雨怎么见彩虹"啊。

回城后，写着这些文字，我劝告自己和各位朋友，还是千万别再冒这样的险，毕竟那是在拿自己和家人的生命开玩笑！

2007 年 5 月 8 日

丽江杂记

路遇宣科

华灯初上之时，我在丽江古城街上见到他，他上身穿夹克，下面是一条磨洗得发白的牛仔裤。戴眼镜，头发有点乱，脸上皮肤早被云贵高原强烈的阳光照得黑里透红。

他叫宣科。2007年春节，我自驾来到丽江这座美丽的古城，有一半是为了他和纳西古乐。在这之前，我曾在成都现场看过他的表演。被他的脱口秀逗乐，也被他和他的纳西古乐魅力征服，还写了一篇博文赚取点击率。

在这之前，无论是从报纸上读到他，还是听人讲起他，甚至现场看他表演，他给人的印象都是一个个性张狂的老头，绝对有老子天下第一的自负。在舞台上，他经常用夸张的比喻把一些明星和乐队骂得狗血喷头。他到英国伦敦大学、牛津大学和赫尔大学讲学，一边推介纳西古乐，一边顺便把西方文化也大骂一通。他好像要以极端的姿态让人记住。不过外国人倒欣赏他的性格，恭恭敬敬聘他为教授。

在这里，丽江东大街大研纳西古乐会的会场，入口处的一块竖匾上写着："每晚八点宣科在此主持。"会场是由一座老旧的货栈改建的,四面都是一间间用于谈生意的门房,原先的天井现在成了会场,一百多人把它挤得水泄不通。

在台上,他穿的是一袭蓝布长衫,坐在乐队最左边的一个位置。乐队的其他乐师都穿着洋红或宝蓝底、金色团花的汉族长衫,华贵而炫目。年轻的女乐师则以纳西族特有的"披星戴月"服饰出场。但观众的目光都集中在他身上。

宣科脱口秀

宣科作为音乐会的主持人,在每一曲的开始都要用中英文讲解一通,学术的内容通过迂回曲折、插科打诨的方式向观众诠释,而且常常在关节处故意说错,但这种"装戆"产生了极大的喜剧效果,是大师级的幽默。

在他的主场,其脱口秀水平,堪比伊拉克前新闻部部长萨哈夫。

"观众太少,不是我们的音乐不好,是记者报道得太少。我们到美国,包括CNN在内的媒体都赶来采访,一是我们的演员好些是80岁以上的老头,令人肃然起敬;二是我们的音乐没受过工业文明污染,他们喜欢得不得了。""中国的记者就知道宣传流行音乐,宣传年轻偶像,不关心我们这些老头,不关心民族音乐!"

一曲终了,宣科又开始独角表演,学说逗唱。他继续吹嘘他们去了哪些国家演出:"英国、挪威、美国、丹麦、西班牙、葡萄牙、德国、意大利、日本,还有一个国家本来要去的,但不敢去。哪个国家?不是伊拉克,是埃及。""埃及的开罗大学去年邀请我去演出,还差一个月的时候,那里突然发生了连环爆炸,我们老年人很怕怕呀，我们都是国宝，我们还不想死。""如果我们被炸死了，第二天的报纸可就要说了，几位纳西古乐的演奏者，为埃及奉献了几具纳西木乃伊，标题就叫《金字塔前的纳西木乃伊》。"全场大笑。

演出的第一首曲目叫《八卦》。宣科介绍这首曲子是唐明皇李隆基为新建道宫"大清宫"落成而亲自创作的两首法曲之一。见大家一头雾水，宣科开起玩笑来："李隆基是谁你们不知道？那唐玄宗总该晓得了吧？还是不知道？唐玄宗就是杨玉环的男朋友！"我们一边哈哈大笑一边鼓掌。宣科又打趣道："你们只记得到美女！"

说到纳西古乐的独创性和不可复制，宣科说："纳西古乐不能改编，因为他们都是老头，一改编头就疼，头疼就中风。"说着说着就扯到某女子乐坊身上去了。"这群女孩子，把人家贝多芬的交响曲拿来用笛子吹、琵琶弹，身体扭来扭去的，贝多芬要是从棺材里爬起来听了，肯定会又倒下去再死一次。"

过了不久，宣科似乎又否定自己音乐不能改编的说法："下面我们来一首流行音乐吧！"大家一愣，"唐朝的！"大家又乐了！原来是《浪淘沙》。

宣科的个人表演远没有结束。说到交响乐，他又回忆起28岁前搞指挥小有成就的光荣历史来。他说那年在北京演出，尝试用交响乐来演奏纳西古乐，他要求当指挥，并提出穿长衫，不拿指挥棒。"后来他们说不行，我又提出用很中国的扇子代替指挥棒，结果他们还是说不行。我只好穿上燕尾服、拿起指挥棒。唉，老年人要创点新，咋这么难呢？"

宣科在讲解乐曲来历时并不掩饰他的张狂，比如他嘲笑一些音乐团体，只知道领国家的拨款，比不上他们纳西古乐会，每年上缴利税 36 万元；嘲笑某主持人的主持风格过于一本正经，而且没法跟他的品位相比，"因为我关心的是国粹经典"。嘲笑有些浅薄的人想做他的徒弟，"我说那你先得吃 22 年官司再说，若想超过我，就该吃 23 年官司"。台下的人无不被这个可爱的张狂老头逗得哈哈大笑，一种有害于健康的情绪也由此得到发泄。

最后，演出在一曲《老人》中结束。面对大家再来一首、再来一曲的吼声，宣科说："帕瓦罗蒂演唱谢幕谢三次都谢不完，但他胖，有支撑，站得稳，我们不行，我们的老人多，你们看嘛，都有三个老人睡着了，下次再来吧！"

是奇才，也是鬼才

"一般头发乱的人不是才子就是疯子，我属于前者。"这是宣科对自己的评价。我知道，在众多人的心目中，宣科是一个音乐奇才、鬼才，没有他就没有纳西古乐。但我更认为他是个天才的演讲家，他自己也曾在台上自我表扬口才好，英语比普通话讲得好。没有他的脱口秀，没有他诙谐幽默的主持穿插，纳西古乐可能更多的是高山流水，知音难觅。

宣科出生在丽江一个优渥之家，祖父是个举人，父亲宣明德与活动于云南一带的传教士关系密切，是第一个会说英语的纳西人。宣明德与美国探险家约瑟夫·洛克也有交往，这位受美国农业部、国家地理协会及哈佛大学派遣的探险家以丽江为基地度过了他生命中最辉煌的 27 年，是第一个将云南的地貌与植物以及东巴文化介绍给西方社会的外国学者，并在第二次世界大战时参与绘制了对中国抗战至关重要的"驼峰航线"地图。

宣科的母亲是一位名扬中外的藏族歌手。1930 年出生的宣科,有一个德国保姆和一个德国家庭教师,他开蒙后就进入教会学校,然后再到省城昆明读书,当时的一张照片足以证明,这位富家子弟对时尚潮流的追随,他那身白领子翻出西服的打扮在今天也是很时尚的。1950年,解放军二野四兵团进入昆明,已经初露音乐才华的宣科在繁华的正义路上指挥同学高唱革命歌曲,欢呼新纪元的到来。

然而,宣科的家庭成分是无法改变的。1957年他遭受无妄之灾,关进了监狱,一直到1978年才重返故土。刚回丽江时他在中学里当教师,后来利用各种机会深入纳西族原生文化圈采风,最后把研究重点锁定在纳西古乐。

所谓的纳西古乐,分为"丽江洞经音乐"和"丽江古乐"两部分,加上本土音乐"白沙细乐",它是明朝时随中原移民传入丽江的,因古镇地理上的封闭而得以世代沿袭并保存至今,是中国传统音乐的"活化石"。

20世纪80年代初,宣科开始为《八卦》《浪淘沙》《山坡羊》等曲调和词牌配曲,并将民间艺人召集到家中,在四合院的天井里演奏纳西古乐。有时他也会上街去把外国旅游者请进来欣赏。老外听了这种高古清丽的天籁之音非常惊讶,就写进旅游文章里,产生了当年洛克在《国家地理》上发表图片时相似的轰动效应。而现在老外听纳西古乐要在半个月前请旅行社预订门票。

"山——坡——羊——"那位年纪最长的老人喑哑地喊了一声,于是,管弦声就渐渐漫溢开来。

那天晚上,我们听了《八卦》——这是唐玄宗于开元二十九年二月为新落成的太清宫而作的两首法曲之一,另一支为更为著名但已佚散的《霓裳羽衣舞曲》;还有《浪淘沙》《清河老人》《一江风》等。那些由三弦、二簧、板胡、楠胡、十面云锣、"苏古筜"（纳西乐器）、竹笛、芦管、曲颈琵琶（唐制式）等文乐乐器，以及钵铃、铜铃、木鱼、提手、镲、铙等武乐乐器奏响的古乐，如玉龙雪山徐徐流下的清流，虽然有点寒意，却将被世俗名利污浊的灵魂痛痛快快地洗涤了一遍。还有宣科的入室女弟子清唱《放猪调》，宽广的音域，自由舒展的抒情，以及不失诙谐的表情动作，都让人如痴如醉。

这就是纳西古乐的现世状态，在一个奇才的引领下，发出了惊世骇俗的空谷回音。在现代文明的包围与重压之下，过于脆弱的丽江和它的古乐，幸亏有宣科这样的奇人支撑着门面，才保持了应有的尊严。

多年来，纳西古乐响彻了大江南北，并走出国门，在世界音乐圣殿展现东方文化的辉煌而神秘的风采。然而，再看看舞台上方悬挂着的 30 张逝者的照片，这些为纳西古乐雕琢着最后一个音符的老艺人们，以每年 1.4 人的"速率"与尘世告别，我们还能忽视他们和纳西古乐的价值吗？

波折丽江行

事实上，这次自驾丽江之旅并不是像春节那么愉快。五家人四台车，分别从成都、眉山出发，然后一路遭遇波折。先是走乐山金口河翻小凉山时，因山上雨雪路面打滑，殿后的老文刚发动车，就被骑摩托车的彝族小伙拦住了，而我们三个车已拐弯在前走远，手机也无信号，好在老文镇定，趁对方挪车到他跟前拿烟时，一脚油门冲了过去。因为知道我们前面还有三台车，其中两台车上还有穿警服的，拦车的小伙终究没敢追来要买路钱。

好不容易下得山来，弯道处突然飙出来一辆摩托车，要不是生哥反应快就撞上了,刺耳的声音中,路面上留下长长的刹车痕迹。关键是摩托根本没停下来说声对不起。第二天到了泸沽湖,80元一个人的过路费令汽车堵了几公里。到第三天时,因为谭警官的岳母去世,生哥陪他们返程了,剩下我和老文继续往丽江去,结果进入云南境内又是一根路杆让留下"买路钱"。

这样到了丽江,已是晚上七八点钟,找到了住的却没找到停车的地方。巧的是,住的地方是一个东北人租宣科老宅开的民宿。古城只能穿巷步行,警察说车就停路边上吧,晚上有巡逻的。第二天早上准备开车去玉龙雪山,却发现车子怎么好像挪动了地方,我记得停车锁门前拉了手刹的,因为路面有些倾斜,不拉手刹车子就滑出去了。或许是昨晚在古城的酒吧玩得太欢,又或者是晚上熬夜看电视剧太久,头脑不清醒,以为自己记错了,也没怎么在意。等到要进山区了,老婆说把她专门放车上的羽绒服拿出来穿上。打开后备厢一看傻眼了,节前新买的羽绒服和两瓶还没来得及喝的酒,不见了。其他如帐篷防滑链甚至零食、运动鞋都在。想起车子莫名其妙挪了位置,我们意识到后备厢被人撬了,但找不到痕迹也找不到证据,也不想耽搁当天的行程安排,只好自我安慰"舍财免灾",慨叹"丽江小偷也温柔"。

这样的遭遇还没完。因为后来才发现,我们并没有到达玉龙雪山,而是在半道上被马帮"劫持"了,他们以带我们走一条逃避门票的野路上山为由,说动我们租他们的马上山,往返150元一个人。山坡陡峭,森林杂树丛生,越往上雪越厚,但沿途上山下山都是骑马的游客,我们当时也没怎么怀疑这不是玉龙雪山。最后到了一座山顶,真看到了右前方一座巍峨的雪山,牵马的大姐说,那就是玉龙雪山。后来在网上看到其他人拍的照片,才发现我们去的那座山,根本不是玉龙雪山,我们连景区都没进。那天唯一的收获就是，在坡度那么陡的山上骑马，大家居然掌握了要领，下山后半段竟然敢拿起缰绳策马跑两步。

因为这样一些经历，等我们从宣科的剧场出来，心境已有了微妙变化。那就是像舞台上的宣科一样，拿得起放得下，出门在外，要洒脱不要斤斤计较。夜色中的丽江古城，早已被大红灯笼涂抹得过于妖冶，开始一天中最喧嚣最疯狂的时刻。酒吧街中心的河面倒映着影影绰绰的灯影人影，连同火锅底下爆出的星火、啤酒的泡沫，尽情地流泻。然而，总有令人感动的场面吸引着我们走近。在光溜溜的五花石铺就的四方街，在目击了沧桑巨变的万古楼的俯瞰下，将近两百个青年男女围成一个大圈跳起了"窝热"。

那是一种古老的纳西族舞蹈，原本应该有人领诵唱歌的，但这个夜晚，却只有一个小伙子在圈子中心吹着短笛，以一支短促而欢快的曲子从容调度。年轻人们彼此手搭肩头，向着逆时针方向旋转、踏步、踢脚，脸上洋溢着幸福的笑容。我举起相机的手慢慢落下，怕那瞬间的光亮惊扰他们的快乐。

诗意总在民间的衣食住行，而不是喧哗的尖叫声中。

2007 年 2 月 28 日

广岛家访

这注定是一次观念变革之旅。在我参加日本外务省组织的平成16年（2004年）亚洲诸国报道官广岛家访活动后。

当我们从东京、名古屋、京都一路辩论到广岛后，我们试图抛开中日两国间的历史恩怨，深入日本普通百姓家庭做一次轻松家访，却发现这仍然是一次改变观念的访问。

只不过这一次改变我们的是日本女人。这些身着现代服饰的女人告诉我们，穿和服的传统日本女性正从自我封闭的小家走进充满竞争苦与乐的社会大家庭。

因为在这之前的印象里，日本女人是世界上最温顺的女人，她们婚后就不再工作，而是忙于家务，相夫教子。她们身穿和服，倚在暮色中的家门等候丈夫下班回家，清早又服侍丈夫穿衣吃饭，末了送出门还会温柔地道一声："沙扬拉拉！"

"你说的现象确实普遍存在，因为我过去就是那样的家庭妇女，但现在这一切已有很大的改变！"快言快语的女主人靖藤郁美哈哈笑着告诉我们，她在结婚前与丈夫靖藤都在广岛的马自达汽车总厂工作，结婚后就留在家里操持家务，相夫教子和孝敬老人。

如今已是两个孩子母亲的她，却非常热爱她重新找到的英语教师工作，更难得的是，作为广岛女子商学院高校英语科的非常勤讲师（有点类似中国的代课老师），她一周要上11节课，同时还给8个小学生做英语家教，居然能抽出时间写书。

就在我们去的前9天，由她写的一本《英语等级考试514问》公开出版发行。

翻着她的新书，我们仿佛看到她灯下写作的情景。

事实上，靖藤郁美完全用不着这么辛苦的。她的先生虽说不是做生意的大老板，但1000万日元的年收入足以养活他们一家四口。

可她却不是这么认为。

她说婚后在家带孩子的日子，自己虽然安于这种传统的现状，但总觉得自己一二十年勤奋学习来的知识荒废了，实在可惜。

一个偶然的机会，她认识了几个中国女友，她们都是抛下丈夫孩子来日本求学的，她很佩服她们。

再后来，她知道这个世界还有许多家庭条件很好的女性都在工作，在实现自我价值的同时为社会贡献自己的力量。

让她高兴的是，她的想法得到了丈夫的支持，因为在日本这个大男子主义盛行的社会，女人出去工作就等于是叛逆。

不仅如此，丈夫还主动为她分担了部分家务。"在日本像我这样的女性越来越多，夫妻两人工作的家庭也越来越多，我们跑在前面，后面的年轻女性比我们更有工作的激情！"靖藤郁美说着，又指着我们的翻译平山梅芳女士说，她不也是一个走出家庭重新投入工作的日本新女性吗？

据了解，日本政府为鼓励女性婚后走出家庭投身事业，特别规定女性年收入在103万日元以下的，免税；年收入在103万至

130 万日元的，作为丈夫收入的一部分也免税；只有超过 130 万日元才按规定征税。

　　她们有了"自己的钱"，可以做自己喜欢的事。"我要用自己的收入，组织全家人到中国旅游！"靖藤郁美说。

　　在回国的路上，我一直在想，现在中国不少家庭有钱了，越来越多的女性转为全职太太，这却与越来越多的日本全职太太走向社会恰恰相反。难道这又是发展过程中的一个必然经历？

　　真是要命，直到在成都下飞机，我都还在纠结，大学好歹学了两年日语，这次日本十日行，居然一句日语也没说清楚。

2004 年 11 月于成都

德国飙车

我想，并非所有的人都有我这样的幸运，在蓝天白云下，在森林原野组成的乡村风景线之间，将自己"坐骑"的时速飙到200公里，任由脚下马达发出愉悦的轰鸣，感受轮胎和地面产生最强的摩擦，在属于自己的空间内超越速度的极限，去领会真正的极速乐趣，而不用担心被警察抓住罚款，相反，如果你车速低于80码有可能收到罚款单。这就是德国，也是世界上唯一一条不限速高速路带来的别样体验。

2004年5月14日至17日，我作为全国3家特邀平面媒体之一的《华西都市报》记者，与8名幸运消费者和其他电视杂志媒体的记者，在北京现代汽车有限公司的邀请下，踏上了到德国参加"北京现代驰骋Autobahn"（无最高限速的公路）的浪漫征程。我们此行的目的简单明确——在全世界唯一没有最高限速的公路上，驾驶北京现代的伊兰特感受一把追风的乐趣。对一个"我为车狂"的老司机（其实我的驾龄也只有5年）来说，这无疑是幸运又极具诱惑力的。

怀着对极速的向往，经过10余小时的空中飞行，我们一行31人于当地时间5月14日下午6时抵达德国汽车名城、全球三大汽车生产中心法兰克福。经过短暂的休整，立刻投入到了此次

"驰骋 Autobahn"活动当中。但为了让这次活动进行得安全、圆满，主办方北京现代汽车有限公司并没有马上让我们这些人生地不熟的中国人上路开车，而是安排了一整天的时间，让大家考察路线、熟悉路况。

于是在 5 月 15 日清晨，我们坐上现代汽车设在德国的欧洲研发中心提供的豪华大巴车，踏上了从法兰克福到海德堡的考察路线。虽然整个行程只有短暂的 70 公里，但当我们的大巴一踏上这条贯穿德国南北走向的 5 号高速公路时，一种心旷神怡的感觉立刻迎面而来——伴随着蓝天白云和路边参天的森林，以及绿色原野中若隐若现的乡村别墅，一条庞大的名车走廊立刻展现在我们面前：公路上充斥着奥迪、宝马这类豪车；而平时国内难得一见的保时捷、法拉利跑车则带着马达的强烈轰鸣，从我们身边呼啸而过；标致、欧宝、高尔夫、现代这些 A 级轿车则构成了这里的"第二梯队"。与国内最大不同的是，这里的帕萨特、宝来成了稀罕物，在德国的 3 天里，我们也只见到几台。

留学生导游一再提醒我们，德国人喜欢开快车，这是因为他们的高速公路平均有 3 车道，不少路段达到 4 车道以上；除此之外，他们的高速公路基本上不收费，所以一路畅通。另一个与众不同的是，在 Autobahn 上，每隔大概三五公里，就有一个出口，开下去一看简直是一个天然的名车展厅。原来，在德国为了防止司机疲劳驾驶，官方明文规定司机不能连续高速驾车超过 2 小时，而这些坐落在黑森林当中像中国天井似的开阔地，则是供司机们休息的生态休息站。在驾驶室内坐久了的德国人会到这里停车小憩，在草坪上点上一根香烟，尽情地感受放松的时光。也正因如此，这里也成了奥迪、宝马、保时捷等名车的展厅，在艳阳和绿草的掩映之下，它们看上去都是那样的熠熠生辉，当下就

"谋杀"了我们这些异乡客的不少胶片。

而在这趟耗时一个多钟头的考察路线当中,我们的眼睛几乎没有片刻的停息,就算是在途中最大的一个生态休息站,所有人的目光也没有离开过身边名车,数码照相机和摄像机的电池频频告急,也让大家对接下来的自驾之旅充满期望。

为了让大家对 16 日的试驾行有充分的心理准备,主办方还特意在出发当天早上对我们进行了强化培训,除讲解德国的交通规则外,还将本次活动的线路专门绘制成一本德文和中文互译说明书,并给每辆试驾车配了一位有德国驾照的中国留学生。

随后,我们两人一车,加向导 3 人一组,采取一个开去一个开回的方式试驾。带着对极速驾驶的强烈渴望,坐上了特意为此次活动准备的 15 台伊兰特和索纳塔(10 台伊兰特、5 台索纳塔),从法兰克福出发,沿头天考察的 5 号公路前往海德堡。而 5 月的德国到处是一片嫩绿,偶尔有金黄色的油菜花成片地点缀其间,从车内看去,远处的金黄和近处的青黛与蓝天白云连成令人陶醉的田园风景,我们每个人都为之精神一振。于是踩下油门,伊兰特优雅地起步,带着异乡人对速度的梦想穿越金黄,进入到青黛的深处。

德国的高速公路与国内不同,他们没有最高的限速,相反却有最低的限速。当快要上高速公路时,来自重庆万州的留学生向导李乐立刻提醒我:"注意,上高速路车速最低不能低于 80 公里。"他说,因为这里的车速相当快,你的速度一旦太慢反而会产生安全隐患。于是我深踩油门,将车速提升到适当的位置。

起初,由于这是我们生平首次无限速驾驶,车队还按出发时的编号保持着 100 公里左右的时速列队前进,但随着驾驶感觉的熟悉,大家开始大胆加速。

此时，伊兰特的仪表盘开始飞转，110公里、120公里、160公里，随着速度的不断爬升，伊兰特就像掠食的灵豹一般超越一个又一个速度的极限。

"感觉怎么样？"

"没问题！"

"我们开始超车了！"

每台车上的对讲机开始热闹起来，我感觉伊兰特宛如一条穿行于广阔沙漠当中的灵蛇一般，在高速公路上疾驰，当车速达到195公里时，整个车子依旧反应良好，方向盘没有飘的感觉，车外传来马达疯狂的鸣奏，路边的绿树也变成了疾驰的短跑健将，从眼前一掠而过。

"哦……我的索纳塔跑上220公里了！"

对讲机内随时可以听到这种兴奋的呼号。而每个人的肾上腺素也在刺激着大脑，将极速的快感传达到全身的每个器官。

可就算这样，我们还是没有避免被疯狂的德国人超车的情况。当保时捷、法拉利抑或宝马、奥迪从旁边的超车道呼啸而过时，大家一阵惊叹："这些家伙时速起码在250公里以上！"

不过鉴于德国人良好的驾驶习惯，如此的极速超车并没有给我们带来多大的困扰，因为他们在超车前，都会给前方车辆明确的灯光信号，并在得到你的回应之后才开始加速，否则就算你的速度再慢，他还是会耐心地跟在你的后面。

不到一个小时的狂飙历程转眼就结束，当我们以平均时速160公里跑完这段高速路，进入海德堡这个欧洲著名的大学城的时候，等待我们的是古老的大桥和城堡，步行期间，刚才开车时的紧张刺激得到彻底洗涤。

但正如活动组织者、极速试驾参加者的北京现代公关部部长刘进女士所言，我已经超越了 200 公里这个平生从未在陆地上超越的速度极限，不仅提升了我的驾驶信心，也让我真正体会到了驾驶者的流动激情。

下午，第二组试驾人员驾车安全返回法兰克福。让人称赞的是，整个试驾活动没有出一点意外。

17 日上午，我们应邀参观、访问了现代汽车欧洲研发中心，大家目睹了一台现代汽车是怎么研制出来的。同时我们了解到，目前在欧洲市场上的亚洲车排名情况，丰田第一，日产尼桑第二，现代汽车第三。去年现代汽车在欧洲的销量为 28 万辆，今年的目标是 35 万辆。这说明亚洲车在欧洲整个汽车王国的市场份额越来越大。

17 日晚上 8 点 20 分（德国时间）全体启程回国，18 日上午 11 点 30 分（北京时间）回到北京，活动圆满结束。留给我们每个人的，将是这次难忘的极速之旅。

2004 年 5 月 23 日于成都

缓冲地带

第三章

生活家

小时候

一

小时候,她有很多个名字。除了乳名一直固定外,她的大名一直在变,所以导致她出生证上一个名字,幼儿园一个名字,上小学又一个名字。但在她小时候,最有名的一个名字却是"小长今"。

说她是"小长今",一是因为她妈妈是个韩剧迷,二是因为韩剧《大长今》的热播,认识的叔叔阿姨都说她晃眼看像大长今小时候的模样,"小长今"的名字就这样传开了。久而久之,我们喊她,也不再叫她乳名或者大名,张口就是"小长今起床了""小长今吃饭了"。

四岁生日的时候,我们带她去照了套艺术照,其中最漂亮的那张就是穿韩服的照片,照相馆甚至把这张作为样片贴在橱窗上,我们也放大一张留住她小时候的模样。至今,这张照片都放在她房间床头柜上。

二

但对我这个不太称职的父亲来说,小长今留给我的印象最深的一幕是在她九个月的一天中午。那一天，我们一帮人启程"闯关东"，妻子抱着九个月大的她来送行，她瞪着一双明亮的大眼睛，看着我们一帮人话别，她听不懂离别的言语，也不懂得离别的伤感，她就那么明亮地瞪着双眼。

我看到了，我们一起"闯关东"的人看到了，送行的家属们也都看到了，直到车子开出好远，我还在回头寻找她那双扎在我心上的眼睛。

女儿的这双眼睛，陪伴我在关外150多天的寂寞日子，尤其是北风呼啸的冬天，独自一人躺在异乡的床上，要不是那双目送爸爸远走他乡的眼睛，我真不知道该如何入睡。

在那些眼睛扎痛内心的日子里，我们家的小长今学会了说话、走路，但这些我都只能从她妈妈寄来的照片中细细品味，却不能尽一个父亲的责任，见证女儿迈出人生第一步。

正因为如此，当我在沈阳下过2002年第一场雪后回到成都，她和妈妈来机场接我，虽然仍瞪着那双明亮的大眼睛，但里面却只有"陌生"二字，当我试图抱她亲她，她却躲到妈妈怀里，甚至吓得哭出声来。

那一刻，我才明白，一个好男人并不等于一个好父亲。

三

也许是因为我这段不负责任的行为，女儿和我的关系一直很紧张。都说女儿最亲爸爸了，但我一直吃她妈妈的醋。比如早上上学，她总是先亲妈妈说拜拜，而我要不是奶奶提醒，她基本上不考虑；比如讲故事，她总缠着妈妈讲。有一天妈妈生病，她才迫于无奈地听我讲她百听不厌的王子与灰姑娘的故事。听完后，她不是按惯例地说声谢谢，而是向妈妈嚷嚷："妈妈，爸爸会讲故事！"

所以我一直想找个机会改善父女关系。终于在今年八月，我有了到单位九年多的第一个年休假，我带她和爷爷奶奶一行四人，自驾游康定、丹巴。五天时间里，虽然她偶尔会念叨：我的妈妈呢？但我却明显感觉父亲的地位在她心中迅速提升。因为当几天没见面的妈妈要抱她时，她却突然冒出一句："我不跟你两个耍（四川方言：我不和你一起玩儿）！"

四

忽一日，兰州一诗人朋友来访，听了女儿的名字后，头摇得像拨浪鼓，连说笔画不对、繁简结构不对、平仄音韵不对，总之要改名字。经此一说，我们便张罗着给她改名字，《汉语大词典》《唐诗宋词》《古文观止》《文心雕龙》等等都从书架上搬出来仔细查看，取意、取音、逗笔画，甚至走在大街上都想从路边的招牌上找灵感，取了一大堆诸如赵月柯、赵乐柯等名字。

小家伙见我们整天神经兮兮地，忍不住问我们在干吗。我们便认真告诉她："给你改名字！"没想到她却生气了："我不改名字！这些名字好难听哦！赵黛子这么好听的！"我和她妈妈惊得合不拢嘴。然后想起，我们的小长今四岁四个月啦，是大娃娃了。

因为她的强烈反对，改名字一事只得暂时搁下。至少在幼儿园毕业证书上，她的名字依然叫赵黛子；在家里，她依然叫可儿；在社交圈中，大家依然叫她"小长今"。

五

或许是遗传吧，女儿很小就开始学着我们的"偏执性格"，喜欢一样玩具就绝不再喜欢别的玩具。

她一岁多的时候，我们给她买了一只机器电子狗，黄颜色、毛茸茸的，一按开关就边走边叫。小家伙一看便迷上了它，给它取名"靓妹"。从此吃饭要抱着"靓妹"，睡觉要抱着"靓妹"，哪怕是她睡着了，如果你把"靓妹"拿走了，她绝对会马上翻身爬起哭着吵闹要"靓妹"。而其他的任何玩具，她最多耍一天，就再没兴趣。

久而久之，没有这只狗，她吃不下饭、睡不着觉。

那年春节回外婆家，不知怎么就忘记带"靓妹"了，当时车都上了高速，她突然想起"靓妹"……没办法，我只好马上调头回家拿。

时间长了，这只狗狗被她亲烂了嘴，被奶奶洗烂了狗身。我们便想给她换一个一模一样的，可惜商场却一直没再进货。直到2004年秋我到日本，偶然在一个工艺品店看到了一模一样的"靓妹"，不顾店主"made in china"的忠告，以高出国内4倍的价格买了回来，作为一件特别礼物送给女儿。没想小家伙居然不领情，玩了一下午，第二天又抱起她的烂"靓妹"玩耍。最后还是朋友告诉我，小孩一旦喜欢上一件东西，它的气味都会成为排他性，比如邻居家的一位大男孩，都上大学了，睡觉的时候还要铺儿时的枕巾，又脏又烂了，但他却不准洗，不然就要失眠。

但我们最终还是把她的这一偏执爱好给纠正了过来。原因是她3岁时，牙齿长成了"地包天"，去华西口腔医院看医生，诊断是不良生活习惯造成,比如躺着看电视、吃东西爱用舌头舔等等。奶奶这才揭发她晚上抱着"靓妹"睡觉,老爱用舌头去舔"靓妹",舔烂了"靓妹",舔成了地包天。医生说,在物理治疗的同时,还得校正她的毛病。

听说要把她的"靓妹"甩了,她当即就哭了。强取不行,只好智取了。她妈妈抓住她一心想当白雪公主,好说歹说,终于迫使她为了漂亮忍痛割爱,答应不再舔"靓妹"。很快,不到一个月,她的牙齿就被彻底校正了过来,而离开了"靓妹"这个唯一宠物,她也终于体会到各种玩具带来的丰富多彩的童年生活。

她小学毕业前,我们搬家,收拾她房间时,那只"靓妹"居然和小长今照片一起,放在了她的床头柜上。

六

女儿比我漂亮,这是人人皆知的事实。但我骄傲的是,她比我有性格。这个喜欢超女李宇春的小大人,差不多从她能叫能抓开始,就慢慢养成自己的行为方式,喜欢教训人、喜欢逛商场、喜欢帮大人做事、喜欢自己安排穿什么衣服,喜欢对她不喜欢的人和事说不。尤其是和人摆龙门阵时,管他大人小孩,开口闭口都喜欢带一句口头禅:"我小时候呢!"

四岁那年,我带她和朋友去川西高原自驾游,这个喜欢摆龙门阵的小家伙,开口闭口都是"我小时候呢!"把朋友们笑弯了腰,实在忍不住改口喊她"小老气"。小家伙不服气,还口道:"我这么小的,哪儿老了嘛!"直到有一天,我们在黄龙溪古镇对面油菜花地旁边喝茶,她帮奶奶理线团,我抓拍了一张照片,然后拿给她看:"瞧,这神态,就是小老气!"

七

据老师讲，班上的小朋友对我女儿是又爱又怕，爱是因为她性格活跃，热情大方，乐于助人；怕是因为她像个小大人爱"教训人"。哪个小朋友做错了事，她要抢着帮老师批评她。

小三班的下学期开学，班上新来了几个同学，因为年龄太小，或者第一次离开妈妈怀抱，当妈妈走后，他们就哭个不停。女儿好像忘了她自己也是这样过来的，仗着比别人多当了几天学生，竟走过去批评哭的小朋友："嘿，你这个小娃娃才不懂事哩，妈妈要上班，你哭啥子嘛？妈妈不上班，哪来的钱钱嘛？没钱钱咋个给你买新衣服嘛！"说得头头是道，让旁边听了的老师们笑弯了腰，正哭着的小朋友更是蒙得一愣一愣的。

因为我上夜班的原因，上午一般都要补瞌睡，但楼下菜市场的鸡鸭鹅哪管这么多，想叫就叫。一天吃午饭的时候，我不经意地说了这事，没想到女儿第二天就替我打抱不平了。事后奶奶说，小家伙进了菜市场，对直冲到鸡圈边，训斥起来："你们这些鸡，叫啥子嘛叫，我爸爸在睡觉，你在下面叫，爸爸咋个睡得着嘛？我先给你讲哈，再叫我就杀了你！"杀鸡的商贩被这个乳臭未干小毛孩的阵仗惊得目瞪口呆。从此她扬名菜市场，她和奶奶每次去买菜，走到哪都有人招呼她，钱不够时，居然还能赊账。

八

只要一上车，无论奶奶还是妈妈坐前面，或者副驾位置空起的时候，你喊她坐前面，好看风景，她死活都不干。上车就睡觉，哪怕是从成都到康定，那么远的路，只要车不停，她就不会醒；只要车一停，她准会醒。这倒省了我们不少事，不用担心她晕不晕车、喝不喝水、饿不饿。去年"十一"大假到红原，她就一路睡着去、一路睡着回来，也就忘了高原反应。

但这样的瞌睡虫，却因为一盘磁带彻底改变。今年元旦，车上装了CD，她一上车，哪怕再短的路，都会喊："爸爸，把歌放起！"放别的歌不行，她只听张信哲和刀郎的歌，一遍又一遍，听得我们发吐，她却跟着音乐吼"2002的第一场雪，比以往来得更晚一些""爱就一个字，我只说一次"。这次"五一"大假，她不仅把这两盘碟子里的歌全唱会了，还会自己开关CD，一些快捷功能，我都没搞懂的，不晓得她咋整会的，还十分熟练。

九

望子成龙，望女成凤，这是天下父母共同的心愿。我们也不例外，3岁把她送进幼儿园，她妈又给她报了美术班、舞蹈班、语言表演班、英语班，连第二学期的古筝班都提前报名了。一周七天，除了五天幼儿园的正课，一三四晚上、周日下午，全是各种培训班。有时我都认为这么小一个娃娃，耍都没耍好，却要被这课那课给拴住，是不是有点过了。但她妈妈坚持认为，别人的孩子都在学习，你的孩子不学习，以后社会竞争更激烈，咋个找得到饭吃？

不过我很赞成她讲的第二个理由。那就是我们并不希望女儿将来当舞蹈家或者画家，而是一样学点，一样懂点，知识面宽点。至少不能像我一样偏科，除了爬格子，其他啥都不会。

而女儿通过这些培训班，性格比过去开朗多了，胆量也大多了，画的画贴满了一面墙，还登台表演拿了生平第一张奖状回来……所以晚上或周日去接她时，我都会说："乖乖你好辛苦哟！"但女儿总会反过来说："爸爸妈妈才辛苦，又要挣钱钱，又要照顾我和爷爷奶奶，爸爸还要上夜班……"我不知道这些话是老师还是奶奶教的，还是她自己看电视学的，但心里那个感动和自豪油然而生。

十

时间过得真快，转眼又到"六一"了。在她第四个儿童节来临之际，我们惊奇地发现，女儿长大了。长大是因为，她变得越来越勇敢、大方、活泼、可爱，不仅能登台演出，还能参加歌唱、语言、舞蹈表演，还能画画、攀岩。她也因此成了大忙人，仅仅这个"六一"，就要参加学校和社会举办的七八个活动。这不，5月27日星期六，虽然天空下着雨，她在妈妈和奶奶的带领下，到东湖公园参加了一场"寻找童年的自然乐园"六一儿童游艺节，参加了"驾船打鱼""勇攀高峰"等所有的比赛项目，并且以650多分的成绩领取了大奖。站在领奖台上，阿姨让谈谈获奖感受，她说我今年四岁半了，是个小大人了，要靠自己努力才能拿奖。最后，她还给大家表演了一首儿歌《小板凳》。如今翻看那些照片，隔着屏幕我都想亲亲她。

十一

小家伙或许是因为属蛇的缘故，天生就喜欢水，从两三岁起就嚷着要学游泳。但所有的游泳场馆都不收没满5岁的娃娃。

今年放暑假，快满5岁的女儿又吵着要学游泳，要当罗雪娟那样的水中蛙王。我们就又带她到市里最大的游泳馆去报名，结果又被拒了。心急的小家伙一个劲给阿姨解释，她只差20多天就5岁了，请阿姨行行好。阿姨只是笑，不放行。小家伙见感情牌打不通，趴在泳池外看着哥哥姐姐们游泳而不愿离去。

她的执着让我们感动。就托人将她送进了后子门体育馆的游泳班，每天上午10点到11点40分，游一个半小时，做操活动10分钟。能学游泳了，小美女别提多么高兴了，回家路上逢人便显摆自己的浮板、潜水眼镜、救生圈，以至于全小区都知道她要学游泳了。

但困难显然是她无法想象的。属蛇的人天生胆小，面对一大汪池水，小家伙就是不敢下水。老师把她拽进池子，她吓得哭起来了。她一哭，别的小朋友也跟着哭成一片。好在老师对这种场面见惯不惊，一通恐吓把哭声镇住，然后逐一教他们打水、划水、吸气、憋气、吐气、换气……我们就在每天陪她学游泳的爷爷的讲述中，了解到她一点一滴的进步。

游泳就像婴儿学走路一样，要丢开浮板开始第一次自由划水，是十分困难的一步。经过差不多一个月的前期学习准备，老师终于鼓励这些小鸭子放开浮板去"劈波斩浪"。那天，我们全家都去给她扎起。小家伙按照老师教的要领冲了出去，然后丢开浮板，真的浮起来了，游起来了，而且还是罗雪娟式的蛙泳！

可惜帅不过三秒。意想不到的一幕出现了：游到中途，她被旁边一个小朋友碰了一下，节奏被打乱，慌了神的女儿像石头一样往下沉，好在老师眼疾手快一把将她捞起。呛了水的小美女，这下随便怎么劝，都不下水了，并且一连几天都不敢丢了浮板游泳。我便给她讲自己小时候捡柴过河差点被淹死的故事,也是在呛水之后突然学会了游泳。所以,游泳呛水很正常。她慢慢有了信心,又试着丢了浮板。经此波折的她,就像大人学开车,突然开窍,泳技大增。

如今,一个暑假就要过去,学会了游泳的小家伙变得骄傲了,老是打击不会游泳的妈妈。但妈妈高兴的是,女儿虽然皮肤晒黑了,但长结实了,长高了,过去天气一变化就感冒吃药的状况,只有翻日记才想得起了。

十二

母亲节的前一天,女儿放学回家,突然叫住我们,让我们端坐在沙发上,说要给我们唱首老师刚教的歌。她一边比着动作一边唱:"我爱我的妈妈,我爱我的妈妈,妈妈日夜照顾我,我爱我的妈妈;我爱我的爸爸,我爱我的爸爸,爸爸上班真辛苦,我爱我的爸爸。谢谢爸爸妈妈,谢谢爸爸妈妈,我听爸妈说的话,谢谢爸爸妈妈!"当女儿向我鞠躬时,我一把抱住她,紧紧地,眼泪却止不住地掉了出来!

2004 年—2006 年间

与女书

在漫长的人类文明史上，书信是人与人之间交往与交流的重要方式。不幸的是，电脑的出现，尤其是即时通信工具的出现，书信这种交流方式彻底淡出人们的视野，古老的驿路、书信要么成为遗迹要么改行另谋出路。无须哀叹，社会和时代的进步，尤其是科技变革、技术驱动、人工智能带来的飞速发展。有幸的是，我至今仍保留着数百封学生时代的各种书信；更有幸的是，在女儿成长的路上，我曾几次书信与她，记录她的成长点滴。摘录如下：

第一封信

亲爱的女儿：

在这个太阳难得羞于见人的七月天里，坐在你母亲床前等待时间把你抱来人世的我，想象着你的美丽和迎风招展的未来，就是不敢看你，我的孩子·我的女儿。记住这个对你一生都很重要的日子：2001 年 7 月 28 日。

现在，我们必须承认，计划不如变化快。那是去年的深秋，爸爸和妈妈去了一趟青山如岱的碧峰峡，或许是女娲的传说太过于美好，或许是吸取天地之灵气，你这个可爱的小精灵打乱我们的计划，悄悄在妈妈肚子里生根发芽了。之后的一切，我们一家人的生活都发生了巨大的变化，因为我们不能抛弃你呀，宝贝女儿。

应当承认，自从有了你，生活是繁忙和劳累的，但作为你的父亲母亲，我们又是快乐的。你的每一点生长都令我们激动不已，你的每一次跳动都令我们欣喜不已，而你的每一次喜怒哀乐都牵动我们的心。因为你是我们的生命。我说，女儿啊，快来到爸爸的怀里吧，爸爸将给你温暖和安全，将给你想象和飞翔的翅膀。

很快我们就为迎接你的到来着手准备了。记得给你办准生证、记得给你购衣买床、记得给你拍第一张照片、记得为你与妈妈红脸、记得为你取名字、记得妈妈吃不下饭成天睡不着觉、记得驱车去眉山接外婆、记得对着妈妈一天天膨胀的肚子对你自言自语，还有住进这家医院的那个下午和确定你来人世间确切时间的今天上午，你肥胖的父亲像个快乐的小孩……哦，孩子，请原谅我的啰唆。

人的一生中，总会有许多的事被淡忘，但总有许多事经过就忘不了。比如，得知妈妈肚子里的宝贝是女儿，那高兴呀，只有你长大才会明白。毕竟，你是爸爸写了这么多年写得最好的一篇文章。为了这份骄傲，爸爸还会写下去。

人世间有太多的美好愿望在等着你，也有太多的磨难和陷阱在等着你，不过，不经历风雨怎么见彩虹。在你即将来临之际，爸爸妈妈送你一句话：只有自己的家永远都是温暖的。

好了孩子，我们回家吧。

父亲

2001 年 7 月 28 日上午 11 时 50 分

匆于成都妇产科医院五楼 12 房

生日快乐

亲爱的女儿：

现在是凌晨两点半，刚下夜班，还没回家。但我不想这么早惊醒你，因为今天是你五岁生日，我要让你在自然醒来中，迎接自己人生中的第五个生日。于是坐在电脑前，想给你写点什么，却发现，时间过得真快，快得只有借助相片来回忆那些已经模糊的记忆。

跟天下所有的父母一样，你的降临改变了我们的生活，并且改变了我们的性格，为人父母的辛苦和骄傲，始终伴随着你的成长。作为一个以写字为生的父亲，我想到了用文字记录你的成长，记录为人父为人母的点点滴滴。但是，相比你一天一个样的成长，文字始终跟不上速度，永远只是在回忆已经逝去的生活片段。

在我目前能够收集整理、浮现于脑海中的记忆里，我始终是一个不称职的父亲。记得 5 年前 7 月 28 日下午 3 点 55 分，当我看着护士抱出来的你，我竟然说："这是我的女儿吗？这么丑！"当时你的脸上还有血。护士一听就不高兴了，批评我说，你算好的了，其他娃娃刚生下来时皮肤又黑又皱，而你皮肤光光生生的，长大了肯定是个美女。

但我那时似乎对你来到人世"准备不足"，至少在情感上还没完全做好当一个父亲的准备。记得在你出生 15 天就因生病又回到医院时，我竟然显得十分的生气和不耐烦，认为你影响了我的工作。不仅如此，在你几个月大时，我竟然又为了所谓的事业，抛下你和家人北上"闯关东"。在沈阳的 5 个多月里，你满周岁，学会了说话、学会了走路，甚至在生日抓周时，抓的第一样东西就是我的第一本书。这些你人生中的重要时刻，我作为父亲都错过了，我没有尽到一个父亲的责任。更让我愧疚的是，你长大至今，我没有喂你吃一次饭，给你洗一次尿布，更是很少给你讲故事。而是在有限的时间里，尽情地享受你带给我的乐趣。

今天，你5岁生日，我却不能给你过生日。因为天亮后，我要赴重庆参加十周年同学会。曾经我也在你生日和同学会两者间犹豫不决，但我最终选择了同学，并试图做通你的思想工作，说等爸爸回来再给你补过生日。你虽然口头同意，但我知道你心里十分的不高兴。毕竟你已经5岁了，什么在乎什么不在乎，你有自己的主意。

人在江湖，身不由己。所以女儿，在你生日之际，我写下这些文字，再次表达一个不称职父亲的歉意，并发一些专门请雷叔叔为你拍的"白雪公主写真"照片，希望你天亮后能看到，已经在火车上的爸爸，为你送上的生日祝福！

睡吧宝贝！醒来就是你的生日。

生日快乐，我的宝贝！可儿！小长今！白雪公主！

爱你的父亲
2006年7月28日晨

加油，女儿

亲爱的可儿：

当你听到这个小名儿时，爸爸妈妈知道你已经站在梦想的舞台上，角逐"快乐童声"的桂冠，尽管我们不知道你最后的名次，但此时此刻，你是最棒的，因为你实现了自己快乐歌唱的梦想！

一直以来，爸爸并不怎么支持你唱歌，甚至不准备再给你报声乐课外学习班，因为学习班离家太远了，爸爸希望你好好享受你的周末时光，哪怕在家看看书写写字，也比你一个人坐一个小时的公交车去上课、再坐一个小时的公交车回家强！

要知道你每个周日上完音乐课回到家，已经是晚上七点过了，这对学习压力越来越重的你来说，负担太重了！

正因为这样，爸爸哪怕偶尔有时间，也故意不开车接送你，就是想让你中途打退堂鼓。但你坚持要学声乐，并且不惧辛苦，一坚持就是两三年。你还告诉爸爸，虽然你可能不会成为歌唱家，但学习声乐的过程，让你变得更加开朗、自信。

后来你参加了学校的合唱队，并且在武侯区、成都市的比赛中拿了大奖，为学校争得了荣誉。当爸爸妈妈得知你们比赛中遇到事故却沉着冷静应对，不受干扰继续唱好歌曲夺得大奖的表现时，由衷地为你和你的队友们感到高兴，因为我看到我们的女儿成长成熟了！

现在，你和你的小伙伴朱秦稼组成"水晶组合"，参加 2012 "快乐童声"比赛，从海选到初赛、复赛，又一路杀进决赛，你们付出了多少艰辛努力、克服了多少难以想象的困难，我们不曾知道，也不要求你们一定要摘得桂冠，爸爸妈妈只想对你说，我们打心里为你和你的伙伴感到高兴，为你们的团结协作、努力拼搏、勇往直前的精神而高兴。

我们相信，有这样的经历和追求，你们一定能克服学习和人生路上的困难，闯出一片属于自己的天地！

最后，衷心祝愿我们的女儿在"快乐童声"的舞台上，放开胆量，快乐歌唱。记住：名次和结果不是比赛的目的，而是你参与比赛和努力拼搏的过程，还有与老师、评委和同学分享你的自信与快乐时那份愉悦的心情！

爱你的爸爸妈妈
2012 年 9 月 27 日

送你"三心""二意"

亲爱的女儿：

我的小丑儿！今天是你人生中最重要的一天，爸爸却不能陪伴你，见证并分享你的喜悦、兴奋与茫然。爸爸首先要说声对不起。爸爸要祝贺你，祝贺你终于成为一名高中生，祝贺你新学期快乐、新学校快乐、新生活快乐！也祝福你在珍惜中过好全新的住宿制学习生活！！！

"会当凌绝顶""遥看一千河"。我的女儿，走过三年初中生活，迈进高中门槛，向着大学殿堂进发，你是否有这样的感慨？这种感觉又是何曾的相似啊！当你上幼儿园，回看在妈妈襁褓中牙牙学语的婴儿时光，是这种感觉；当你上小学，回看在幼儿园唱歌跳舞的天真时光，是这种感觉；当你上初中，回看在锦江边龙江路小学的漫长时光，是这种感觉。如今，当你踏进石室天府这所志存高远、展翅飞翔的高中学校，回看七中育才懵懂、焦虑、青涩、尖锐的少年时光，是这种感觉。

是的，古人云"一览众山小"，只有你登上一个更高的平台，才会有这种"会当凌绝顶，一览众山小"的快意，才会有"遥看一千河""击水三千里"的豪情。

是的,人生就是这样,不断在攀登,攀登一步步台阶,攀登一座座高山,唯有向上,方能抵达。因为道路不会没有起伏,不会没有坎坷,不会没有荆棘,不会没有阻挡,唯有攀登、跨越、追赶,方得始终。因为,历史总是在前行的,流水总是在前行的,没有哪一条鱼,会永远停留在一个地方。

是的,我说到了鱼。我们都是生活中的一条鱼。是鱼,就得学会游泳,学会保护自己,学会生存的本领,学会丰富大海的声音。你已经不是刚出生的鱼了,那些简单的游泳技能、生存方式,用不着爸爸在这里啰唆。爸爸在你这个人生重要的机遇期,只想送一个新的"三心""二意"给你,告诉你在诱惑、迷茫、困难面前,如何保持良好的状态,完成这段三年的奔跑,收获属于你的金色秋天。

"三心"——做人要坚守初心,做事要坚持恒心,遇事要坚定信心;"二意"——对生活要充满敬意,对朋友要心怀善意。

"三心"之做人要坚守初心。解读自《华严经》的一句名言云:"不忘初心,方得始终。"何谓"初心"?在佛门中人看来,"初发心"是指踏入佛门之始,心中秉持的那颗当仁不让的成佛利生之心,那份最真诚质朴的求法向道之愿。在纷扰变化的世界中,初发之心最真实也最珍贵。只要怀着这份初心,我们就能成为真正同心同愿的人,一起穿越生死。在我们世俗之人看来,初心,就是当初的心意,指事情一开始所抱持的信念。"不忘初心、方得始终"的意思就是说一个人做事情,始终如一地保持当初的信念,最后就一定能收获成功。爸爸给你讲做人要坚守初心,就是希望你不要忘记最初时候人的本心,也就是人之初那一颗与生俱来的善良、真诚、无邪、进取、宽容、博爱之心。就如你房间墙上挂的郑板桥那首名诗所云:咬定青山不放松,任尔东西南北风。坚守初心，坚定理想信念，在前行中不被沿途"风景"所迷惑，保持本心清净，保持奋斗目标不动摇。《菜根谭》说："心无物欲，即是秋空霁海；坐有琴书，便成石室丹丘。"翻译成通俗的话就是：有志者，事竟成；有心者，业竟成。

"三心"之做事要坚持恒心。宋代大理学家、思想家、教育家朱熹说："书不记，熟读可记；义不精，细思可精；惟有志不立，直是无着力处。"纵看古今中外，凡功成名就者，甚至像你老爸这样一个从偏远农村走出来的"秀才"，无不是秉承了"只要功夫深，铁杵磨成针""世上无难事，只要肯登攀"的信念。没有人是天才，或者说天才少之又少，对大多数人而言，要做成事，都得有恒心，有毅力，持之以恒。不以事小而不为，点滴积累，水滴石穿，学习如此，生活乃至你今后的工作亦如此。歌德说："生命里最重要的事情是要有个远大的目标，并借助才能与坚毅来完成它。"你最大的问题是，有才气，有灵气，这一点，从你打小学古筝、学书法和绘画等等方面就表现出来了，老师们也一再夸奖你是个有才气有灵气的姑娘，什么东西一学就会，但就是不愿下苦功夫去深研它、去提升它。但正如歌德所说，仅有才气是不够的，还得有坚毅的追求品质，持之以恒的决心，百折不挠的耐心，也就是贝多芬所言的"在不利和艰难的遭遇里百折不挠成就卓越"。因为，神枪手是子弹喂出来的，大作家是一个字一个字码出来的，罗马不是一天能建成的。"成大事不在于力量的大小，而在于能坚持多久。"（约翰逊）

"三心"之遇事要坚定信心。前面我们谈到过，人生不是一帆风顺的，谁都会遇到挫折，发明电灯的爱迪生，指点江山的毛泽东，改革开放总设计师邓小平……你能数得出来的名人名家，没有一个是顺顺利利取得成功的。世上没有绝望的处境，只有对处境绝望的人。每个人都有遇到挫折的时候,生活也总有不尽如人意的时候,但千万不要因此而受挫,就对自己的能力产生怀疑,进而形成一种压力。是的,自信的女孩最美丽。有一次老爸去韩国,在首尔街头,一个其貌不扬的女孩登台又唱又跳,同行的中国人说,她这么丑还敢上台啊?我当时在想,她敢上台,必然是基于她强大的自信,自信自己的歌声,自信自己的舞蹈。所以,人们常言"信心比黄金更重要"。当你遇到挫折的时候,应该保持头脑清醒、面对现实、不逃避不回避。冷静分析整个事情的过程,分析是自己本身存在的问题,还是外来因素导致的呢?以后应该怎样做,才能避免同类事件的发生呢?古人云"吾日三省吾身",每天没事静下心来坐一坐,虽不像曾子所言"为人谋而不忠乎?与朋友交而不信乎?传不习乎?"但总结一下这一天的经历,检查审视自己的言行,尤其是做错事情或者遇到困难,千万别着急,事情已经发生了,过去就让它过去吧,不要像被电信诈骗而后悔、痛恨,折磨自己,丢了宝贵生命的那位大学生那样,多么令人心痛。一个活生生的生命啊!女儿,记住老爸的话:做错事不要急于去自责,而应该想想事情是否还有挽回的余地呢?应该怎样做才能把损失或伤痛减到最低呢?没有永远的困难,也没有解决不了的困难,只是解决时间的长短而已。困难与人生相比,它只不过是一种颜料,一种为人生增添色彩的颜料而已。所以,只要你对自己有信心的话,那么什么困难都难不倒你。

如何才能提高自信心呢?首先得克服自卑的心理。树立自信心,别人能行,我也行啊!大家都不是天才,只要努力,方法得当,没什么事不能办到。其次,每天保持甜美的笑容。笑是快乐的表现,笑能使人产生信心和力量;笑能使人心情舒畅,精神振奋；笑能使人忘记忧愁，摆脱烦恼。学会笑，学会微笑，学会在受挫折时笑得出来，就会提高自信心。最后，做人一定要昂首挺胸，昂首挺胸是富有力量的表现，是自信的表现。

除此之外，要做到自信，爸爸再告诉你几个最实用的办法：一是选择生活中的某一方面，努力改变；二是制定可以完成的目标；三是找出一个合适的典范，而不是一个不现实的偶像加以学习；四是不要对过去的失败和错误的判断耿耿于怀；五是无论做什么事，只有专心致志、仔细检查、认真对待，定能减少差错，避免不必要的失误；六是多看看自己的长处，多想想成功的经历，不断自我激励："我一定会成功的""我能行"！

"二意"之对生活要充满敬意。生活是伟大的，它比什么书都博大精深，值得我们一生去敬畏它，去研究它，去珍惜它，去分享它。俗话说：会生活的人才会工作。同样，对现在的你来说，会生活才会学习。但生活不只是玩手机，不只是没事聊天，不只是吃喝玩乐。生活是你首先得懂生活才能会生活，其次你尊重它它才会尊重你。因为成长是一个孤立无援的过程，你必须学会独自承受，才能活出自己的风采。所有的光鲜亮丽都敌不过时间，并且一去不复返。人生犹如白驹过隙，如果你只是停留在渴望长大、抱怨生活状态，你的生活永远充满抱怨；只有积极地生活，健康地生活，感恩地生活，你才能永远生活在幸福中。爸爸妈妈并不想设计你未来的生活怎么样，只是希望你能在生活中独立、自信、健康、快乐。而这些，都得从对生活充满敬意开始。因为，人只有常怀敬畏之心，你才能懂得生活、人生、事业的真谛。人只有常怀敬畏之心，才能谨言不会出错，慎行不会跌跤。一个人有所畏惧，就能按自然规律和道德准则行事，追求和谐和真善美；一个人无所畏惧，则会肆无忌惮、随心所欲，害人害己。

　　心存敬畏，就是要有如履薄冰的谨慎态度；心存敬畏，就是要有战战兢兢的体察心情；心存敬畏，就是要有小心翼翼的戒惧意念；心存敬畏，还应该有如负泰山的神圣责任。因为心存敬畏，我们三思而后行；因为心存敬畏，我们永远谦逊平和。所以，敬畏之心，就是一种自我约束和自我警戒，是保持清醒头脑的"清醒剂"，是医治胆大妄为的"良药"。

　　我们敬畏生活，敬畏法律，敬畏制度，敬畏自然，敬畏历史，敬畏文明……有了敬畏之心，就有了定海神针，有了道德行为的底线，有了做人做事的准则，就知道有所为有所不为，就能保持气节，亮出风骨。

　　老爸想起曾经送你的两个字——慎独。今天再看，就是要你敬畏自己的初心，因为这是高尚生活的最高境界。

　　"二意"之对朋友要心怀善意。朋友是什么？歌者曰：朋友多了路好走。也就是"众人拾柴火焰高"。我一直认为，家是父母的，社会是朋友的。朋友是你一生的宝贵财富。互相帮助，给以温暖，不同阶段，不同的朋友，会帮助你取得不同的收获。我们都有很多的朋友，因为我们父女俩都是喜欢交朋友的人。但爸爸想告诉开始独立生活的你，最好的朋友在哪里？你该如何去为人处世？心怀善意，这四个字，是我交朋友的准则，现在我把它送给你。

　　一部《水浒传》，把中国的朋友文化、为人处世讲得极为透彻。反观我们现实生活，充满了太多的争端和吵扰，人与人之间的不信任以及恶意的揣测造成了人们相处时的重重障碍。校园的象牙塔也远非净土，那么多名校大学生杀人的负面新闻，你三年后即将去的美国，更是校园暴力高发区，基本上都是因为"朋友出了问题"而发生的暴力。所以，交什么朋友，怎么交朋友，显得十分重要。每个人的出发点不一样，每个人面对的环境不一样，影响朋友的结果就会不一样。而更多的时候，他或许不会是你喜欢的人，但你必须得每天面对，得和他打交道，比如同一个寝室，同一个教室，同一个班级，你避无可避。还有一点，你在挑剔别人的时候，有没有想过别人也在挑剔你呢？那么人与人之间又该如何和谐共处呢？我想，最好的为人处世就是心怀善意。我们不要去强求别人怎么样，而是自己从善出发，带着善意去与人交往，去与人沟通。对你身边的每个人、每件事多一些善意，坎坷崎岖的路会慢慢变成坦途。心地善良的人总会得到更多人的信任，一个好人缘也是一份宝贵的财富。善意无分大小，无分身份的高低贵贱，富商巨贾可以心怀仁善，市井小民也能有仗义之举。多怀揣一些真诚的善意，少一些虚假的套路，这个世界真的很美好。

　　以上"三心""二意"，是老爸在你开学之际告诉你如何去面对为人处世、学习生活的一些肤浅认识，有的是老爸与你共勉，有的是老爸的一些小小希望。如果你已经做到了的，权当老爸人老话多。还是那句话——没有人命令你去成为画家、设计师、高知、金领，爸爸妈妈只是希望你拥有独立、自信、健康、快乐的人生。

　　好了！我的女儿，你好好享受你的高中生活吧，三年时间说短不短说长不长，唯有珍惜才会拥有！！！

爱你的老爸
2016 年 8 月 31 日

悲惨股民

2006年盛夏的太阳烤得大地一片炙热,炙热的阳光烤得五月的股市全线飘红。大盘一涨再涨,高歌猛进,翻越千三,突破千四,爬上千五,站上千六。受此刺激,多只个股连封涨停板,数不清的人一夜暴富。

于是,冷清的证券交易所又开始车水马龙、商贩云集、小道消息满天飞了;于是,曾经炒过股的我们也坐不住了。5月16日,很久没有激动的妻子又翻出抽屉里布满灰尘的股权证,开始查询我们的股票。然后就听到了她的愤怒和咆哮,继而两口子互相埋怨。

因为,大涨的欢乐只属于别人,暴富的人里也没有我的名字。更悲催的是,我炒的三只股有两只退市,仅存的一只连当初的零头都没得,投入的10万元,只剩下8000元!

中午讲给朋友听了,他目瞪口呆半天后说了句:"你恐怕是世界上最悲惨的股民了!"

10万元,7年时间,不增反跌,如今只值8000元。这在什么都可能的股市,在那些资金实力雄厚的炒家看来,这点钱也许算不上什么,但对我们这些小小股民来说,这意味着血本无归。

那它是如何缩水的呢?整理悲伤的心情,我来讲讲这个天方夜谭式的传奇故事吧。

事实上，我一直认为自己不是做生意的料，更不是个赌徒（我一直认为炒股是赌博），因为我爱异想天开，也是个输不起的人。但经不起诱惑的缺点，使我最终稀里糊涂地进了股市。

记得那是1999年，那时我还在当记者，跑社会新闻。6月的一天，跟当时的部门主任到产沱牌酒的射洪采访一起沉船事件。因为路途遥远，车上，这位当年在"成都红庙子时代"就开始炒股的老股民，开始一个劲地吹嘘股市如何火爆，他如何炒股成金，说得我开始幻想股市遍地黄金，随便捞一把都比我写稿子挣钱。于是回到成都，不顾老婆和家里人的反对，在对股市一无所知、连K线图都看不来的情况下，毅然拿出5万元熬夜卖稿子挣的血汗钱，深市、沪市各开了一个账户。

那天是6月30日，之所以记得特别清楚，一是第二天就是《中华人民共和国证券法》施行之日，忽悠我入市的主任说政策出台，肯定要大涨；二是我到他推荐的玉双路光大证券开户买进一汽四环、福日股份、津劝业后，刚回到单位，就发现三只票都大跌。也许这就是我的运气吧，但那时我并没有在意，因为我坚信领导不会害我，坚信他说的股市有涨有跌，涨涨跌跌中，心态如果不好，赚不了钱不说，还可能上演跳楼悲剧。

但老婆比我聪明。她见劝不住我，便买回一大摞炒股的书，还把家里的电脑升级，安上股票行情分析软件等等，她学习时，也逼我学习。甚至还发动没事在家的父亲，每天看电视同步股票信息。用她的话说，既然都进去了，要炒就炒好，炒好了肯定比她上班强。

这样的情况只维持了几个月，随着我工作的越来越忙，随着她怀孕，随着股市开始起起伏伏，我们的关注重心开始转移。天生对经济类书籍不感兴趣的我,那几百块钱的股票书,我只看了一本,甚至是书的第一章,但其中一段话却让我记得十分牢靠,也正是这段唯一的专业股票知识,成为误导我、误导我们一家在日后股票大跌中坚持"坐牢"的"理论根据"。那句话的大意是说,从世界股市的发展轨迹来看,炒股比存银行划得来,只要你有足够的耐心,再差的股票,说不定几十年后都会翻几倍甚至几十倍。

就这样,我的血本无归有了"理论根据",跟着又获得了"实战经验"。由于最初的狂热关注股市,关注我的那三只股,心态却没能修炼得很好,不出几个月,先后把一汽四环和福日给卖了,虽然没赚,但基本上没亏。

等到第二年春夏之交,我却发现,过分关注不如一年只炒一回。曾与我同时开户、同时在光大证券买进那三只票的一位同事,他平时根本看都没看,也不学习,理论知识、专业术语都不如我的他,却都踩到了金矿,一汽四环、福日的卖出点都赶上了冲高的最佳时机,每股赚了好几块。

这时,主任点拨我说,你这种情况还是炒中长线比较稳当。我后来总结发现,第一年炒股持平,第二年炒股赚了点。既然有赚,就想赌大点,买的手越多,哪怕涨几毛钱也赚得更多,于是又分两次增资了5万元。

但我始终没赶上趟儿。2000年3月3日,32元买入五粮液(000858),捏了好久也没涨,6月30日等我在每股赚了0.98元时抛股走人后,它却开始疯涨,几个涨停板就拉上50多块。2000年4月11日,以27.96元买进全兴股份(600821)后,便有公告称要配送,便想等到他送股后再抛,结果它送后就跌。2000年4月30日,尚在孕中的老婆研究半天,认为英豪科教(600672)

可以买，这只股票与全兴股份分别是当年沪市业绩的一、二名，我便以每股 12.62 元买进；后来光大证券的内部人士突然打电话告诉我，信联股份（600899）不错，让我把津劝业（600821）卖了再买进信联股份，买入价是每股 20.56 元。这就是我最后炒的三只股票。

从买进那天起，它们就跟着大盘一直往下跌。配送之后的全兴只有 18 元左右，我不想卖，认为再怎么也得等它涨到 19 元左右把交易税赚了再走。况且，英豪科教遇到了《福布斯》富豪杨斌重组，应该还有上升空间，还是等等再卖。信联股份业绩不错，跌是暂时的。这回我也下定了决心，怎么也要吸取"稳不起"的教训，以免再吃后悔药。

然而，割肉的后悔药没吃成，却吃了暴跌的毒药。从 2002 年开始，沪、深两市开始无休止地暴跌，沪市从 2000 多的历史最高点，竟一路跌到 900 多点！我的这三只票，也跌得惨不忍睹。但每跌一点，我就想起那句"舍得宝来宝敲宝，舍得珍珠换玛瑙""只要功夫深，铁杵磨成针"，只要把"牢底坐穿"，曙光便在眼前的理论里。等到英豪科教、信联股份都变成 ST 了，我又想起曾经的琼民源来，后者因为"牢底坐穿"、中关村重组后重新上市，一下拉到 20 多元，不就咸鱼翻身了吗？

也曾想到补仓救市，但老婆坚决不准。她说叫你买票的人没错，但就是从来没人告诉你什么时候卖，要"坐牢"就"坐牢"吧。另外一个原因，每每看到十多块、二十块的股票，跌得只剩几块钱时，心里那个痛啊，就想着它能涨回来，却不知在大盘形势和个股惨败的情况下，少输当赢啊。

这几年中，股市跌得一塌糊涂，我却想或许几十年后可打翻身仗：等我女儿上大学时总该涨起来了吧。

但人都是现实的，尤其是在这波大潮中还没回本的争吵和埋怨，直接让人失去理智。17日下午，再也"稳不起"的老婆，决定把股票卖了，发誓这辈子再也不炒了，于是生拉活扯把我拽到了光大证券交易所，因为股票交易密码忘记了，要更改只有我本人到场。

看到电脑屏幕上的股票信息，我自己都惊得难以置信。那一刻，我仿佛听到了心在滴血的声音！21元一股的信联，现在退市在三板市场每股只值0.31元；12块多买进的英豪科教，如今退市在三板市场每股只0.21元！全兴只有6元了。10万元，就这样只值8000元了。

这笔我每天晚上爬格子、一个字一个字写出来的血汗钱，就这样打了水漂。

回来的路上，老婆还气不过。她说要是这10万元钱当初用来炒房，现在不晓得翻了好多倍，因为成都在这七年里，房价一直在涨；她又说，亏了这么多，不在股市捞一把回来，实在心有不甘。

于是她决定，一年炒一次，每年年底在庄家筑底的低谷时买几只股票，等到四五月份大涨时卖了。管它是割肉还是跳楼，都这样干。我说，还是踏踏实实做自己的正事吧，我们当初要是懂得少输当赢的道理，也不至于血本无归。这说明我们不是吃那碗饭的，何必还要拿钱去再买教训？

看来，不是钱亏不起，而是心魔未除。如果吃一堑不长一智，迟早还会被套牢。

事实上，现在回头再来看，我的这次炒股经历，确实输在了心态，也输在了短视。那本股票入门书说得没错，从长时间远距离来看，炒股比存银行划得来，只要你有足够的耐心，再差的股票，说不定几十年后都会翻几倍甚至几十倍。

其实也用不着几十年，在随时都可能暴涨的中国股市，差不多几年就有一个涨跌周期，只要票不退市就会有机会。比如当初我要是不把全兴股份卖了，持有到现在，早就回本赚了几十倍，因为这只票后来重组更名为水井坊，2021 年每股最高涨到 159 元多，加上分红，几十倍是真的有了。再早一点的五粮液不卖，现在也是十倍多的收益。

现在说什么都没用了。股市没有后悔药，我也真没有那个炒股的命。

2006 年 5 月 18 日，2024 年 2 月 14 日补记

特招生往事

如果说 30 年前改革开放之初的教育改革——恢复高考，使一大批上山下乡的知青得圆大学梦，那么，20 世纪 80 年代末 90 年代初的教育再改革——免试特招，则使像我这样学习偏科但有一技之长的"问题学生"有机会跨入大学校门。这段人生经历，不仅改变了我的一生，更重要的是，在我之前，大学免试特招，一般只针对一些为国争光、拿过世界冠军的体育界骄子，而我作为重庆市第一个因文学"特长"而免试特招进国家重点高校西南师范大学（现西南大学），则无疑是第一个吃螃蟹的人。

一

然而，比起今天什么东西都敢于突破来说，当年这"螃蟹"却并不那么"好吃"。

在中国，哪怕是茅盾文学奖的评选，也是饱受非议，因为文学不像科学成果那么一目了然，便于认定。所以，中国到今天也只有工程、科学两院院士，而没有文学院士。而在我们那个年代，搞文学则被认为是另类。虽然那时社会上的中国知青文学、伤痕文学、朦胧诗潮、超现实主义、先锋文学等等搞得热火朝天，漂亮女青年像今天追梁朝伟、周杰伦一样迷恋文学青年，但在校园里，我们这些玩文学的却永远不入流，一是我们自身情感丰富、行为怪异，常常因思维活跃说一些出格的话做一些出格的事；二是玩文学的学生大都偏科，除了作文写得好、语文成绩不错外（兼或历史、地理也不错），但高考时必考的数学、英语等成绩普遍不行，这对老师追求的升学率是绝对的"倒行逆施"。诸如此类的原因，我对高中三年的印象，几乎都停留在数学课不是被老师没收小说，就是被老师罚站接受当众奚落，以至于至今还记得高中毕业留言时同学嘲笑我的一句话："没想到你的忍耐力那么强，老师整节课批评你，你都没有反抗。"

但那时的我，身中文学女神缪斯剧毒，早已不能自拔。对我这个来自四川省重庆市合川县盐井区龙洞乡镜湾村（当时重庆还未成为直辖市）的学生来说，因为从小受民间口头文学的熏陶，什么安世敏传奇、灶精石（照镜石）的传说……爷爷给我讲了十余年，而邻居一个爱看《山海经》的表爷讲给他儿子、我的同年表叔听后，他又在我帮忙打猪草、捡柴的"贿赂"下倒卖给了我听。听多了故事我便自己编故事，甚至到了走火入魔的地步。到外婆家三个小时的山路，我边走边编土匪的故事，走拢后外婆和舅舅都觉得不可思议，因为那年我才7岁，居然敢一个人走20余里山路。更多的时候，我在放牛时躺在山坡上看着蓝天发呆，想着自己是一个会飞檐走壁、武功盖世的英雄好汉（那时看了《少林寺》《自古英雄出少年》等电影电视），结果牛吃了别人的庄稼，回家被父母吊在树上痛打。

这些最初的创作萌芽，直到我在乡初中念初二那年，碰到一个叫符正策的语文老师，才彻底激发了我的创作灵感，使我走上了写字为生的这条路。这个高考落榜的老师是个文学青年，经常在县报上发表文章，他的课不是照本宣科，因此很吸引人。而他在班上发布的第一条"政令"却改变了我的一生：谁在报刊上发表文章拿了稿费，班上再奖他一倍稿费。这极大地刺激了我的写作欲望。虽然仅仅是把自己之前听到的民间故事改编后投到县报《合川报》，但当我某一天惊喜地看到自己的名字和文章真的变成铅字刊在县报上后，那份喜悦之情无疑跟今天买彩票中了 500 万元一样令人寝食难安。当我拿着县报寄来的 5 角钱稿费找到符老师时，他真的又奖给了我 5 毛钱。我用这平生第一笔稿费买了好几斤李子，分给全班同学吃了。从那以后，我开始写文章、办文学社、出油印报，经常是通宵达旦。

二

很显然，人的精力毕竟有限，我很快就开始偏科，数学、英语成绩直线下滑，被迫留了一级。但并未阻止数学老师的不喜欢，严重的时候甚至不让我进教室。这时候我便想到了转学，转到区中学。那时候，区中学的门槛相当高，能成功转学，我完全是凭着自己青春年少无所顾忌，只听说区中学有个叫张明的老师喜欢文学，便抱着我在报刊上发表的十余篇文章去找他。没想到张老师还真的被我打动了，又说服校长收下我，让我担任区中学的峡鹰文学社社长。

现在回想起来，那时的社会风气真的很纯洁。我一分钱未缴就转学到了区中学，乡中学的老师们听说后，都惊讶得合不拢嘴。后来，初中毕业上高中，以至于大学特招，我都是"如法刨制"——抱着自己的作品找老师，老师找校领导，点头，录取。

记得那是 1989 年 8 月的一天，当我从合川二中校长手中拿到高中破格录取通知书时,他说,你不仅是我校今年第一个拿到录取通知书的学生,也是我校建校以来第一个因文学特长被破格录取的学生。那时的我,对这两个"第一"没什么概念,而是对我因为文学免去了1500元的"建校费"而兴奋不已。那年头,凡是没能考上这所全市重点高中的学生,要进校,除了关系,还得要交1500元的"建校费"。

由于时间已是下午四点过,最后一班到我们乡下的轮船已经开走了(那时我们老家还未通公路),为了及早将这个消息带回去给父母,我只得沿嘉陵江步行回家。几个小时的泥土路,因为兴奋走得特别快。巧合的是,走到钓鱼城下,遇上了引我走上文学创作路的符老师。如今20年过去了,我之所以还清楚记得当时见到他的情景,是因为那份得意和自豪之情至今难忘。

走丈母娘家的符老师和我迎面相遇,那时的他,早已在我转学到区中学后辞职进了工厂。他仔细看了看我手中的录取通知书,说了句:"我的弟子就你最有出息,上高中相当于做秀才了,快点回去报喜!"等我举着录取通知书赶回老家时,天已黑尽,全生产队的人都围在邻居院子里看电视。这之前一直嘲笑我拿不起锄头的乡亲,又开玩笑说:"这回你真的是秀才了!"

三

然而,这份喜悦并没有持续多久。等到九月开学,摸底考试成绩一出来,老师就直接把我划为搞体育一类的偏科学生行列,尤其是数学老师,我差不多成了她批评的靶子,起因是我在她的课上看一本湖北作家朋友寄来的新书,因为失声笑了一下,被她当场没收了书,于是她停了课开始对我进行冷嘲热讽式的"批判",用重庆话说,把我"踏削"得一塌糊涂。即使高二起我进了文科班,只要她上课,一不小心被她抓住"把柄",同学们就没得课上了,听老师对我上演脱口秀。要不是校长和其他鼓励学生应有一技之长老师的宽容,我想我不可能念完高中,甚至也不可能被大学免试录取。我开江一个文友,本来和我同年免试特招进大学,但就因为他的偏科,被固执的老师做了一个不合格的毕业鉴定,从而失去了上大学的机会。

事实上,这一二十年来,我对数学老师的严厉早已从当时的"仇恨"中走出来,我反倒理解为她的压力给了我无穷的动力。因为就在我高一那年,我从当时发行量最大的中学生报《语文报》上得知,山东大学、南开大学、吉林大学、华东师范大学等高校已经开始免试特招一些有文学写作特长的学生,比如后来享誉文坛的邱华栋就被武汉大学特招录取。我也认定自己只有走这条路,才能跳出农门进入大学校门,而不用去走反对我搞文学创作、认为我"不务正业"的部分老师给我"指"的那条路——高中毕业回到乡里,给县报当个业余通讯员,倘若真能写出个名堂,或许能有机会进城找份工作,就像×××一样。

但免试特招何其的难,就像搞体育的学生一样,不拿个全国项目的前几名,或者破什么纪录的话,大学的门是不会对你敞开的。何况文学特招的前提必须是这个中学要具有保送资格,也就是说,那些我从报上看到的学生文友,所谓的"特招"其实是走的保送生路子,不是大学给的名额,而是高中学校给予他们的机会。但不幸的是,我所在的合川二中,刚好不具备大学保送生资格,当时全县只有省重点合川一中才有保送生资格,而且名额也只有三四个。

于是,在招我进校、后来到县上任副县长的老校长指点下,我在高二那个暑假里，用从引荐我上高中的石老师那里借来的密码箱，装了满满一箱自己发表的文学作品、获奖证书、报纸杂志对我的报道等一切能证明自己特长的东西，从合一中跑到重庆市一中、南开中学等等具有保送生资格的学校，向校长推荐自己，希望能转校，希望能被他们保送上大学。整整一个暑假，那条从合川到重庆的老柏油马路，记录下了一个戴眼镜的中学生，双手紧紧抱着密码箱，生怕被人抢的瘦弱身影。但我的执着并未能打动他们，他们除了对我发表那么多文章证明自己的文学特长表示肯定之外，都遗憾地告诉我，他们学校的保送名额早就确定好了，实在没办法。

我知道，他们并不是故意不接收我，毕竟我这时提出转学，而且开口就向别人要保送名额，实在是自己过于天真，或者异想天开，哪有那么好的果子等我去摘？

四

然而，飞速发展的时代和不断变革的教育体制给了我这个机会，而且幸福来得那样突然，那样巨大。高三上学期，当我把借钱打印的自荐信和复印的作品、获奖证书等，抱着试一试的心态寄给西南师范大学、南开大学、吉林大学等5所高校后，差不多在我快失望时，高三下学期开学不久，学校突然接到省招办电话，说吉林大学与西南师范大学均要免试点招你校的学生赵晓梦，让学校通知我选择一个学校，然后把材料送省招办。

在那个还有些倒春寒的晚上，我和几个文学社的哥们，坐在学校操场上讨论我到底选吉林大学好还是选西南师范大学好。仅仅是一天之前的若干个晚上，我还在向他们诉说我毕业后去深圳打工做民工文人的打算，现在一下子竟然有两个上大学的机会摆在我面前。那一刻，我真的觉得自己多年的执着追求没有白费，校团委通宵亮着的电灯没有白亮，蚊子没有白咬，潮湿阴暗的寝室里的蜡烛没白照，父母供我读书的钱没白借，妹妹为我辍学打工的汗没有白流……缪斯没有抛弃我，上苍对我真的太好了，成就了我从农村一路顺利走来。

最后讨论出的两个理由让我下定决心选择了西南师范大学。这两个理由想来是那么的天真好笑。一是基于我个子不高，如果读吉林大学，在一帮人高马大的东北大汉中，可能找不到老婆；二是那时读师范学校是国家给钱，可以减轻家里的负担。结果后来我发现这两点理由其实根本不成立。等我1992年上大学那时，师范学校也开始收学费了，等我报完名，身上只剩吃馒头的钱，后来我真吃了一个月的馒头。而我2002年到东北办报，招兵买马时，发现东北人也并不全是人高马大的大汉，特别是办报的，姑娘甚至比南方的还秀气。不过这些都是后话。

然而，好事多磨。由于我的免试特招在四川没有先例，学校也没有办过保送生的经验，所有手续和程序都是我自己去完成的。由于合川到西南师范大学所在地北碚很近，我先去了趟学校，见到了招我的中文系党支部书记李茂康教授，还有招办的领导，才知道西南师范大学看了我的材料后，专门从学校的机动招生指标中拿出一个，点招的我。也就是说，西南师范大学给了合川二中一个保送生名额，但这个名额只能适用于我，换其他人西南师范大学就收回指标。至于程序还是按保送生办理，这样虽开先例，却不违背当时的招生政策。

而保送生要具备什么资格呢？除了学习成绩要优外，其中最重要的一条还得是县级以上表彰的三好学生或者优秀学生干部。

学习成绩这一栏我是没法优的，要不然西南师范大学也不会特招我了，而我获的全国全省那些文学创作奖，也不能拿来抵一个县级三好学生证书。不过学校研究后认为，这个机会虽说是给赵晓梦的，但对提高学校声誉还是有好处的。于是，根据我担任三年校文学社社长这个经历，紧急为我申报了一个县优秀学生干部。有了这个证书，我的档案才算按要求准备好了。最后由我自己送到了县招办，他们加封后送省招办。

很快，我接到通知去西南师范大学参加面试，又很快，我接到了西南师范大学鲜红的录取通知书。时间大约是1992年的4月底，我的同窗们正在挥汗备考的那段日子。不过，我并不是在学校收到的录取通知书，因为老师担心我整天没事干，东游西荡影响其他同学备考，叫我回家等通知。我说我还没参加毕业考试。老师说，你都快拿大学录取通知书了，还要高中毕业证干吗？所以，我至今也没有高中毕业证，也算是高中没毕业就上大学的一个特例。

那一天，正在家中摇着大蒲扇写诗的我，忽然听到乡广播站高音喇叭里一个男人在吼："镜湾村三社的赵晓梦听着，你被西南师范大学录取了，快点到乡邮政所收挂号信！"

2008 年 11 月 18 日于成都

走马世博会

一直以来，我对那些人造景观始终保持一种比较苛刻的态度，特别是前些年"被看了"杭州的宋城、深圳的世界之窗、昆明的民族村以及郫县（今郫都区）的世界乐园后，我几乎对这类景观是敬而远之了。但这次，当我走马观花看了正在上海黄浦江两岸开放的世博会后，我才明白，过去那些人造景观为何一再让我失望了；也才明白，为何这个有着百多年历史的盛会能长盛不衰，各国争着抢着承办了。那就是，人造的景观一旦被赋予传承文明、开启未来的内涵，你想像扔枚烟头那样忘记它是不可能的了。你只会感叹时间过得真快，以至于没来得及细细品味。

一

2010年4月23日，应中国晚报工作者协会和上海《新民晚报》之邀参加"全国百家晚报看世博"，我有幸抢先一睹了试运行的上海世博会芳容。天公很作美，这是自20日世博会试运行以来的头一个晴天。为了赶在客流高峰前进园，我们早上6点半就起床，8点过就赶到位于园区南端的7号门口，却已是人山人海。

入口是一个巨大的凉棚，下面被白色栏杆围成了一条条弓形曲线，既可以维持秩序，又能最大限度地利用空间。跟别人一样，我也迫不及待地拿出相机拍起来，却听见安检口的志愿者在反复高声提醒"入园安检，请勿拍照"。终于等到我安检了，虽然不像事先宣传的不超过 18 秒的说法，但感觉跟机场安检差不多，只是机场安检是人工验票，这里是把门票放进检票机里，出来后，票的两侧被钢印打上了世博会的英文"EXPO"和"2010"字样，别致又环保。

二

刚过安检，就见志愿者在发中国馆的预约参观卡，我们都没拿，因为在车上时导游已给我们发了，预约时间是中午 12 点至 12 点半入场。据说第一天试运行后，游客蜂拥到中国馆前拿预约卡，这就造成了"拿卡排一次队、进园又排一次队"的浪费时间现象，后来便改成了在入园处发放，或交给组织参观者的单位和团队发放。这虽然减少了一次排队，我发现却把人"捆绑"了。据事后总结经验，我为准时赶到预约时间内进中国馆，多花费了至少一个半小时的宝贵时间，而且还牺牲了主办单位提供的免费午饭。

从 7 号门进去就是国际组织联合馆，当天没开馆。右边手是城市主题馆，再往右就是世博轴和中国馆了，当时城市主题馆基本上还没人排队，可按捺不住对中国馆"东方之冠"的神往，我们都先赶到中国馆前一通拍照。假如我当时放弃预约，就地排队，也就一个多小时可进馆，但等我转到欧洲馆区看时间差不多了又折回来时，不仅急走了 20 多分钟的路，没想到的是凭预约卡也排了近40分钟队才进去。这时也接近中午1点了，我却一个馆也没进去，只是在30多个场馆外转圈圈。如果我一开始就在中国馆前排队，这个时候少说也看了两三个馆了。

三

看完中国馆，我第一个感受是：何镜堂院士牵头设计的上海世博会中国馆，和北京奥运会鸟巢一样，都是中国人对世界建筑艺术的伟大贡献。

中国馆主题"城市发展中的中华智慧"，既贴近"城市，让生活更美好"的世博主题，又唯美展示中华灿烂的文化和文明。展馆建筑外观以"东方之冠，鼎盛中华，天下粮仓，富庶百姓"的构思主题，表达中国文化的精神与气质。展馆的展示以"寻觅"为主线。进场馆后坐电梯直接上到40米高空中的展示区，在"东方足迹""寻觅之旅""低碳行动"三个展区中，发现并感悟城市发展中的中华智慧。在探寻"东方足迹"中，通过几个风格迥异的展项，重点展示中国城市发展理念中的智慧。其中的多媒体综合展项播放的一部影片，国宝级名画《清明上河图》被艺术地再现于展厅中，传达中国古典城市的智慧。在"寻觅之旅"中，采用轨道游览车，以古今对话的方式让参观者在最短的时间内领略中国城市营建规划的智慧，完成一次充满动感、惊喜和发现的参观体验。在"低碳行动"中，聚集以低碳为核心元素的中国未来城市发展，展示中国人如何通过"师法自然的现代追求"来应对未来的城市化挑战，为实现全球可持续发展提供"中国式的回答"。

让我印象最深的有几个地方。第一是上去后先看了一场8分钟的电影，270度的宽银幕，加上头顶的苍穹银幕，导演陆川为我们讲述了一个改革开放三十多年来中国自强不息的城市化经验、中国人的建设热情和对于未来的期望。其中还有汶川大地震的抗震救灾场面。第二是高科技打造成的巨幅动态《清明上河图》。在中国馆"智慧长河"展区，投影到墙上的《清明上河图》长卷长128米，高6.5米，粗略计算，面积达832平方米。最使人震撼的是它不只是一张《清明上河图》，它是一部拥有IMAX宽屏的《清明上河图》大片，最大亮点是图片上的人物都是在动的。一轮明月倒映在水波中，月影随着水波若隐若现；小河中，两对男女在游船上吟诗作对；河岸的集市上，一个商贩在吆喝着卖酒，三三两两的人们买完东西后边聊边往家的方向走；酒馆里，一名男子刚喝完一碗酒，向店小二叫嚷着要酒。讲解员说，这幅《清明上河图》比原版的《清明上河图》放大了100倍。《清明上河图》分白天和黑夜两个版本，共有1068个人物，其中白天的时候691人，晚上377人，表现的是北宋宣和年间世界最大城市汴京的繁盛景象。

第三是真人跳舞。欣赏完《清明上河图》，我们来到"寻觅之旅"展区。这个展区游客会坐上小火车，沿着轨道观看沿途的高科技影像，讲述了中国从古至今的建筑智慧，比如石拱桥、庭院、斗拱等，我最喜欢的是江南园林式建筑，每一座园林都是特别的，不拘一格。最令人称奇的是，沿途的桥上站有一个女子，树林里站有两个女子，不断变化的灯光下，她们翩翩起舞，如梦似幻，大家都在嘀咕："这人是真的还是假的哟？"我用长焦镜头拉近了一看，妈呀，是真的。

第四个是"水稻"和"荷花"搬到了展馆。在"低碳行动"展区中，不仅有风能太阳能电动汽车等高科技产品，国内各地的生态环境也都"搬"到了这里。10棵高大的绿树矗立，旁边是一片用天井式围墙玻璃隔着的仿真湿地。讲解员说，这片湿地下面是电子屏仿真系统，而上面的土则是专门从中国的湿地运到中国馆，生长的"荷花"和飞流而下的水，营造出现代田园城市的感觉。此外还有展柜中的一棵棵"超级水稻"像花儿般被呵护。据了解，这些水稻全部是从中国超级水稻的试验地运出，是最新的品种。

从现代到古代，再到未来，中国馆将上下五千年的精彩浓缩呈现，整个参观过程大概花了50多分钟，尽管我排了40余分钟的队，值。

四

从中国馆出来，在旁边的味千面馆，花了比平时贵3倍的钱吃了一碗面，顺便消除一下赶路的疲惫后，我吸取教训，决定挑几个馆排队看踏实。于是便就近挑了以色列馆和巴基斯坦馆看了起来。加上排队，两个馆也只用了不到一个半小时。随后我又用类似办法看了城市主题馆、土耳其馆、意大利馆。特别是土耳其馆和意大利馆，真带来了不少"货真价实"的宝贝，不仅使人大开眼界，其文明和科技的发展也让人印象深刻。只可惜紧邻意大利馆的法国馆不到晚上7点就关门了。而最让人期待的俄罗斯馆、英国馆、美国馆、德国馆、瑞士馆、瑞典馆等等，当天都没开门，我只好在外面拍照留念。与此同时，最要命的事发生了——相机没电了，一点电也没有了。看看表也差不多快到规定的集结撤退时间了，我只好依依不舍地出了世博园。

边走边算，我今天一早出来，接近12个小时，只看了6个场馆，还有 200 多个没看。《新民晚报》的陪同人员听完后却说，你看 6 个馆已经是可以的了，如果要看完，即使不排队，也要花 7 天时间，所以留着遗憾下次再来吧。而我这时才发现，差不多 10 多个小时的不停行走，脚掌感觉断了，腰酸得直不起来了，拿相机的手臂也抬不起来了。

返回酒店的车上，全国晚报界的同行们都说，走马观花根本看不了世博会，如果还有机会，一定再来。但下次来再不穿皮鞋了，一定要穿厚底的旅游鞋。

2010 年 4 月 28 日于成都

缓冲地带

第四章

创作谈

一个人的城
——长诗《钓鱼城》创作后记

一

他说:"那是一个故事!"

说这话的人叫袁东山,重庆市文化遗产研究院副院长,算起来应该是我的学长,只是我学的中文,他学的历史。而他所毕业的西南师范大学历史系,是国内研究钓鱼城历史持续时间最长也是成果最为丰富的院系。但他似乎与他的老师或学友们不同,他喜欢用物证支撑考古学说。

2019年5月11日上午,他在钓鱼城范家堰南宋衙署遗址考古发掘现场,为参加"钓鱼城中国名家笔会暨长诗《钓鱼城》研讨会"嘉宾讲解的一个多小时里,多次提到"历史需要物证支撑",遗址考古必须要有一条比较完整的系列证据链。而他和他的团队,耗时15年都还在做的一件事,就是为了证实"那个故事"的真实存在。

他说的"那个故事",就是我熟悉得不能再熟悉的钓鱼城。这座位于重庆市合川区东十里的山城,是我国现存最完整的古战场遗迹。公元1259年,蒙古帝国第四任大汗蒙哥兵临钓鱼城下,在守城将士顽强抗击下，蒙古大军不能越雷池半步。蒙哥汗亦在此役中身亡，迫使蒙古帝国从欧亚战场全面撤军，钓鱼城之战也因此间接影响和改变了世界历史的走向，被欧洲人誉为"东方麦加城"和"上帝折鞭处"。而同行的诗人、评论家、西南大学教授邱正伦评价得更为诗意："我认为钓鱼城是加盖在世界史扉页上的一枚图章，仅仅是一阵钓鱼的功夫，这座城市就改变了整个世界史。"

而我要说的熟悉，一个是我就在钓鱼城下出生、长大，当年宋蒙两军交战的"三槽山黑石峡"就在我家门口的龙洞沱沥鼻峡。对我来说，钓鱼城是学生时代春游目的地、回乡探亲必经的指路牌，从小在钓鱼城掌故类的民间口头文学熏陶下，我熟悉它古老而又年轻的模样，熟悉它的每一道城门每一个景点每一段历史。今年"五四"青年节，我带老父亲登钓鱼城，一路口若悬河讲述钓鱼城的历史和故事，深深吸引了一位从成都带着家人来旅游的小伙子，他们一家三口一路跟着听，最后连午饭也跟着一块吃，就为了听我讲故事。

另一个是来源于书本。十多年前，记不得是第几次登钓鱼城了，看着墙壁上那些南宋武器的介绍，尤其是早期火器和抛石机的介绍，想到不可一世的蒙哥被金庸写成在襄阳之战中打死的"美丽谬误"，我突然萌发了一个写作钓鱼城故事的冲动，故事的主角就叫宋万，这个名字源于小时候春游钓鱼城导游讲的一个故事，说是一个叫宋万的神射手，一箭射伤了蒙哥，箭尖有毒，蒙哥不治身亡，钓鱼城之围因此得解。

这个激动人心的英雄故事，指引我开始有意识地走进钓鱼城。在长达十余年的时间里，有关钓鱼城、有关两宋、有关蒙古汗国和元朝的书籍与资料，我收集了几百万字之多，书柜里的书码了一层又一层，电脑里的文件夹建了一个又一个，但我没找到一个叫"宋万"的人，哪怕是只言片语提到这个人的也没有。相反，从有记载的史籍资料中统计出来的，有关蒙哥怎么死于开庆元年（1259）"钓鱼城之战"的说法，竟然有12种之多，其具体死地的记载也有6种。

从1243年四川安抚制置使兼重庆知府余玠，采纳播州（今贵州遵义）隐士冉琎、冉璞兄弟"蜀口形胜之地，莫若钓鱼山，请徙诸此。若任得其人，积粟以守之，胜于十万师远矣"的建议修筑钓鱼城，到1279年最后一任守将王立开城投降，历时36年之久，历经大小战事200余场，至少两代人的青春曾在这座2.5平方公里的山上吐芳华，一个"宋万"又岂能代表这个英雄的群体？除非写成时下流行的穿越小说，主角才会在残酷的战争里一直活着。

所以，钓鱼城还真是袁东山说的"那是一个故事"。

二

然而，文学创作毕竟不同于历史考古。我也庆幸，在我去年9月底写完生平第一部长诗、1300行的《钓鱼城》前，不曾认识这位学长，不然真如吉狄马加所说，如果他早一点来钓鱼城实地看了，可能在给我长诗《钓鱼城》单行本所作的序言中，又会有些不同看法。而我之所以放弃小说，改用长诗来讲述"钓鱼城之战"这段历史，一个根本转变是，我在这十余年的准备与思考中，想明白了我的写作不是去重构历史，也不是去解读历史。我要做的，就是跟随历史的当事人，见证正在发生的历史。

说通俗一点，就是以诗歌的名义，去分担历史紧要关头，那些人的挣扎、痛苦、纠结、恐惧、无助、不安、坦然和勇敢。试图用语言贴近他们的心跳、呼吸和喜怒哀乐！感受到他们的真实存在，与他们同行，甚至同吃同睡。这样可以最大限度还原他们的生活日常，还原历史的本来面目，理解他们所有的决策和决定。

不管是作为故事的城，还是袁东山用实物考证的城，熟悉的钓鱼城一直都在。但那些在历史中隐身的人，我却猜不透。我知道他们的名字，知道他们的轶闻趣事，但攻城—守城—开城，这么一个并不复杂的环节，却让余玠、蒙哥、王坚、汪德臣、张珏、王立、熊耳夫人、李德辉……他们整整博弈了36年。至少两代人的青春都曾在这座山上吐出芳华，至少两代人的生死都曾在城墙上烙下血痕。天下很大，唯钓鱼城这个弹丸之地让人欲罢不能。

只有书写能最大限度满足好奇心。战争旷日持久，累及苍生；我的写作旷日持久，胡须飘飞。不断从头再来的沮丧，在我和他们身上拧出水来。直到清晨的淋浴喷头，将夜晚的疲惫洗去；直到一个人的模样突然眉目清晰，将所有的喧哗收纳，将所有的名字抹去。我忽然意识到，钓鱼城再大也是历史的一部分，那城人再多也只有一个人居住，他们再忙也只不过干了一件用石头钓鱼的事。

围绕一块石头钓鱼！这是时代赋予他们的使命，也是他们各自在凋谢世道上的不堪命运。每个人都在钓鱼，每个人都在被钓鱼，成为垂钓者，成为鱼，世道的起落容不得他们转身。那些高与下、贫与富、贵与贱的身份，在石头冷漠的表情里没有区别，也没有去路与退路。他们可能是垂钓者，也可能是被钓的鱼，身份的互换来得突然，可能白天是钓鱼人，晚上就成为被钓的鱼。石头与鱼的较量，人与石头的较量，鱼与人的较量，在合州东十里的钓鱼山编织成一条牢不可破的食物链。

所有的纠结挣扎，所有的呼啸沧桑，全都在这里，把这个弹丸之地的时间塞得满满当当。满满当当的 36 年，对他们来说实在太短，短暂得只够他们做一件事，一件钓鱼的事。对后世的我们来说，36 年是个遥远的数字、漫长的数字，以至于我们要用 760 年（还会更长）的时间来咀嚼、来回味。

三

今年 3 月 29 日，范家堰南宋衙署遗址成功入选"2018 年度全国十大考古新发现"，被评价为"是目前国内罕见的经过大规模考古发掘、保存极其完整的宋代衙署遗址"。为了这一天，袁东山和他的团队，已整整在钓鱼山上折腾了 15 年。从 2004 年作为重庆市文物考古所副所长，带队对钓鱼城遗址进行大规模考古勘探，探寻钓鱼城作为山城防御体系的军事中心，其政治军事中心究竟在哪儿等未解之谜，到 2005 年 4 月的一天，合川相关部门在钓鱼城范家堰地区北部的奇胜门一带开展公路滑坡治理时，一名工人发现了抗滑柱基坑下的"玄机"，从而揭开了史书上反复记载的一段历史之谜。那就是蒙军先锋总帅汪德臣为何选择在钓鱼城八门中最为偏僻的西北外城墙奇胜门附近挖地道，试图奇袭钓鱼城。原来是冲着奇胜门后范家堰所在的"政治军事中心"衙署所在地而来。"以往对钓鱼城的关注主要集中在山顶环城内，忽略了范家堰地区，地道的发现让范家堰进入了考古视野。"袁东山说。

连续十余年的考古工作是极为枯燥的,发掘范家堰衙署遗址的过程也无疑是十分辛苦的。现在,那些曾经的辛苦都很值得。袁东山为我们总结了"范家堰遗址"考古发现的三大价值:一是营造的价值,就是宋代官方如何营造房屋,对于研究余玠打造的山城防御体系构造有了实物支撑;二是核心价值,也就是说当时钓鱼城的核心就在范家堰;三是精神价值,钓鱼城是英雄之城,代表一种"千秋尚凛然"(陈毅诗句)的精神,而精神需要凝聚在一个附着物上,衙署所在地无疑就是当时的精神高地。

说到精神,也就说到了人。那是怎样的一群人呢?他们用36年的时间,围绕一块石头钓鱼或者被钓鱼,丝毫不顾及历史在他们的挣扎纠结中改朝换代,也不顾及客观条件的一变再变,明知不可为而偏要为之,偏要单纯地用力。无论是"上帝之鞭"蒙哥汗,还是"四川虓将"张珏,他们无不与石头拧巴,与自己拧巴。

蒙哥汗围攻钓鱼城受挫,本可以采纳属下建议,用一部分兵力围城,主力继续顺嘉陵江、长江而下江汉与忽必烈汇合,但他过于自信。强大的自信源于他那些辉煌既往,"长子西征"时在里海附近活捉钦察首领八赤蛮,进攻斡罗斯等地;血雨腥风中争得汗位,即位后励精图治,命弟忽必烈南下征服大理等国,命弟旭烈兀率大军西征,先后灭亡中亚西亚多个王朝,兵锋抵达今天地中海东岸的巴勒斯坦地区,即将与埃及的马木留克王朝交战。1258年,蒙哥汗发起全面攻打南宋的战争,与忽必烈和大将兀良合台分三路攻宋。蒙哥亲率的中路军入川后一路所向披靡,攻克川北大部分地区。这些辉煌战果让他自信地认为天下还没有蒙古铁蹄征服不了的城池。但现实的残酷和无奈却是,御驾亲征竟然奈何不了一块石头,大军受阻于一个弹丸之地,分明让他感到脸上无光，分明让他觉得劝说的人都在嘲笑他的无能。自己下不了台，他的命运只好下台。

18岁从军钓鱼城的陕西凤州人张珏，历经战火洗礼从一个小兵成长为一代名将，人称为"四川虓将"。张珏坐镇钓鱼城几十年的时间里，不仅有一炮击伤蒙哥的英雄壮举，还多次粉碎蒙军的大举进犯，收复附近多个山城，四川形势一度好转，保卫了南宋王朝的半壁江山。如此一个魁雄有谋善用兵的虎将，在任四川制置使兼知重庆府时，元兵围攻重庆，拒绝投降，部将打开城门他巷战力尽，回家欲取鸩酒自杀，左右匿之不与。趁天黑以小舟东走涪陵，船开不久，张珏为自己不能死于重庆而后悔，用手中长刀猛砍舱底想举家自沉，被船工和亲随夺去扔入江中。张珏又想跳江自杀，被挽持不得死。第二天天亮时，被元水军万户帖木儿擒获。张珏先被关后被押往大都，死于安西赵老庵。文天祥得知张珏之死甚感叹，作《悼制置使张珏》诗云："气敌万人将，独在天一隅。向使国不灭，功业竟何如？"然而，张珏之死的疑点实在太多，史书记载也不尽相同。我想，这是因为他的挣扎和纠结，在谁都不会好好说话的混乱年代里，没人知道，也不会留下蛛丝马迹。

历史已成过去，我们只能无限地去还原它，而不能武断地认为我们掌握的就是历史。用今天流行的一句话说：有图未必有真相。这一点，也正符合袁东山的考古物证论。但我还是宁愿单纯相信，性格决定命运，每个人都会有扭捏和拧巴的一面，人最难迈过的是自己那道坎。只是这不是一群普通的人，他们站在历史的紧要关头，每一句话每一个动作都会影响别人的命运、历史的命运。而他们自己，在起落的世道上，都曾有过大好前程，最后都被不堪命运葬送。

四

范家堰南宋衙署遗址背倚钓鱼山,面朝嘉陵江,南依薄刀岭,地势西北低东南高,具有鲜明的山地城池特色。有意思的是,就在几天前的"五四"青年节登钓鱼山,我站在薄刀岭的襟带阁上拍视频,从上往下看,对着青松翠绿的马鞍山下那大块裸露的泥土说:"大天池已经干了……"而当我几天后走进范家堰衙署遗址考古发掘现场,抬头一下就看到薄刀岭上那个露出檐角的凉亭,才发现自己原来是如此的浅薄,居然连方位都没弄清楚,竟然敢在长诗《钓鱼城》和后记里大写特写。后来回到房间,我赶紧找出书来,翻看有关章节,还好,给人看的没露出马脚。

还好,我说了"时间是个好东西"。时间能淹没一切,也能呈现一切。离开范家堰遗址前,我问袁东山,发掘前这里是什么样子的呢?他说,跟周围的山坡一样,树林苍翠,杂草丛生,覆盖在遗址上的泥土有4米多厚。难怪我多次登临钓鱼城,从未发现这个地方。

随着时间的推移,南宋一字城墙、水军码头、范家堰南宋衙署等钓鱼城古战场遗址的考古发掘不断带来惊喜,深埋地下的历史随着记载时间的文物出土,不断修正着人们对历史的认知。从某种意义上说,出土文物比纸上的文字史料更靠得住,因为史料大多是后人书写,而后人在重述历史时,往往掺杂了太多的私货,真实的历史早已面目全非。

"如果范家堰遗址没有出现,钓鱼城遗址将失色不少。"袁东山说,作为目前国内罕见的经过大规模考古发掘、保存极其完整的宋代衙署遗址,范家堰遗无论是堪舆位置的选择、建筑布局规划,还是出土遗迹、遗物的精美程度,都体现出极高的规格,为我国宋代城址与衙署建筑发展、古建筑研究、古代火器及宋蒙(元)战争研究提供了珍贵的实物资料。具体来看,范家堰衙署遗址解答了"钓鱼城 36 年之战,衙署和军事指挥中心在哪里"的历史难题,让国内外专家认可钓鱼城六位一体的城池防御体系,终归要靠考古发掘的成果来实现,这些成果为钓鱼城遗址申遗的真实性和完整性提供了强有力的支撑。

袁东山说:"申报世界遗产,比的不是讲故事,而是看得见摸得着实实在在的物质遗存。"如同当年那城人一样,我的这位学长,把自己最好的青春年华奉献在了钓鱼城古战场遗址考古上。而我对 36 年"钓鱼城之战"的回望与探寻,仍然无法摆脱过后方知、自以为是的精明,最终成为蚕茧里的蛹。

在那场长达 36 年的战争里,最让人难以释怀的,不是战争开场蒙哥汗的意外死亡,也不是中间张珏独钓中原的豪气与担当,而是结尾处王立开城投降的彷徨与挣扎,无奈与痛苦。这是中国历史上少有的"不能投降的投降"的成功范例。三年不通王命的孤独抗战,连续两年的秋旱冬旱,还有当时四川在战乱中仅剩的数十万人中有"17 万人避难钓鱼城",两千人一年的口粮养活不了那么多人。

一方面是以死壮烈殉国成全气节名声,另一方面是一城粮食和水极度短缺的军民生死去向,还有敌人的咆哮、城内哀鸿遍野的紧迫现实,如石头一样压得年轻的主帅王立喘不过气来。困惑、彷徨中,一位乱世佳人走到王立身边,用一双手工皮靴解开了他的心结,解开了"不能投降的投降"的死结。这个后人称为"熊耳夫人"的女人,真实的名字也无人知晓。几年前王立率兵收复泸州神臂城时，杀守城元军千户熊耳，因见其夫人美貌如花、她又自称姓王，便收为同姓义妹带回钓鱼城，当美妾宠养在府中。一城人的生死和王立的魂不守舍，让她动了恻隐之心，说出了隐藏的身份秘密。原来她姓宗，是元川西军王相李德辉舅父的女儿，他们之间是表兄妹关系。熊耳夫人比李德辉小十多岁，熊耳夫人在很小的时候就经常受到这位表哥的照顾，相互关系很好，表哥的靴子都出自她的手工。正是这样的特殊身份，她建议王立以一城人的生死为重，向元川西军投降，由她表哥李德辉出面，或许能保全一城人的性命。

历史的转折竟然如此简单：一个女人的一双手工皮靴，轻松做到了蒙哥汗亲率千军万马也做不到的事。城门打开的那一刻，发生在这里的大小两百多场血腥厮杀结束了；固若金汤的钓鱼城被拆除，一个王朝的偏安历史随之结束。有关王立、熊耳夫人、李德辉的功过是非争议却持续至今。在他们身后，有活菩萨的香火赞誉，也有宋朝的叛徒、汉族败类和红颜祸水的千古唾骂。

这个美丽忧伤的故事一直在民间流传，有着各种各样的版本。但无论什么样的版本，在考古学家袁东山看来，那都是一个"故事"。也正如前面我所说，历史的真相在这些有趣、好玩的戏说和重述中走远。但我此时忽然想到另一个话题：历史的真相或许真的不如有趣重要，因为有趣让历史在民间口头文学里有了强大生命力，而严肃面孔只能躺在书页里泛黄，而且未必就是真相。

所以我一直认为，"钓鱼城之战"长达 36 年的时间里，其实只有一个人存在。那个人是你，是我，也是他。城因人而生，人因城而流传。在时间的长河里，每个人都有一个城的故事，比如张择端的《清明上河图》，比如孟元老的《东京梦华录》，浩大的人与物，最后都归于一个人、一座城。

而城与人终结的地方，恰恰是诗歌的开始。只是放下笔的身体里，钓鱼城的石头还是没能搬走。

我如此，袁东山亦如此。

2018年2—3月一稿，2018年8—9月二稿，2018年11月三稿，2019年10月修订于成都三学堂。《钓鱼城》，中国青年出版社2019年5月第1版，2019年10月第2次印刷

把话说好

——《山居秋暝》（组诗）创作谈

那一年在伦敦，参加完剑桥徐志摩诗歌艺术节，著名书法家刘正成的女儿安排我们到伦敦大学亚非学院见一位老太太。在二楼一间阳光斑驳的教室，我们见到了这位叫吴芳思的英国老太太，她一口流利的中文让我们惊讶不已，而她给我们展示的幻灯片，更是让全场鸦雀无声。这就是被国学大师陈寅恪称为"吾国学术伤心史"的敦煌经卷。因为同行的有好几位中国书法家，当天吴芳思给我们展示和讲解的主要是唐人抄写的《金刚经》残片，让大家有机会隔着屏幕见到中国唐朝人的书法真迹。

在英国，吴芳思被称为"掌管中国历史"的人。她和她的家族，自一个世纪前从斯坦因手里得到这1.4万件敦煌经卷起，就一直守护着这些宝贝。为研究这些中国古老的文物，吴芳思20世纪70年代专门到北京大学学习汉语。回国后，在大英图书馆最主要的工作，就是带领她的团队完成了7000份完整经卷和7000份残卷的整理、归档及部分电子化，让世人通过网络就能查看。

这1.4万件经卷中，除佛经外，还有税单、合约等文件，其中包括世界上现存最早有纪年的雕版印刷书籍、1100多岁的《金刚经》、1634年印制的《十竹斋书画谱》等珍品。后来曾无数次往返伦敦和敦煌的吴芳思说，透过这些经卷，她看到了中国一千多年前经济社会生活的日常。

"有时候，你轻轻抖动这些纸页，听到那迷人的声响，就像是听见历史的声音。"对纸张的着迷，使吴芳思不止一次重复这句话。

借助一张纸，就能倾听到历史的声音？历史学家的这番话，一直在我耳边回响，脑子里想象着敦煌经卷上中国古人日常生活的画面。而吴芳思这个名字，我似乎在哪里见过，但一时又想不起来了。

回国大约半年后的一天，因为准备长诗《钓鱼城》的写作，又翻出李敬泽的《青鸟故事集》再读，没想到在书里发现了吴芳思的身影。原来在书里见到过她。在李敬泽笔下，吴芳思也在一张纸上，并且发出了声音。我一下明白了，纸本身不会说话，它们能发出历史的声音，是书写者以转瞬即逝的方式呈现永恒。人和物的声音通过文字被记录、被传播、被扩散，读到的人都能听到。一如我们读《诗经》，读到"呦呦鹿鸣"，脑子里就会回响起群鹿的呦呦叫声。越往深处追寻，你会发现，即使原声消失，一张轻薄的纸也能将它还原。

但对一个诗人来说，写诗不是考古，何况历史已经远去，诗人又该如何在自己的笔下让历史发出声音呢？

直到写完1300多行的长诗《钓鱼城》，我终于明白诗人的职责不是去重构历史，也不是去解读历史。我要做的，就是跟随历史的当事人，见证正在发生的历史。说通俗一点，就是以诗歌的名义，去分担历史紧要关头，那些人的挣扎、痛苦、纠结、恐惧、无助、不安、坦然和勇敢，最大限度还原他们的生活日常，还原历史的本来面目。而用史料重塑历史,不仅是在写历史说明书,更会使历史发生偏差,因为已经发生的历史往往掺杂了后人太多的"私货",从而让历史在不断复述中被误读。每扒一次,真相就被灰尘覆盖一次。

山一样矗立的钓鱼城和保存完好的敦煌经卷,让我的追述有了凭据,书写有了捷径,使我能近到他们身旁,以他们的名义开口说话。

那么,问题又来了,我该如何开口说话呢?或者说,诗人该如何组织自己的诗歌语言呢?

小说家余华说,叙述如何寻找语言或者语言如何寻找叙述,他称之为"逢场作戏",就如什么样的江湖艺人寻找什么样的表演场合,什么样的叙述也在寻找什么样的语言。同样是描写月光下的道路,他在中篇小说《夏季台风》和长篇小说《活着》中,因为主角的身份与情感不同,分别用"月光挥舞"和"盐"两个意象来表达人物内心的情感。而诗歌是语言艺术的最高表现形式,无论是叙事还是抒情,我都坚持认为诗人更应该"把话说好"。

然而,要"把话说好"并不容易。意大利作家薄伽丘称之为"精致地讲话",我们老祖宗王安石定义为"诗家语",周振甫将"诗家语"总结为反常、含蓄、精练。我的老师吕进认为,"诗家语"不是特殊语言,更不是一般语言,它是诗人"借用"一般语言组成的诗的言说方式。

我固执地认为,诗人穷其一生的努力,不过是为了"把话说好"。只有具有语言符号或标签的诗人才称得上是一个合格的、优秀的诗人。这个就像画家或书法家,得有自己的笔墨语言,也就是别人眼中的"风格"或"特色"。那么,诗人该如何"把话说好"呢?

在相当长的一段时间里,我都在为找到属于自己的诗歌语言而左冲右突。各种各样的尝试之后,还是一无所获,或者说没有明显的变化和进步。直到2018年写作长诗《钓鱼城》、与词语进行了大半年的搏斗后,我终于找到石头、钓鱼、垂直阳光等意象,一群人围绕一座石头城长达36年的攻防战,其实就是钓鱼与被钓鱼,加上"垂直阳光"极端天气的影响,最终导致战争的走向发生偏差。这几个核心意象一经找到,诗歌的灵感语言就像地下的土拨鼠一样,嗖嗖嗖就冒出来了。

《钓鱼城》的不断推倒重来,让我明白一个道理,那就是必须强调语言的张力,词与词之间、句与句之间,表达同一个事物或情感,不同的语言具有不同的张力,要使这个张力更有节奏、更具冲击力,就必须说到语言和意象的陌生化。何为语言的陌生化?我的理解就是,要敢于打乱词语的身份。除了大家熟知的少用形容词、少用成语等等,如果你能把形容词当动词、当名词用,那新意就出来了。词与词之间要突出诗意而不能突出逻辑,有时候两个不相干的词放在一块儿,诗意立马就出来了。对一个事物的观察和思考,既要拉近看又要推远看,语言一定要跳跃,上下句之间有没有因果关系不重要,语言有张力才重要。下面我列举一些《钓鱼城》里的诗句:

天下再大,不过是马蹄的一阵风

没有进取心的道路,丈量不出
马蹄的脚步

遗嘱的空白，自会在贵族的
宽袍大袖里飞

他们骄傲的态度，
埋葬了我马背上的天赋

瘦金体的浅滩里，船工的号子走得艰难

把所有城门都打开吧，让大伙透透气

这些树的春天，草的春天，
一城人的春天，都得我来扶

你睡着了，我才能安放群山上的落日

……

　　表面上看，这些字不具有辞典意义，上下句之间逻辑关系也不严谨，甚至连语法都不规范，没法对人解释这一句到底是什么意思。正所谓诗是无言的沉默，国外有人甚至说："口闭则诗在，口开则诗亡。"用一般语言很难道尽诗的意味，就是中国古论说的"尽意莫若象""立象以尽意"。我一直告诫自己，诗人最大的无能就是制造语言垃圾，我写诗，不写分行文字。

　　让我宽慰的是，读到《钓鱼城》这首长诗的人都说他们听到了历史的声音。诗评家唐晓渡说，他"发现这里面有9个声音"。诗人邰筐说："在某个深夜，我再次捧读《钓鱼城》，恍惚间觉得诗里的人物突然活了过来，甚至开始在书页上走动，隐隐传来一阵厮杀声，还有战马的悲鸣……这也许恰恰是一首诗带来的力量。"

  还有一个问题，"把话说好"与吴芳思倾听历史的声音一样，除了借助意象和纸这样的"介质"，还得有一种书写的状态。现在智能手机普及，书写可以随时随地进行。我北京一诗友说他的诗歌和小说，基本上是每天坐地铁上下班时在手机上"扒拉"的，他已练就了不管是站着还是坐着、周围人多嘈杂还是人少清静，都可以在手机上写东西。这和有人刻意去闹市读书锻炼专注力一样，让人敬服。但梁平认为，写作需要仪式感，虽说不用像抄《心经》前先沐手净心般正式，但必须得坐到电脑前，然后点上一根烟，然后"你就是国王，你就是天王老子，可以天马行空可以风花雪月"地沉浸于书写状态中了。

  对我来说，"把话说好"的最好书写状态，就是公园草地上那个形状像喇叭又不像喇叭的雕塑。每一次从它旁边经过，我都忍不住问它和问自己：什么时候会响？直到有一天，黑下来的夜色替它做了回答：

  只有人都躺下了，喇叭才会开口说话。

2020年2月23日于成都三学堂。组诗《山居秋暝》刊于《大河》诗刊2021年8月号"壶口雷"栏目头条

词语的身份

——《诗刊》"双子星"创作谈

字不多，常用的汉字也就三四千个。把它们组成词组成句，变成王安石定义的"诗家语"，或者意大利作家薄伽丘称之为"精致地讲话"，既是一个诗人的基本功，也是终其一生的追求。

诗歌是语言的艺术，而且是语言艺术的最高表现形式。每一个诗人都有自己的表达方式，就像书画家得有自己的笔墨语言，也就是别人眼中的"风格"或"特色"。只有具有语言符号或标签的诗人才称得上是一个合格的、优秀的诗人。那么，诗人该如何在诗歌里完成"精致地讲话"、写出属于自己的"诗家语"呢？

我认为，首先要敢于打乱词语的身份。万丈高楼平地起，再好的诗也是字词组合出来的，字与字之间、词与词之间、句与句之间，表达同一个事物或情感要富有张力，不同的组合方式会有不同的效果。而敢于打乱词语的身份，敢于突破上下句之间的逻辑关系，敢于否定语言的修辞意义，敢于突破语法的规范，诗的语言就活过来了，更有张力、更有节奏、更具冲击力。诗歌最重要的是暗示，用周振甫先生的话说就是"反常、含蓄、精练"。

如果看什么像什么、如什么……那完了，这不仅是汉语言的悲哀，更是想象力的悲哀。前辈诗人早就说过，写诗时要少用形容词、少用成语，多用名词和动词。如果你能把形容词当动词、当名词用，那新意就出来了。打乱词语身份，要突出的是诗意而不是逻辑，要敢于把不相干的字词放在一块儿造句，意想不到的诗意会让你欣喜若狂。

其次是敢于用平常语言处理意象的陌生化。也就是吕进先生说的"诗人'借用'一般语言组成诗的言说方式"。伟大的诗人无疑是生活和时代的"书记员"，但绝不是一个简单的、"有感而发"的记录者，他们之所以能用转瞬即逝的方式呈现永恒，让历史在时间的长河里发出声音，在于他们能准确地从所处时代的生活中提炼语言表达诗意。李白的"床前明月光，疑是地上霜"、宋朝词人动不动就用的"拟把"，无疑都是将生活中的常用语植入了诗歌。诗人最大的悲哀是制造语言垃圾，我所强调的平常语言不是"口号体"，也不是"分行体"。诗人以心观物，物因心变，诗的意象就出来了。也就是我们通常所说的通过诗歌语言"陌生化"来提升意象。诗的灵感语言、内视语言能否出现，和诗人的意象手法有密切联系，意象是诗人深入对象和深入自己的结晶。意象的陌生化提高诗的可感性，增强诗的丰富性。从某种程度说，意象就是深度；意象的陌生化，就是使诗歌语言发生质的变化。

杜甫说："文章千古事，得失寸心知。""不敢要佳句，愁来赋别离。"陆游言："文章本天成，妙手偶得之。粹然无疵瑕，岂复须人为。"每个诗人都有自己对诗歌创作的见解，就像一千个读者心中有一千个哈姆雷特。但没有人会否认阅读对诗歌写作和赏析能力提升的作用。天才的诗人很多，我不在其中。写作拼到最后，除了人生阅历，更多的则在于阅读，有价值的阅读，有思考的阅读，有比较的阅读。

如果说生活会让你成为一个诗人，那阅读会让你成为一个走得更远的诗人。

2020年5月于成都三学堂。长诗《敦煌经卷》刊于《诗刊》2020年7月下半月刊"双子星"栏目

被诗歌改造的身体

——《缓冲地带》（组诗）创作谈

他们说，你这是"凡尔赛"。

当体重从 142 斤降到 114 斤，身体没感到任何不适。但当体重从 114 斤反弹到 120 斤，我开始感到紧张和不安。尤其是上半年几次检查都没再有的脂肪肝，前两天体检时又被警告"脂肪肝趋势"，这种焦虑又让手中的酒杯变得犹豫起来。

但他们说，你这是"凡尔赛"。

对身体的关注，并不是因为身体出了问题。李敬泽在他的《青鸟故事集》里，向我们绘声绘色地描述了唐宋时期中国人如何优雅地放纵着自己的身体："每一个鲜衣华服的男人和女人都是一个移动的花篮……如果你一鼻子闻到开封府，发现堂上打坐的黑包公也是一身香气，那并不是你的鼻子出了问题。"而在欧洲，"丝绸软化了罗马人强健的肌肤，使他们在希腊传统之外重新发现肉体""他们由此体会着什么是轻，什么是细，什么是柔，什么是华丽，什么是梦一般、烟雨一般的颓废"。对身体的关注，从身体感官的享乐感觉出发，让古人的生活有了不可救药的乐趣。"我们有一个审美的、感性的传统，比如到宋朝，君臣宴饮簪花，一人头上一朵大红花，这在现在很难想象，但这个传统下才有了中国文化中一些最美妙的因素。"在李敬泽看来,中国古人的趣味不是那么"直男"的,他们对自身身体的想象固然比现在更中正严肃,但同时也更有宽度。

而在过去至少十年的时间里,我对身体的关注,基本上都是停留在身高体重的浅表层面。就像诗歌,十年前我还不写诗,那时候身体还处在高强度的生活节奏里,年少时就种下的诗歌种子冒出芽后,就只长脂肪不长枝叶了。直到十年前在北京大学脱产学习的那个学期,因为失眠的关照,身体里的诗歌突然从黑夜里冒出来,从路边鲜艳的桃花上、春风开化的未名湖上、雨水滴落的牡丹上、去承德慢悠悠的火车上一句一句冒出来。于是我赶紧用手机记录下这些句子,后来干脆在枕边放个便签,方便记录。

这些属于诗歌的句子,从黑夜里的身体里冒出来那一刻,我意识到自己往后的时间将交给诗歌了。身体的闸门一旦打开,就会变得异常兴奋,那些感官的享乐就会让人止不住热泪盈眶。也只有当身体处于放松状态,人才会有时间(或者说闲情)去发现和捕捉生活的趣味、审美与意义。就像王维,如果不是"晚家南山陲",在山林草泽间放纵自己的身体,看山是山看水是水一直到看出山水的人生与自然的本质,怎么可能有"行到水穷处,坐看云起时"的闲适怡乐、随遇而安、淡泊宁静和超然物外?杜甫如果不是身体得到暂时的安放,怎么可能会有春夜喜雨、江畔独步寻花、肯与邻翁相对饮这样色彩明亮的杜诗呢。

事情往往就是这样。失眠的身体放出诗歌,而诗歌又不断改变着身体。因为感官的乐趣与审美,从身体出发,途中是诗歌,然后又回到身体,彼此纠缠又彼此成就。当然,必须说明的一点是,对身体的改造,还有饮食结构调整和适当跑步,就像诗歌除了短诗、组章还有长调，修辞拟人写景状物，都是为了抵达而采取的手段，丰富或者完善感官的乐趣与审美，从而达到身体与诗歌的某种平衡。

所以，胖了和瘦了真不是"凡尔赛"。倒是为了治疗失眠，我一直在黑夜里写诗，只是如今我不在床头柜放手机或便签，那些从身体里流出来的诗句，就让它们回到身体里，回到睡眠里。这样第二天起来，我至少又有了一个轻松的身体。

2022 年 11 月 29 日于成都三学堂。组诗《缓冲地带》刊于《草堂》诗刊 2022 年第 12 期

一棵还乡的接骨木
——现实与想象中的城市与诗

从乡村到城市,从生活到写作,城市一直被消费和想象。消费的是现实,想象的是写作。具体说,是对诗歌的想象和诗人对现实的突围。

在乡村的岁月,城市作为一种美好生活被天真地向往着,朴素而无声地驱动我以"跳龙门"的决绝之心去追求。当这一天真正来临,而且居住日久,我发现城市已不是我想象中的城市,城市截留的是我日渐丰满的身体,而我的灵魂或者大脑思维,却无时无刻不是在回望来时的路,还有那个曾经站在上面想象城市美好生活的田间地角。于是便有了诗歌。

这诗歌,被称为乡愁,一种城市人乐此不疲的庞大梦境。

进一步说,多年前我站在乡间田野,想象城市是一种物质的;多年后,我在城市的喧嚣里回望安静的故乡,应该是一种精神的。我认为这种超越现实的想象是诗歌,但别人认为这是一种逃避或回归——中国文人亘古不变的通病。

不管怎么说,我和我的诗就是在这样一种现实与想象中行走。

我说过,我喜欢纯粹的诗,就像山里春天的阳光,干净、纯粹、简单、明了。在我的第六部诗集《接骨木》中,这种追求表达得很充分。诗歌在回望与想象中"有感而发",那些自己熟悉的、亲身经历的事物、观察过的自然、想象中的故乡、一起走过的春夏秋冬、路边倒下去又站起来的草、随风摇摆像竖琴碰撞出声的垂柳,甚至我家里的抽屉、洋葱、鱼缸、窗帘等等看得见摸得着的东西都进入了我的诗里,成为我写作的诗题或诗歌意象。这些生活的细节,在我内心蓬勃生长,我没有理由不把它们表达出来,让更多的人感受到万物生长的力量,延伸着我们回望的视线。"一棵还乡的接骨木",一直在寻找安放灵魂的栖息地。

有人说,诗人的天职是返乡。我不是一个时刻准备着"返乡"的诗人,我可以坦白的是,我是一个怀旧的人,也是一个容易睹物思人的人,更是一个喜欢天马行空般幻想的人,也爱把自己看到的、经历的和想象的东西诗意地表达出来。比如上前年端午节回老家接奶奶和父亲来成都,短短的两三个小时故乡行,绿油油的稻田、烟雨蒙蒙的远山、河湾怀抱的村庄、整齐列队站立的玉米、翩翩飞舞的蝴蝶、迎面走来叫出我乳名而我却不知道他是谁的乡邻……让我难以释怀,回来后写了《回乡偶书》这组诗。我一直认为,诗人就应该在自己擅长的领域可劲地抒情,再干旱的土地,只要你用力往下挖,准能挖出激动人心的水来。

对个人而言,城市是目前居住的地方,故乡是曾经居住过的地方,原乡是祖先居住过的地方。每个有故乡的人,都会禁不住怀乡,尤其是离开故乡在城市生活久了,便会产生"乡愁"。著名作家贾平凹曾说他的写作是"用文字寻找故乡",阎连科也说过他"文字的根在故乡",在他们看来,故乡是文学永远的精神原乡。对一个怀旧的诗人来说,我在写作中也自觉不自觉地时常回到"故乡",只是这么多年过去,"故乡"在我这里早已不是地理意义上的合川龙洞那个嘉陵江边的小乡村,也不是动不动就上升在精神层面的"原乡",它们早已幻化为我笔下奔跑的群山、蓝色的天空、低飞的白鹭、拉长的影子、折叠的光阴,一如路边随处可见的接骨木,早已深扎泥土的内心。

所以,只要保持对生活的耐心,对世界和人生的"痛感",诗歌就会不请自来。即使是走在上班路上,或者坐在书房看书,我都会情不自禁去想象那种令万物生长的豪放情怀。

还是那句话:没人命令你去成为诗人,但生活与想象会让你成为一个诗人。

2017年8月20日。2017年9月14日在2017年首届"成都国际诗歌周"主题圆桌会"天府诗韵·现实和想象中的城市与诗"上发言

莫听穿林打叶声

——也谈"跨越现实,抵达诗意"

元丰五年,也就是公元 1082 年,因"乌台诗案"被贬黄州的苏轼,已习惯了自己的农民生活。一年前,因为生活所迫,他在黄州城外一块名叫东坡的土地上,开荒种地,尝试做一个农民。一年来,日出而作,日落而息,这种周而复始式的农耕生活,让他不再臣服于朝廷的作息与礼仪,在身体日渐消瘦硬朗的同时,他的内心世界也在时间的流逝里,开始像酒一样发酵、演变。那个曾经被幽怨与激愤蒙心的大诗人、大学问家,开始变得更加宽广、温暖、亲切、坦荡、幽默、豁达、超拔、豪迈,他也有了一个后世更为人所熟知的名字:苏东坡。

那年三月里的一天,苏东坡在友人的陪伴下,脚穿草鞋,手持竹杖,前往黄州东南三十里外的沙湖看田——据说在那里,有着大片的肥田沃土。那一天,行至半途,突然下起了雨,人们惊呼着躲避,只有苏东坡定在原处,丝毫没有闪躲。在他看来,这荒郊野外,根本没有躲雨的地方,倒不如干脆让大雨浇个痛快。在这镇定与沉默中,那些四散奔跑的人显得那么滑稽可笑。没过多久,雨停了,阳光把那些湿透的枝叶照亮,在上面镀上一层桐油似的光,也一点点地晒干他身上的袍子,让他浑身痒痒的。就

在这急剧变化的阴晴里,刚刚被浇成落汤鸡的苏东坡,口中幽幽地吟出一阕《定风波》:

莫听穿林打叶声,何妨吟啸且徐行。竹杖芒鞋轻胜马,谁怕?一蓑烟雨任平生。

料峭春风吹酒醒,微冷,山头斜照却相迎。回首向来萧瑟处,归去,也无风雨也无晴。

"莫听穿林打叶声""竹杖芒鞋轻胜马""一蓑烟雨任平生""也无风雨也无晴",这不仅是中国文学史上的经典名句,也是苏东坡人生境界的真实写照。纵观苏东坡的诗书画作品,无论是被誉为开创豪迈词风的《念奴娇·赤壁怀古》、"前后赤壁赋",还是被誉为天下行书第三的《寒食帖》,还是每到中秋便被大家吟唱的"千里共婵娟"、思念亡妻的"十年生死两茫茫"、思念侍妾朝云的"多情却被无情恼"等等,无不源于现实生活的触景生情,月夜泛舟赤壁,看到那块石头与人的血脉相连,大江东去,浊浪淘尽千古风流人物;明月夜睡梦中醒来,亡妻王弗的身影不仅令他黯然神伤,更是哪一种爱都令他千疮百孔;寒食节从宿醉中醒来,凝望窗外颤抖的雨丝,突然间有了写字的冲动,于是有了天下行书第三的《寒食帖》。在这之前几百年的王羲之,也是在兰亭雅集趁着酒酣耳热微醺之际写出再也不可复制的天下第一行书《兰亭序》。

从古至今,诗人对雨、对月、对酒、对风、对夕阳、对建筑等等具体的事物是格外敏感的,这些具体的事物把许多原本在一起的事物分开,让人与人、人与事物拉开了距离。这距离,就是诗歌需要抵达的距离。现实的宽大背影,往往让人感到脆弱和孤独。聂鲁达面对一场南美洲的豪雨,说:"降生到世上,开始面对大地,面对诗歌和雨水。"所以,有人说,一个真正的诗人,绝不会对雨无动于衷。

对现实事物的细微感知,成就了一个又一个伟大的诗人,也成就了文学史上一个又一个诗歌高峰。在今天,我们面对比苏东坡、比聂鲁达更加磅礴、复杂的现实与事物,创造出了一个更加丰富、热闹的新诗世界,但绝不是新诗的高峰。这里面有很多很多的因素。由于时间的关系,就不展开述说。我想强调的是,现实永远存在诗意,如何去面对、感知、把握和书写,是今天每一个诗人应该肩负的使命。何况这是一个伟大的时代,一直在呼唤伟大的诗人,呼唤伟大的诗篇。

今年是建党 100 年的伟大时刻,各种文学刊物也举办众多的文学征文活动,但好的作品却凤毛麟角,不是空泛的抒情就是违背历史的胡编乱造。这就是缺乏把生活升为诗意的能力。同样是政治抒情诗,艾青、贺敬之等诗人,都写出了无愧时代的伟大作品。如果是命题作文、赶鸭子上架、采风走走看看,就能写出深刻反映时代的作品,那既不是时代的幸事,也是诗人的悲哀。

前面我谈到了"距离",这个距离就是我们把现实生活幻化为诗意的能力,需要我们去把个人的内心独白锲进时代的石头,把个人生命与时代永恒相连。真正伟大的诗人,都是跨越现实生活"距离"的人,而不是遵从现实生活规则的人。

2021 年 10 月 2 日于成都。2021 年 10 月 14 日在"新时代:现实与诗意"第三届新时代诗歌传媒论坛上发言

诗歌的传统与创新

毫无疑问，要讲清楚诗歌的传统与创新，跟本次研讨会的主题"从尹吉甫、《诗经》到二十一世纪诗歌创作"一样，非三五分钟能讲得清楚明白。光是尹吉甫是谁、《诗经》的作者到底是谁、《诗经》是尹吉甫采风编纂还是他所作、《诗经》中究竟有多少诗歌为尹吉甫所作等等问题要搞明白，都不是一篇论文能讲清楚的。更不要说"二十一世纪诗歌创作"，这个题目的开放性估计写一屋子书也还会有人有话要说。这让我想起，去年以来随着三星堆新一轮考古发掘热度扩散，自己无比痴迷三星堆文化与历史，跑发掘现场、收集资料，凡是与三星堆沾边的书籍、图片、视频一个不漏搞回来，几乎是钻牛角尖地跟考古学家探讨，试图破解那些神秘的三星堆之谜。直到当地一位文化官员，也是我的一位同学，毫不客气地指出，你是个诗人，有必要像考古学家那样去扒土问真相吗？所以我想，今天这个主题研讨会，还是结合自己这些年编辑和写诗的体会，从三个维度，或者说三个关键词，来谈谈我对诗歌传统与创新的粗浅理解。

第一个关键词：题材

写什么，本来不是个问题。广阔的现实生活，有的是写作题材。作家、诗人有写作的自由，有选择题材的自由，旁人似乎没有干涉的权力。但是从一个诗歌编辑的角度，我认为写什么还真是有必要拿出来说说。举个简单的例子。每年的各种节气、时令，尤其是端午、中秋、国庆、春节，编辑部都会收到大量的应景之作，有的甚至是提前一两个月就发来了，说是给版面"补白"用。这种主题先行式的写作，不是不可以，但如果中国的诗歌刊物都纵容这种写作，那真的是诗歌的悲哀与不幸。我们今天能看到的那些流传至今的端午、中秋诗歌，无不是作者切身经历后的有感而发。如果不是床前地上明亮如霜的月光，李白不会有《静夜思》的感怀；如果不是路上遇雨淋成落汤鸡，苏轼就不会有《定风波》"一蓑烟雨任平生"的豁达；杜甫如果没有暮投石壕村，亲眼见官吏夜捉人，就不会有《石壕吏》对人间苦难的悲悯。也就是说，从《诗经》以来的传统看，我们写什么其实早有"传统"，那就是"现实与生活"。

当然，我丝毫不否认，诗歌写作不一定非得是"现场"写作，非亲身经历仅靠想象成就的千古名篇比比皆是。李白没有翻越过"黄鹤之飞尚不得过，猿猱欲度愁攀援"的蜀道写出了传世名作《蜀道难》，李亚伟没有去河西走廊之前就完成了长诗《河西走廊抒情》的大半部分，我也没去过蒙古高原但完成了《钓鱼城》长诗涉及蒙古军队征伐天下的历史。这里我想强调的是诗歌观照现实介入生活的当下性，强调从尹吉甫、《诗经》开始就强调的现实主义书写传统。这个传统就是诗歌应介入当下生活，从生活出发，去寻找和提炼诗意，来达到抒发情感目的。

中国的文人，尤其是尹吉甫、《诗经》以降的传统文人，是活在自然当中的人，而不是活在伦理当中的人。文人要么和军队一起出去，要么自己仰天大笑出门去，动不动就来一次说走就走的旅行，而且一走可能是几个月、几年甚至一生。蒋勋说，中国诗歌的第一个高峰，唐诗当中的"出走"是重要的生命经验。诗人不断往大山的高峰上走，把自己放在最孤独的巅峰上；往边塞大漠的孤烟走，把自己放在时间的长河落日上。诗人把生命放到旷野上去冒险去流浪去洗涤，去试探自己生命的极限，诗人在这种开阔与自由里，不断和月亮、太阳、山川对话。当诗人的生命意识被放置到巨大的空间中，宇宙的苍茫、辽阔与精简，以及"前不见古人，后不见来者"的时间洪流，总会让敏感的诗人感到骄傲、悲壮、自负、茫然、绝对的孤独、绝对的自我，他们的视觉与生命经验都来自辽阔的大地，他们诗歌的气象、格局自然而然全部都出来了。但宋以后的文人写诗，差不多都是在书房里，虽然端庄体面，但就像温室里的花朵与孩子，再饱满的身体也经受不起时间的风雨，只能是感官上的愉悦。

物竞天择，生命可以在面对自然的时候把自己的极限活出来。在任何时代，美都是可以大声赞美的躁动与不安。这就是从尹吉甫、《诗经》以来的传统。这样的传统，注定不会因为诗歌形式的变化而抛弃。拟一个题目就开始分行排列字词句，哪怕你用再多的大词、再华丽的句子，看不到个人深切的生命体验与情感流露，也只会是无病呻吟。即使是对历史题材的书写，也只会沦为解说词或说明书。蒋勋说："今天我们所说的现代诗或者新诗，的确有点远离传统，慢慢地失去了广大的读者，因为这些诗好像很难唤起人们心里的共同情感。"我想，他更多的是对今天的一些诗歌缺乏"生命的情感共鸣"这个传统而感到惋惜吧。

对现实生活与事物的细微感知，成就了一个又一个伟大的诗人，也成就了文学史上一个又一个诗歌高峰。在今天，我们面对比尹吉甫、比《诗经》更加磅礴、复杂的现实，更应该创造出一个更加丰富、更加繁荣的新诗世界。蒋勋认为，传统与创新，就是在一个旧形式当中，放进新的思想情感。如果我们把传统比作现实，把创新比作"新的思想情感"，那我们就能很好解决写什么这个问题。只要你深入生活、扎根人民，像谢灵运、李白、杜甫一样在山川大地上行走，哪怕像陶渊明、王维、孟浩然隐居山水田园，认认真真看山看水，一直看到山与水的本质，去面对、去感知、去把握和书写"生生不息的人民史诗"，你不辜负生活，诗歌就不会辜负你。

第二个关键词：语言

文学是语言的艺术，诗歌是语言艺术的艺术。"关关雎鸠，在河之洲。窈窕淑女，君子好逑。""蒹葭苍苍，白露为霜。所谓伊人，在水一方。"《诗经》一上来就是这么美的句子。那些流传至今的诗词歌赋，一定先是语言打动你，让你记住，然后才会是去追问为什么好、怎么个好法。新诗与古诗相比，只有百余年的时间，从长时间远距离来看，新诗的成就还有待时间来检验。但从古诗到新诗，不仅仅是形式上的创新。

可能在座的很多诗人跟我碰到的尴尬一样。这个尴尬就是，不断有人问你："新诗到底要不要押韵？"这个问题从新诗诞生的那天起，就没断过争议。要把这个问题扯清楚，估计也会是"一千个读者有一千个哈姆雷特"。这里我不想过多纠结押不押韵这个问题，还是谈谈诗歌语言的传统与创新。

一个时代有一个时代的语言。社会在不断变化发展，语言也在不断变化发展，各种机构和媒体每年都在发布年度新词、年度热词，诗歌的语言当然也会跟着变化，毕竟人说话的方式在变、行文乃至阅读习惯也在变。但作为诗的语言，我坚持从传统中创新。这不是又回到前面押不押韵的问题，而是诗的语言到底该如何体现时代性和社会性。

我记得 2018 年 5 月写完长诗《钓鱼城》的第一稿，呈请吕进老师作序。吕老师非常认真地看完后写了一篇序言，肯定了很多，但在微信上交流时，他非常委婉地指出长诗在语言方面存在的不足，说语言如果能更有音乐性，诗歌将更富有诗意和张力。我知道老师对这个作品是不满意的。梁平先生看完后也提出了十个不足之处，其中也有语言问题。这促使我下定决心推倒重来。于是在炎热的 8 月里请年假对这部长诗进行大修改。十天年假，前八天原地打转转，越改越糊涂，眼看一事无成，第九天的清晨，当沐浴花洒从头流到脚，一句"再给我一点时间"突然冒出，让我一下子找到全诗的语言节奏，然后开始新的写作。尽管到年假结束只改完了前两章，但语言的节奏和气韵找到了，后面的写作就顺畅了许多，甚至写作最后一节时，还是酒后微醺时写完的。国庆节前，当我把第二稿再送给吕老师，他看后回复"这下对了"，表示国庆节就重写序言。后来这篇序言，吕老师专门用一节谈诗歌语言，从王安石的"诗家语"谈到"只有具有语言符号或标签的诗人才称得上是一个合格的诗人"。无独有偶，吉狄马加在给这部长诗作序推荐时，也谈到了诗歌的语言。那么，诗人该如何在诗歌里完成"精致地讲话"，写出属于自己的"诗家语"呢？

我曾在《诗刊》2020 年第 7 期下半月刊上《词语的身份》一文里谈到过两个观点，一是要敢于打乱词语的身份，二是要敢于用平常语言处理意象的陌生化。今天我想再增加一条：语言的协调性。我们常用的汉字也就三四千个，如何把它们组成词组成句，使之读来富有诗意，我认为最重要的是"协调"，同样一个字或一个词，放在不同的地方，效果肯定不一样。写作时，不刻意去硬造生僻字，也不轻易使用大词形容词，要善于从生活日常用语中提炼语言表达诗意。用语言的协调催生语言的节奏，从而质变出语言的张力。

前年的泸州国际诗酒文化节上，树才老师送我几本书，说是对我的诗歌写作或许有帮助。其中一本是树才老师翻译的博纳富瓦的《杜弗的动与静》，我反复看了无数遍，在自己喜欢的句子下面划上线，结果一本书都画满了。正如树才老师在后记中所写："很少有诗人能像他（博纳富瓦）那样，在诗歌写作中如此精细地挖掘修辞意义上的诗意——他是相信词语的变化之妙的。""博纳富瓦日复一日地用生命体验的一个个鲜活瞬间，打磨成一个个词，做成一首首诗，直到它们变成一道光，刺穿围困生命的黑暗……""博纳富瓦的好诗，既保留着口语的自然、平实，又凸现经诗艺提炼之后的简洁、深刻。"这也正是我追求和强调的理想之诗。

第三个关键词：面目

也就是诗歌的辨识度。同是古风，无论是尹吉甫的《诗经》，还是屈原的《离骚》，很好区分；同是唐诗，无论是李白的《长干行》《将进酒》还是杜甫的《新安史》《无家别》，容易区分；

同是宋词，无论是柳咏的《雨霖铃·寒蝉凄切》还是苏轼《定风波·莫听穿林打叶声》，我们都可以区分。即使是现代诗，徐志摩的《再别康桥》和戴望舒的《雨巷》，我们也可以区分。但现在我们看到的不少诗歌，面目却难以辨别。我们曾经在一些诗歌大赛里，采取去掉作者名字的方式"盲评"，结果往往出人意料。

一个诗人的诗歌如果不具有辨识度，至少还不是一个合格的诗人。所谓听音辨歌、听音辨人，也是这个理。辨识度越高说明越与众不同，一眼便能认出这是谁谁的作品。一个成熟歌手的辨识度，往往是靠寻找一个特殊的发音位置来获得一个特殊的音色，而一个成熟诗人的诗歌辨识度，往往和个人风格有很大关系。比如欧阳江河说他"故意写长诗来对抗这个碎片化的时代"。只是现在有的歌手喜欢追求奇怪的声音来提高自己的辨识度，比如曾经沸沸扬扬的"绵羊音"，但最后如何呢？终究是流行不起来也流传不下去。真正有难度的是把声音的奇怪变成声音的美妙，需要将"奇怪"的声音找到一个合适的度，像"我是一只小小鸟"的赵传。诗歌也一样，追求独一无二崇尚个性这没有错，但文字至少要符合美学形态，就像书法绘画无论怎么标新立异，审丑毕竟不是主流，只有那些表达真挚、美好、强烈、浓厚、深沉、湿润、悲悯情感，无论怎么夸张、想象，都不会脱离美学范畴的作品，才会是经得起时间检验的作品。尽管最近网络上一只叫"猪加索"的猪爆红，其一幅画作卖了17万元，但仔细看，这只猪的创作其实是有主人的加持，色彩的运用、结构的把握等等。所以认真的网友说了："就问你，一个人会画画吸引眼球，还是一只猪会画画吸引眼球？资本运作罢了。"

质言之，个人认为，我们今天讨论的"从尹吉甫、《诗经》

到二十一世纪诗歌创作",就是诗歌的传统与创新。唐诗有如此高的成就,就是诗人们把传统与创新结合在了一起。置身今天这样一个伟大时代,一个意图创新的创作者,最行之有效的办法,就是从传统中汲取养分,从生活的经验中找到自己的创新路径。对我而言,就是博纳富瓦所强调的,"以更简洁的方式,探求生命存在的意义"。

2022年11月5日于成都。2022年11月10日在国际诗酒文化大会第六届中日酒城·泸州老窖文化艺术周系列活动之"从尹吉甫、《诗经》到二十一世纪诗歌创作"主题研讨会上发言

汉语诗歌的边界和可能

毫无疑问，如今从股市到社会生活各领域，最热最火的话题无疑是以 ChatGPT 为代表的 AIGC 产业时代来临。不夸张地说，元宇宙是 2022 年科技圈当之无愧的热词，但进入 2023 年，ChatGPT 一把将元宇宙从 C 位拉下，不光刷屏热搜，还在资本市场呼风唤雨，让国内外科技巨头的视线聚在一处。

尽管"人工智能"并不是什么新鲜玩意，早在 20 世纪 40 年代，人类就首次提出"人工智能"概念。80 多年来，随着软硬件技术升级，人工智能不断引发人们对未来的想象：AI 会不会有一天超越人类智能？但这些过去小说和电影畅想过的未来场景，随着去年底 ChatGPT 的横空出世，其在文字、声音、图片、视频的人工智能生产，给社交媒体带来深刻改变，有人称这是 AI "奇点"时刻的到来。没有人怀疑 ChatGPT 能走多远，甚至就连 "ChatGPT 之父"都公开表示，AI 已经出现其无法解释的推理能力，更是大胆放言"AI 杀死人类"有一定的可能性。

未来已来。今年 3 月，随着 ChatGPT-4 版本的发布，人类彻底不淡定了。这个超级 AI 对文学创作的可能和影响，也彻底引爆了文学圈，作家、诗人们谈论的话题始终绕不开 AI。甚至连著名作家、评论家，中国作协党组成员、副主席、书记处书记李敬泽也感慨道："别看它现在写小说还很不咋地,写的诗歌还很简陋,但我提醒大家,千万不要低估它。它做得不够好,只是它还没学到位,而它一定会学到位的。"

作为一个写作者,尤其是一个诗歌写作者,面对已经能写小说、写论文、写影视剧本、写歌词、写新诗旧体诗的 ChatGPT,我们的写作还能有什么作为?我们引以为傲的语言还有什么优势?作为一个曾经和 AI 打过交道的诗人,我还是从自己的一些亲身经历谈起吧。

我之前在封面新闻工作时,我们的小封机器人也是个"诗人",新诗旧体诗都能写,只要输入关键词或者给它看一张照片,选择"新诗"或"旧体诗",它都能快速生成,尽管不长,但往往能博得参观体验者一片欢喜叫好。其写作原理是基于大数据算法写作,技术人员通过爬虫技术,给它学习了几十万首古今中外的诗歌,然后它就成了一个可以不间断写作的"诗人"。后来,我们还给小封出了一本诗集《万物生长》,由关注 AI 写作已久的中国人民大学文学院院长杨庆祥教授作序推荐。

"小封"的成长经历,让我明白一个道理,那就是它有着超强的学习能力,学得越多写得越好。就像之前风靡棋界的"阿尔法狗"机器人,通过学习古今棋局、甚至自己跟自己下棋,用强大的算力横扫人类棋手一样。清华大学自然语言处理与社会人文计算实验室打造的人工智能诗歌写作系统"九歌",写出的"绝句""风格绝句""藏头诗""律诗""集句诗""词"六大类作品,其中不乏佳作佳句。比如"忆旧感喟"风格五言绝句:

明月满江楼,乾坤一钓身。
滔滔沧海上,莽莽万山秋。

五言律诗：

> 白璧无纤翳，青灯见一轮。
> 高山流皎魄，寒水带澄春。
> 玉镜当楼暗，珠帘隔帐频。
> 不愁清夜永，何地有缁尘。

还有词：

如梦令·明月

明月照人清泪，冷落一床秋思。偏到小楼西，夜夜绣帘垂地。无计，无计，愁锁眉峰十二。

梧桐影·明月

明月斜，河边渡。舟子笑声何处来，郎船恰似潇湘浦。

忆江南·明月

人去也，最好是江边。明月多情圆又缺，断云无意复遮天。风里一条弦。

比起我们的"小封"，"九歌"学习的诗歌更多，据说达到80多万首，其中古典诗词占比最大，因此它更擅长"古风"。

比起写古风信手拈来、以假乱真的超能力，AI在现代诗，尤其是现代汉语诗歌的写作上，至少目前来看还有些差强人意。大约是今年4月，我把自己正在创作的一部长诗提纲发给在美国的一位朋友，请她用 ChatGPT 试写一下看看，结果我拿到诗句后大失所望，基本上是把我提纲里的一些字词句重新分行组合：

> 天空中鸟儿与风云交错，
> 大地上山川物兽共存。
> 每一条路都为生存而走，
> 路上驿站家园起点与终点。
>
> 花径不曾缘客扫，
> 蓬门今始为君开。
> 人心之路最难行，
> 往往要命来换。
>
> 长风万里人相遇，
> 时空跨越最动人。
> 我们都在这条路上，
> 在车上，也在那间屋里。

词汇、意象重复生硬，具有明显的排列组合意味，既无逻辑也无诗意可言。这再次印证了 AI 之所以"一本正经地胡说八道"，是因为它学习的对象是已知文本，在输入关键词后，通过算法生成新的文本，相当于"集体决策"的结果。但如果没有可供学习借鉴的文本，那它就只有发呆、耍萌、"一本正经地胡说八道"。

从这些经历来看，我不否认 AI 的超强学习能力，尽管它还有很多的缺点，但假以时日，简单的写作真的有可能被淘汰。用李敬泽的话说："我们正进入一个超级人工智能、大语言模型盛行的时代。我们写作的条件已经发生巨大的变化。在这样的时代，写作者正面临一个强大的竞争者。这个竞争者可以吐咽世界上所有的语料，然后以一个神经网络的方式，去处理这种材料。""我们过去说：读书破万卷，下笔如有神。现在我们的对手可不是破万卷，而是亿万卷。"

面对如此强大的建构者，我们如何把诗写好？或者说如何写出只能被 ChatGPT 模仿而不能被超越的诗歌呢？我有以下三点思考。

一是语言。我觉得诗人首先要在语言上下功夫，就像画家要有自己独特的笔墨语言一样，诗人要有自己标识性的、个性化的语言。需要强调的是，这语言，不只是会用中文表达那么肤浅，而是如欧阳江河所说："要到汉语中追根溯源，以得到启示和解救。"因为"语言这种生命存在方式已经被侵略了"，所以许多作家在写作时会刻意用一些复杂的词语。如何使用"复杂的词语"？欧阳江河的长诗写作给出了范例。而我的体会是，首先要敢于打乱词语的身份，敢于突破上下句之间的逻辑关系，敢于否定语言的修辞意义，敢于突破语法的规范，敢于把形容词当动词、当名词用。诗的语言活过来了，才能更有张力、更有节奏、更具冲击力。其次是敢于用平常语言处理意象的陌生化。伟大的诗人绝不是一个简单的、"有感而发"的记录者，他们之所以能用转瞬即逝的方式呈现永恒，让历史在时间的长河里发出声音，在于他们能准确从所处时代的生活中提炼语言表达诗意。诗人以心观物，物因心变，诗的意象就出来了。意象的陌生化，就是使诗歌语言发生质的变化。

二是情感。正如李少君所说，人类诗歌难以被人工智能取代的重要一环就是"情感":"机器人可以写出很好的文章,但这样的文章是四平八稳的,缺乏人的微妙情感,因而也很难感动人。""比如我们现在读杜甫的诗,虽然诞生于1000多年前,但我们仍然会流泪。"

李敬泽也认为:"我们人类还是有超级AI所不能抵达的地方。比如,超级AI的确可以处理所有的材料,但是,它依旧是封闭在一个语言世界里,它不向户外的阳光打开,也不向我们身体感受到的疼痛、快乐,以及难以言表的、复杂的、未经命名的经验打开。"

尽管网上已有马斯克与机器人女友亲吻的照片,并称"味道好极了",但我这里要说的"情感",不只是人机接吻这么肤浅。这个情感是基于生活经验的情感,从生活与生命中得来的情感,如苏东坡在赶集路上突然遇雨时"也无风雨也无晴"的感慨与淡定,即使900多年过去,这份情感仍停留在诗句里。以前的中国文人,是活在自然当中的文人,而不是今天活在城市钢筋混凝土房间里待着的文人。诗人不断往大山的高峰上走,把自己放在最孤独的巅峰上;往边塞大漠的孤烟走,把自己放在时间的长河落日上。诗人把生命放到旷野上去冒险去流浪去洗涤,去试探自己生命的极限,诗人在这种开阔与自由里,不断和月亮、太阳、山川对话。当诗人的生命意识被放置到巨大的空间中,宇宙的苍茫、辽阔与精简,以及"前不见古人,后不见来者"的时间洪流,总会让敏感的诗人感到骄傲、悲壮、自负、茫然、绝对的孤独、绝对的自我。他们的视觉与生命经验都来自辽阔的大地,他们诗歌的气象、格局自然而然全部都出来了。

第三个是感知。对现实事物的细微感知,对人与现实关系的感知，对人与人关系的感知，对人与物关系的感知。正如李敬泽所说："我们未来的写作更应该有力地回到人自己，回到我们的身体，回到我们活生生的身体，回到我们与这个世界，与他人的活生生的行动的连接和关系中。"他认为，技术越是强大，我们越要有力维护人与人的关系，而不是人与 AI 的关系。作为语言的典范，小说、诗歌、散文、戏剧存在的重要理由就是，它们致力于维护人与人的关系，维护人心与人心的关系，维护人的主体性。

而我所强调的感知，不只是感观上的肤浅认知。要使自己的诗歌只被 ChatGPT 模仿而不能被超越，我认为关键还是在诗人本身。也就是作为一个诗人，要对世界充满好奇心，对生活充满好奇心，甚至对自己的身体充满好奇心。通过对现实事物的细微感知，用语言来理解生命，去除模式化、程序化、机械化、定制化，用个性化、独特化、生活化的创作方式，创造出一个更加丰富的词语世界、语言世界、文学世界，如同法国伟大诗人博纳富瓦，日复一日地用生命体验的一个个鲜活瞬间，打磨成一个个词，做成一首首诗，直到它们变成一道光，刺穿围困生命的黑暗。

这正是我追求和希望拓展的——汉语诗歌的可能与边界。

此文根据 2023 年 4 月 17 日在河南淅川《十月》诗会上发言整理，2023 年 6 月 12 日改定于成都三学堂

缓冲地带
——诗集《十年灯》代跋

有些事情,也许是故意的。就像已经过去的春天里,每天早上在公园里跑步,总会看到一个老前辈在湖边绿道上倒着走,我和他的距离总是越拉越大,但湖毕竟是湖,跑一圈回来,我们又能在某一个地方擦肩而过。然后喘着气问声好,或者停下来,转过身来,就某个关心的人或事,聊上几句,再分开,再跑,再倒着走。接下来的时间,我继续边跑边数数,从一到一百,再从一到一百。我不知道倒着走的老兄,是不是也会边走边数数,是顺着数还是倒着数。他只是偶尔说起,医生列举了诸如预防驼背、锻炼腰肌、增强腿力、提高身体协调能力等等倒着走的前辈,但从未说起倒走数数对锻炼脑力有无帮助。想想有趣,于是心血来潮,便在跑步时试着倒数,结果不仅节奏全部带偏,更严重的是连跑步都不会了。

这让我明白一个道理,有些事情只能顺着一个逻辑往前走,就像大多数的水只能是从高处往低处流,因为重力的存在,这个世界上即使有那么几个地方的瀑布看上去是倒流的,但当你走近细看,那其实是风吹浮力所致。

有一年夏天,参加青海湖国际诗歌节,在刚察县采风时,我被一群倒着走的鱼给震撼到了。这便是国家二类保护动物湟鱼，学名裸鲤。铅灰色的天空下，成群结队的湟鱼逆流而上，塞满河道，使得河水都暗了下来，仿佛河道里流的不是水而是鱼。据说这些排成纵队的鱼，将逆流穿越海拔落差高达数十米乃至上百米的河道，短则数十公里，长则上百公里。亲眼所见，这些倒走的鱼，沿途不仅会遭遇浅滩搁浅，还会遭遇棕头鸥鸟袭击。比起水深危险，水浅的地方更危险。那些有着硕大身躯、尖锐长嘴的棕头鸥，明目张胆站在浅滩上，看到湟鱼游上来就是一嘴下去，结束它漫长的旅途。

因此，它们只有结伴而行，依靠前赴后继的人海战术，最终也许有可能抵达目的地。但再高的台阶，再凶猛的敌人，都阻挡不住它们逆流洄游、长途跋涉的脚步。讲解员说，如此这般奋不顾身，就是为了完成生儿育女、繁衍后代的朴素愿望！

为了繁衍后代，冒着生命危险逆流回游，长途跋涉，如此艰辛、如此执着，不正是我们人类的真实写照吗？

最新的科学研究表明，人从鱼进化而来，在以亿年为单位的漫长岁月中，先后经历了最早的无颌类演化变成有颌类、肉鳍鱼类，之后登上陆地变成两栖类和哺乳动物，最终演化成人类这样一个漫长的过程。而在从猿到人的演化过程，又是以百万年为单位的一个漫长过程，时间像是不存在一样漫长。在成为智人、现代人的进化过程中，除了吃饱肚子的艰辛，还有与大自然的斗争与妥协，只有高出生率对抗高死亡率，一个人甚至一个种群的人，都不可能从古走到今，他们像湟鱼一样，成群结队、前赴后继，最终穿越冰期、地震、泥石流、洪水、猛兽、高温、干旱、瘟疫、台风、龙卷风、雷暴、火山喷发等等极端灾害的死亡威胁，人类引以为荣的文明史也不过才短短的一万年。

　　人在大地上的身影,尽管在鹰的翅膀下渺小无比,但我相信祖先们从未停止脚步,无论是往前走还是往回走,他们一直在寻找理想的家园、理想的栖息地,这一辈人走不动了,下一辈人一定会接着走,就像一心想移走太行、王屋二山的愚公。《万里归途》里一位同胞记录下回家的路"32万6713步"。所以我说,历史不能个体否定整体,也不能整体否定个体。而诗人要做的,不是对这一路走来多么不易的肤浅感叹,而是对生命的坚韧、脆弱、倔强、妥协、绝望、斗志的感悟和感怀。就像电影《隐入尘烟》震撼人心的叙事,不是《活着》里小人物福贵的命运一波三折,而是附着在人、驴、小鸡、燕子、麦苗、土地上的无常,尖锐、粗粝、扎心,咀嚼苍凉却又不被过往的苍凉所羁绊。每一个平常生命的生长与消逝,都值得诗人去关注去体会去抒写。

　　所以从二月到三月,当跑步已成为习惯,我已不再纠结倒走与倒数的数学问题,因为这些都不是问题,手臂上绑着的手机在不时提醒你呢:跑步3公里,平均配速6分34秒。进入四月,我甚至把手机的音量调低,不再沉迷于配速提升的虚荣和下降的焦虑。那些多余的心思,让我开始留意跑过的草丛、树木、花朵、飞鸟、晨昏、窗棂、竹林、桥洞,以及被雨水打落地上的花瓣、蚂蚁和光线。它们都在路边停下来,等我先过去。它们的谦卑,它们的倔强,它们周而复始的惶恐与不安,回应着空旷的脚步,迫使我无法忽视这些路边司空见惯的生命,当那些最初的诗句跳出来,我停下来小心把它记录在手机里,然后在夜深人静时,再把那些散落水面的火星重新聚拢。不想一个季节下来,竟然有了24首关于花的诗,于是效仿古人,为它们命名为《廿四花品》，但我无法做到古人品花之高洁，其中有许多是上不了台面的花朵，比如菜花、月季、三叶草，更多的不过是一个诗人的"感时花溅泪"，或者是在诗中寻得一种人与自然的缓冲地带。

2023年3月6日星期一于成都三学堂。《十年灯》，四川人民出版社2023年5月第1版，2023年7月第2次印刷

我的历史检讨书
——长诗《马蹄铁》创作后记

事实上,在 2018 年创作完成 1300 行长诗《钓鱼城》后,我一直觉得面对远去的时间、隐藏于书页或泥土下的历史,我还有话没说完。经过一年的沉淀,这种感觉越来越强烈,尤其是在系统阅读黄仁宇等人谈历史的书籍后,那种一吐为快的冲动烈火一样燃烧,等不及在"五一"假期动笔了。那是 4 月中旬的一个星期天,几乎半天时间,我就一口气完成了这首长诗的初稿,10 节,每节 12 行,差不多是最后定稿时一半的体量。

写长诗需要激情,需要气韵贯通,需要谋篇布局,但好诗是不断打磨锤炼出来的。最初的时候,我只是想借助马这个意象,完成一次关于马的生死轮回和前世今生的探讨,因为在我看来,中国大历史的演进就是一匹马的家族血缘史。帝王征伐天下、将军开疆拓土、翻山越岭的和亲队伍,都离不开马。但在时间和空间的卷轴里,那些曾经驰骋天下的马匹,留在大地上的身影越来越小,早已远离人的生活日常,眼中只剩一棵草一粒沙。所以在第一稿里,我基本上是以马的口吻在单纯说话,在呢喃,在自述,甚至连诗名都叫《马说》。

但是,从长时间远距离看,哪怕时间都回头、跌落马背的名字都已装订成书,但时代的花瓶却从来不检讨灵魂,每一次回望历史都像在赶作业,"赶江山社稷的作业,赶雪泥鸿爪的作业"。只有马的语文四海为家也没有家,大地怎么斜怎么飞奔,鞭子怎么挥怎么飞奔,它们铆足劲,在风的尺度里保持线条的杀伤力。纵横天下、马踏飞燕,都不是马蹄铁的理想形态,它们检讨权力的把握和拥有,检讨时间的烟雨,检讨个人美德代替法律的口头禅,世袭的忠诚不过是从一匹马到另一匹马。人世如此辽阔,它们怎么跑也比不上四个轮子的钢铁侠,路的宏大叙事仍只是截取了河湾一处。在我看来,二者择一的世界必有悲哀,这悲哀似乎贯穿了从神鸟到青铜到河流甚至是被毛笔软埋的时间中。

凝视久了,马能包容草的所有委屈,也能抽走每个人做梦的梯子。

从某种程度上说,马的持续奔跑与演化,对我也是一种打捞。它那野渡般死不悔改的风月情怀,把我从历史的巨大幻灭感中挣脱出来。

从长时间远距离看,冲突和对抗都逃不过一抔黄土。

所以我说:带酒的出列,打铁的继续!

2020 年 12 月 31 日。长诗《马失蹄》刊于《十月》2021 年第 1 期"诗歌"栏目头条

山水有灵
——《赤水河走来几个人》（组诗）创作随感

那是 2017 年 7 月 14 日的黄昏。我应邀参加人民网在四川泸州古蔺二郎镇举办的"赤水河论坛"。车过泸州，我们转道贵州方向，经土城沿赤水河向二郎镇疾驰。车子一进入赤水河畔，一路跟随的烈日酷暑被高山峡谷、薄雾细雨阻隔在高速路出口收费站。河边陪跑的红黄交织的自行车绿道，河里偶尔浮现的小货轮，都在干净清新的空气里荡去风尘和疲惫。掌灯时分，汽车进入二郎镇，尽管雨越下越密，却无法阻止浓浓的酒香扑鼻而来。

我知道，我的美酒之旅将从这个夜晚开始，从这里的山开始，从这里的水开始。

尽管天色已晚，但不影响我对这里地貌的整体观望。地处云贵高原向四川盆地过渡地带的赤水河，地质构造上属于扬子准地台娄山弧形箱状褶皱带中的川黔东西向构造体系，山高峡深，沟壑纵横，连绵不绝，无论站在山下看还是山上看，都压迫感十足。海拔相对高差 1543 米，形成独特的地理环境和水文气候特性。地层发育丰富，从新生代的第四系冲积到古生代的寒武系，所以这里也曾是恐龙和桫椤的王国。

说完地貌，我们再来说说这里的山。比起四川西部那些动不动就是六七千米高的山来说，盆地边缘赤水河一带的山真不算高。但山不在高，有仙则灵。不过，这些古老的山上有没有神仙，无人知道。我只看到那些体积巨大的赤水丹霞地貌群山中，不仅有河流、瀑布、竹海、桫椤、原始森林，还有悬崖峭壁上那一个又一个的天然洞穴。洞内冬暖夏凉，常年保持19摄氏度至21摄氏度的恒温，如今已成为各大酒厂储藏美酒的宝洞。

在二郎山上的天宝洞、地宝洞、仁和洞里，郎酒厂从20世纪70年代开始，至今已贮有数以万吨计的坛装老酒。第二天，在洞外交出手机、打火机，再触摸导电棒，我们入洞参观。洞内酒香弥漫，醇香扑鼻，一坛坛封存的大酒坛子整齐划一地向洞内延伸，越往里走，灯光越昏暗，越往里走，酒的年份越高，5年、10年、20年、30年……越往里走，陈酿老酒坛和洞壁上堆积的酒苔越厚，像是在修行。一排排整齐列队的大酒坛，静静地伫立在那里，犹如秦始皇陵出土的兵马俑。没错，"中国酒坛兵马俑"，据说这是何开四老先生参观时的喟叹和命名。

身藏美酒，而且是数以万吨计的陈年老酒，这样的山，我想就算是神仙，路过也会刹一脚喝两口再走。

此山有灵。而山的灵，离不开水的灵。山脚下奔流不息的赤水河，那是世界闻名的美酒河，也是红军四渡赤水而闻名的英雄河。

如果说法国波尔多地区纪龙德河、加伦河、多尔多涅河两岸是"世界红酒之乡"，那赤水河两岸就是中国乃至世界的"白酒金三角"。从贵州仁怀市到四川二郎镇60公里长的赤水河两岸，分布着茅台、习酒、郎酒、泸州老窖等数十种蜚声中外的白酒厂，占到了中国白酒名酒60%的市场份额，这条河也因此被誉为"美酒河"，在习酒厂旁边赤水河畔的山上，有邵华泽将军题写的"美酒河"三个大字。

如此说来，这水也有灵了。但有灵也不一定能酿出绝世美酒啊。尽管我们在酒厂参观时，酿酒师傅一再强调，美酒的秘密全在于水，无论是"端午制曲""重阳下沙"，还是"九次蒸酿""七次取酒"，工艺的灵魂都离不开水。但这水显然不是山脚下赤水河里的水。河里的水，再怎么净化，都达不到酿酒标准，更别说出美酒了。

直到后来参观了郎酒厂那口酿酒专用的龙泉老井，我才明白原来用的是大山深处的地下水。取自深山 1000 米以下的天然龙洞山泉水，透明无味，pH 值适中，硬度小，富含矿物质钙、镁、钾、钠、偏硅酸等，是优良的矿泉水和酿酒用水。这口井是郎酒的源泉，镇厂之宝，旁边石壁上刻有启功题写的"郎泉"二字，平时铁门紧锁，非请勿入。

也只有这样的灵泉宝水，才能滋养酒的灵性。而当一滴液体的酒流入人的身体，又会滋养诗的灵性。

君不见，一杯酒下去，无论竹林七贤还是饮中八仙，无论李白杜甫还是苏东坡杨升庵，不是"烹羊宰牛且为乐，会须一饮三百杯"，就是"不知天上宫阙，今夕是何年"；一杯酒下去，再拘束的人也会生出"人生得意须尽欢，莫使金樽空对月""天生我材必有用，千金散尽还复来"的豪放来，甚至连女人也会"误入藕花深入"……古往今来，在诗与酒上，唯有饮者留其名。我等平庸之辈，几杯酒下去，也会平添几许入梦的勇气。现实的人情世故、挣扎徘徊、纵横恣肆、慷慨低沉，都离不开一碗酒。酒让一个人变得真实透明，酒也让一个人变得浑浊恍惚。酒不醉人人自醉，酒醉了心头仍明白。如同一桌筵席、一场雅集，有豪饮的高潮，也有悲凉的寂寞，你我心底的那点渴望，自私与自信，执念与杂念，忙乱与慌张，与生俱来又无法摆脱的孤独与自卑，都在这杯酒中获得自由和永生。

短短的两天时间里，行走在美酒河两岸，来自全国各地的嘉宾们，看的、喝的、谈的，甚至茶歇，都离不开酒。以至于在论坛上，大家从一滴酒谈到了股票、高速公路、收藏、健康、历史、邦交、战争、月亮、女人、诗歌，甚至厕所……种种现实生活的话题、发展的难题、价值与情怀，说到底，在这条河两岸，在这个小小的二郎镇甚至古蔺县、仁怀市，都得交给一滴酒去完成。

所以我说，赤水河能走多远，一杯酒就能走多远；一杯酒能走多远，吟诗的饮者就能走多远。

酒酣耳热，再看山水有灵，忽然觉得灵的不是山也不是水，是这方土地上勤劳智慧的人民。两天看下来，他们敬畏自然、尊重科学的劳作，让人印象深刻。从一粒高粱开始，如何在潮湿闷热的气候里沉淀出一滴岁月的精华，这个复杂的酿酒过程，无疑是劳动人民智慧的结晶。

每个人都揣着自己调制的二两酒返程。二两盆地边缘沉淀岁月精华的非物质文化遗产，现在就放在我的酒柜里。尽管我是一个喝酒的人，但这二两酒却一直没舍得喝，看到它，我就想起这次短暂的赤水河之行。坐在夜深人静的书房，凝望那条美酒飘香的赤水河，我分明看到几个人从河面走来，走到酒桌上，走到月光下，走到诗句里，接续你我的前世今生。

那一刻，我仿佛看到，山水有灵的赤水河边，到处是透彻的植物气息，人生和自然的本色显露得一览无余。

2018年12月19日于成都三学堂。组诗《赤水河走来几个人》刊于《中国诗人》2019年第1期"诗方阵"栏目头条

我曾经是个文学青年
——作品集《把门打开》代跋

很久没有这样的心境了。

窗外正下着雨,春天夜里常下的雨,大地便在风雨的侵袭和父亲的惊喜里潮湿和丰满起来。书桌前聆听风雨的我也潮湿起来,那些一度离我而去的诗句因了这潮湿,逐渐从记忆深处浮现出来,使我有了写作的冲动和欲望。这种心境/状态是我曾经梦寐以求和从未拥有过的,如今展开,就像一个迟暮的老人翻阅泛黄的老照片,往事便在夜晚的孤灯照耀下逐渐丰满。

我记起那是 6 年前的一个夜晚,和今夜一模一样的一个夜晚,我在远离故土的大学校园里,整理着我的第一本集子,心境被难抑的激动紧紧拥抱,所有的光荣和梦想在一瞬间化作盈眶的热泪,在灯光的照耀下晶莹透明。6 年后的今天,我依然是坐在远离故土的寓所窗前,整理着我的第三本集子,心中除了激动还有难言的酸楚。翻阅着那些发表于 1996 年之前的文字,从抽屉里拿出来抖落灰尘的文字,我突然意识到,我曾经是个文学青年。我为自己在青春岁月里写下的那些充满激情的文字而激动,同时也为今天世俗地活着而辛酸。那些我曾经在物质极度匮乏时期写下的文字,如今重读,犹如一记记耳光重重地打在我脸上,以至我竟发出这样的疑问：它们是我写的吗？我居然能写出这么激昂的文字，有没有搞错？我无意评说自己文章的优劣，我只是小心地叩问自己，曾经的豪情壮志，曾经的热血沸腾，曾经的激昂文字，如今怎么就从我身上退去？我到底是怎么啦？

我记起，我曾经是个文学青年。

夜晚使人变得真实。尤其在这样一个风雨交加的夜晚，我更应该重新审视自己。或许，用崔健的一句歌词来为自己搪塞是再好不过的了："不是我不明白，这世界变化快。"不知不觉中，我已经走出大学校园两年零十个月，蓦然回首，那些燃情岁月竟好像距今数十年，而我的心境，也由一个充满幻想和酷爱激动的青年变成一个反应迟钝、紧张忙碌的俗世之人。我之所以这么评价自己，一切缘于我曾经是个文学青年，一个唯美主义者的文学青年。然而，在这缺乏激情却又紧张忙碌的两年零十个月里，改变我的不是香烟和烈酒，而是生存的艰难和抗争。它使我明白一个唯美主义者面对现实生活的脆弱和尴尬。记得有一天，我们几个曾经的文学爱好者、如今为活着而远离缪斯的朋友在一起喝茶聊天，突然有人说，我们曾经引以为荣的"文学青年"这个称谓，如今听来，却是个十足的贬义词，我们每个人试着说了说"你娃文学青年"，真的很刺耳。细问之下，我们中谁也未再读一本文学书，写一篇文学作品，我们一阵脸红一阵沉默，只听到一阵熟练的饮茶和香烟燃烧的声音。

我记住了这个词，"文学青年"。每每想起，它就像一记耳光，打得我晕头转向。值得庆幸的是，尽管我媚俗，但我却未堕落，就像一位诗人所说，可以流泪，但决不低头。对于现实的无能为力，随波逐流，我无意再深深地自责，我用"文学青年"这记耳光警醒自己，泪光中不忘昂起头。因此歌唱什么并不重要，重要的是内在精神的修炼与提升。正如大师所言，一个人倘若没了精神，便等于没了主心骨。也就是说，没了精神追求的生活就等于一片空白，活着便失去意义。

我曾经是个文学青年，今后仍将是个文学青年。

正是基于此，我整理出版了这本集子《把门打开》，它既承前亦启后。

值得一提的是，本书能顺利出版，特别感谢成都市金牛区文化馆馆长杨君伟及全体编辑们；亦感谢我的妻子夜以继日地协助我整理书稿，就像我当年写作《马拉的激动》，她从西南师范大学的李园赶到桃园，给我买饭端水摇扇。事实上，我每写完一篇文章，她比我还激动。

1999年4月25日夜于成都东郊。《把门打开》，巴蜀书社2001年1月第1版

最后一个问题
——报告文学作品集《最后一个问题》代跋

仿佛是一种不成文的规定，领导开会总要讲"最后一个问题"，而记者在采访中也总爱问"最后一个问题"。但无论是领导还是记者，这"最后一个问题"的存在无非是受时间或篇幅的限制罢了。正因为如此，"最后一个问题"便有了高下之分。

就像我们所熟悉的中国画，高明的画家总是恰到好处地在画中留白，让观赏者在简单的画面中获得更多遐想。譬如一幅《春风图》，只需几根垂柳两只迎风飞舞的燕子就足以表达，青山绿水和百花盛开反倒是画蛇添足了。同样道理，高明的记者往往是对他的每一次采访有着很强的驾驭能力，他知道他要从被访者那里了解什么东西，或者说他知道这篇文章需要什么内容，因此每一个问题都是有的放矢，而不是想起什么问什么，更不是与被访者漫无边际地侃大山，因此他总会恰如其分地、在被访者感到疲倦或厌倦前说出令对方如释重负的"最后一个问题"，而不是等到被访者看似礼貌地站起身、伸出手说："时间不早了，今天就到此为止吧！"将你赶出门。

对我来说，并不是一开始就会使用"最后一个问题"的。追溯起来，那是10多年前的事了。那时我还在老家的一所中学念初中，因为搞了个文学社，因为当了社长和主编，更因为办报经费紧张，老师便要我们在有限的篇幅里表达宽广的内涵，再往上便是采访中要学会问"最后一个问题"。但当我真正领会这"最后一个问题"，却是几年前的事。细算起来，也就是我 1998 年 11 月到 2002 年 1 月在《华西都市报》做专职记者的这段时间。这段时间，我先后在这个全国著名的媒体里做社会和经济新闻的记者，这是我人生中最忙碌、最有压力的一段时间。如今再回首，令我感到欣慰的是，我始终保持了良好的竞技状态，学会了使用"最后一个问题"，所以时常为自己感动，为自己喝彩。

这并不是说我是一个自恋的人。我认为一个人在追求中就应该保持一种向上的激情。当记者是我从小就有的梦想，当一名好记者是我一生的理想和努力方向。这些年我挺过来了，除了对事业的执着和热爱，还有自信和对挑战的激情。

记得 1998 年 10 月底，我调离特稿部编辑岗位到社会新闻部做机动记者时，我既感到兴奋又感到局促不安。好在这是一个团结友爱的集体，好在置身社会总会被火热的生活所感动，使我很快从一片空白中进入角色。从建立口子关系到打街找线索，从一两百字消息到两千字的通讯，从街头社区新闻到垮桥沉船等重大突发新闻，我逐渐品尝到一个记者成长过程中的酸甜苦辣。但对《华西都市报》的记者而言，仅仅有吃苦耐劳的拼搏精神是远远不够的。记得一位同行朋友曾说过，一个好的社会新闻记者应该是一个社会学专家。虽然我最终没能成为一个社会学专家，但我总算在一年的时间里体会到了一个社会新闻记者的苦恼、困惑、快乐与存在的价值和意义。尤其是在当今这个社会矛盾突出、复杂多变的时代里，新闻舆论监督的价值和意义就显得特别崇高。于是，我揭露了法院法官以权谋私、局长包二奶、派出所所长纵容儿子犯下命案、妇女主任率众殴打邻居、卡拉OK厅老板逼良为娼等等社会丑恶现象，我也因此受到了被批评者的人身攻击，甚至恐吓；更没想到的是还坐上了被告席和被某些人和地方官列为"最不受欢迎的人"。但我高兴的是，在新闻舆论监督的高压下，正义得到了伸张，恶人终有恶报，而我们的报纸甚至一时洛阳纸贵，一份卖到了10元的"天价"。

但社会终归是美好的。因此我的笔下更多的是讴歌这些人和事。比如免费为贫穷大学生配眼镜的特级技师林克兴，比如徒步穿越塔克拉玛干沙漠、勇闯生命禁区西藏墨脱的川妹子陈小邛，比如列车上勇斗歹徒光荣负伤的一级英模梁庆德，比如蓉城救人明星刘汇海等等。尤其是当我1999年10月1日在北京天安门广场采访新中国成立50周年庆典时，看到的是盛世中华，是令我热血沸腾的祖国。

高潮过后是平淡。在社会新闻部短短的一年半时间里，我一直在高潮和平淡这峰与谷的刺激下体会做一名记者的痛与快乐。可还没来得及回味，我又调到了经济新闻部做记者。

那是2000年的5月中旬。之所以记得这么清晰，是因为我这个文科班毕业的学生，哪懂什么经济哟！好在《华西都市报》永远不缺老师——只要你肯问。从厉以宁蓉城指点经济乾坤到普尔斯马特为成都带来会员超市新概念，从深圳彩电峰会到国产彩电史无前例大降价，从啤酒业三国演义到华润收购四川蓝剑，从柯达CEO蓉城话天机到与芯片王英特尔老总对话，从房地产大王杨毫的男秘书到白酒改制第一人汪俊林的蛇吞象，从倪润峰重出江湖拿自己开刀到乐华老总吴少章发现彩电新市场……我慢慢明白了，一个好的经济新闻记者就像一个职业经理人，虽然不是行业专家，但他必须得了解行情。就像我刚跑彩电新闻就碰上彩电深圳峰会这样的重大事件，由于压根就没想到彩电还有新闻，所以到现场一个问题也提不出来，更不用说"最后一个问题"了。

虽然经济新闻没有社会新闻那么充满刀光剑影，甚至刺刀见红的惊险与刺激，但财富英雄们的创业史、财富观，正吸引着这个社会越来越多的眼球，跟他们对话，我就会有一种冲动，一种想与读者共同分享财富故事的冲动，因为这个城市有太多的人都在做着财富梦。所以我要坦白的是，"最后一个问题"真是情非得已。

2002年1月13日凌晨刚过，我终于写完了铁路价格听证会的稿件。我明白在我关上电脑的那一刻意味着什么。那一刻，我不仅完成了这次远赴北京的采访任务，同时也意味着我3年零3个月的专职记者生涯暂时画上了句号。因为天亮后，我将飞回成都，到报社开始上夜班，跟6年前刚到报社一样做编辑了。那一刻，站在异乡的高楼上，思前想后，竟有一种难舍难分的情感从心底涌起。我努力抑制这种不安，我告诉自己，对已经过去的时间，不仅要一笑而过，更要为没有虚度而感到光荣。毕竟我还有机会再问"最后一个问题"。

于是，在稍后的时间里，便有出版这本集子的想法。算是为了告别的聚会吧。

写到这里，因为时间和篇幅的原因，进入"最后一个问题"，感谢中国"都市报之父"、《华西都市报》总编辑席文举先生为拙作作序；感谢那些曾经和我并肩战斗过的同事和朋友，仅仅在这本书中，就有许多篇章是和我曾经的领导与同事合作采写的，比如与党青合作的《局长包二奶》《黑色爱情》《悲情吸毒女》《彩电峰会》等等，与冉泽勋合作的《车祸背后的花花太岁》《一声巨响，在建大桥垮了》，与陆锦东合作的《噩梦20天：花季少女的血泪控诉》，与盛学友合作的《热血铸警魂》，与李杨合作的《盘活死楼》……当然，还有如今已成为新同事的夜班编辑们。

2002年5月15日凌晨5时第二稿。《最后一个问题》，中国文联出版社2002年7月第1版

剪贴本上的逝水年华

——写给《西南大学报》创刊70周年

对一个童年靠游戏找回、青春靠跑步和做梦找回、已知天命的老男人来说，拿什么来回忆30年前的大学时光？

那时的母校还叫西南师范大学（现西南大学），那时的校园还叫西南师范大学的园子，那是重庆乃至四川、中国都有名的园子，可那园子太大，一个人百个人甚至上万人投放其中，也不显得拥挤，我该如何找出渺小的自己？

疑问环顾屋顶搭建的书房，最终落在书柜底层一本墨绿色封皮的剪贴本上，准确地说，是一张旧得有些泛黄的剪报簿，打开了记忆的闸门，那些如同嘉陵江水、缙云烟雨的年华，隔着30年的距离被我清晰看见。

在这本我自己标注为138页的剪报簿上，粘贴着我的一篇小文。走上文学写作这条路后，出于习惯，每有作品或有自己名字的文章见诸报刊，我都会把报头和文章剪下来，粘贴在本子上。从20世纪90年代初到21世纪初的十年间，这样的剪报簿竟然有厚厚的七八本。也幸亏有这个习惯，才让我在评职称、加入作协等找材料时，十分顺利。让我惊讶于我与母校，尤其是与校报《西南师大报》的情缘竟是如此之深，深得让人怀疑时间的准确性。

但是黑纸白字，在这一期的报头下面，铅字印刷体显示该期为第475期，时间为1992年9月5日。之所以怀疑其准确性，那是因为我1992年秋季才入学啊。那时候开学报到了吗？或者刚刚开学正在军训，但怎么就在校报上发表作品了呢？尽管这篇叫《送你一片云》的短文，两百来字十足"豆腐块"，但对此时陷入记忆困境的我来说，实在是难以自拔。这篇文章如何登上校报的呢？这对中年后痴迷上历史考据的我来说，百思仍不得其解。

往前翻，剪贴本上全是各种名目的报刊和诗歌、散文、报告文学作品；往后翻，终于找到了一点线索。在这一页的后面一页，粘贴着一张1992年6月26日出版的《希望导报》，上面是一则消息《西南师大免试录取文艺少年》，上面有我的名字。这时候，早我一届特招的王中举师兄曾经讲的一个笑话浮现在脑海里。这位高大的师兄，当年因为文学创作特长，成为西南师范大学首位文学特招生，也是四川省第一个文学特招生，比他多情文笔更令人钦佩的是他那长兄一样的宽厚性格。记得那一年，我父亲挑着一担柑橘到北碚售卖，或许行情实在不好，没卖完柑橘的父亲非常难为情地来到校园找他儿子借宿。在这之前，或许是顶着文学少年的光环，我很少在外人面前提及自己来自农村的家世，也很少允许父母到学校来看我。尽管合川到北碚只是一张两块钱不到的班船距离，我记得自己怀揣着重庆市第一个文学特招生到西南师范大学上大学的那个清晨，也是我一个人独自坐班船在满天朝霞中来到北碚，迎接我的是同村另一位高两年级的学长刘旗，他是我们村第一个大学特长生，身高接近1米9，篮球中锋，从重庆南开中学保送西南师范大学。我那个装着全套《毛泽东选集》的厚重皮箱行李，就是他从北碚码头扛到校园的。

出身四川巴中恩阳一个教师家庭的师兄王中举，显然没有因为我和我父亲来自农村而拒人千里。事实上，早在1992年那个夏天，我参加西南师范大学组织的特招前独立面试时，就通过当时的中文系副主任李茂康老师介绍认识了王中举，那时候我只知道他个子高，是四川第一个文学特招生，其他的更多时候是在《语文报》《少年文艺》上见到他的作品和名字。但当我的父亲挑着没卖完的柑橘来到西南师范大学桃园二舍时，最先接待我父亲的竟然是中举师兄，他不仅发动同学室友高价买完了我父亲的柑橘，还请我父亲到桃园食堂吃了一顿丰盛的晚餐；在住宿问题上，中举更是以学长的身份命令我和1米8个子的他同睡铁质的高低架床，而让我父亲独睡我108寝室的下铺，还美其名曰赵叔辛苦了，让他好好休息。为这个事，父亲此后一直记着中举师兄的恩情，在我大二那年春节杀年猪，受邀的同学校友中，中举是唯一一个学长。更令人想不到的是，毕业后中举师兄和我都到了成都，而我父亲来到成都后闲不住，非要找事做，我托中举师兄帮忙，在他就职的西南财经大学守了一两年学生宿舍，到后来父亲和母亲因为帮我和妹妹带孩子，不得不回到我们身边，他仍然念叨着中举的好。而我对中举师兄的好，估计都回报在他当年追求如今夫人的信中了。

那时候，作为文学青年的王中举，四川省第一个文学特招生的光芒，加上高大帅气，追求者甚众。可他偏偏相信青梅竹马可以打败异地恋。他执着地爱上了远在成都一所大学读书的中学同学张老师。那时候，书信是最好的感情纽带，也是最好的表白。每当中举收到张老师的来信，都会情不自禁地找我和曾蒙、张直等几个文友分享，到最后竟然是与我们"高老庄"108（后来是208）的师弟们分享，先是信的前半部分中举本人声情并茂朗读，后面是我们抢着朗读。最有趣的是，中举给张老师的情书回信也是由我们共同创作完成，他写前面一半公式化的套话，后面我们一人一段或几段地吹捧、揶揄、洗涮、告密……中举。以至于多年后我们在成都每次家庭聚会，最高潮的部分往往是这段"情书往事"回忆。

在我看来，我与《西南师大报》结缘，当是因为中举师兄。因为印象中在我进入西南师范大学时，他已是《西南师大报》第四版文艺作品版的编辑了。这样想来，我那篇《送你一片云》的"豆腐块"，应该是师兄在我未入校时约的稿吧，否则不会在9月5日开学之际就刊发出来。但现在师兄给我讲的一个笑话，却将我与校报的缘分似乎提前了好几个月。他说赵晓梦你娃不晓得，你来学校后一个外语系写诗的师兄，得知你是男的后，气得瘫倒在床上。我说咋啦？我又没说我是女的呢？他说你的名字让他以为你是女的，看你的名字和诗文，还以为是个多漂亮的女生，结果是一个其貌不扬的家伙。如今看到这139页的消息，我大致猜测到在我进西南师范大学前，也就是1992年放暑假前，《西南师大报》应该是刊发了我作为第二届文学特招生被西南师范大学破格录取的消息，那位师兄以名以文取人，误以为我是女生。只是遗憾的是，我至今未能收藏当时刊发有那则消息的校报。

顺着这些插曲的片段，记忆终于沿着西南师范大学校园那些蜿蜒曲折的交叉小径，伸向影响我一生事业的起点。是的，我从在报刊上发表文章成为一名写作者开始，到我至今30年从事报刊编采工作的这段人生经历，无不是在与报刊打交道。过去是作者，如今是记者编辑，而真要说事业的发生地，还真得从《西南师大报》开始。

在校报上发文章，虽然是每一个学生的梦想，但作为学生成为校报的编辑，却不是那么一件容易的事。这个时候，那个个子和我差不多，却永远比我儒雅、睿智、豁达、宽容的长者出现在我面前。他就是那时候的《西南师大报》主编邓力老师。我不知道邓老师是什么时候主持校报工作的，只是后来才知道他来自自古出才子的自贡富顺——也难怪政治系出身的他能成为校报主编，而邓老师确实是我的编辑启蒙人。

写文章的人都知道，当作者容易，当编辑难，当一个好编辑更是难上加难。这些年在传媒江湖，我见的编辑还真是多了去了，有的无论是在哪个媒体，都是始终如一的优秀，始终有层出不穷的大手笔策划，始终有一拨得力的作者队伍。如何与作者沟通，如何善待作者，如何处理自己写作与编辑的关系，等等，都是一门精深的学问。可谁曾想到，邓老师教我的，却是从如何画版、如何数字开始。那时候的报纸，还是拣字铅印时代，数字数是一个编辑的基本功。但如果没人教，方格纸的稿笺，极易让人陷入数字的陷阱。就说一点，标点符号算一个字还是两个字？很多作者在方格纸上写标点符号占一个格子，但在排版时只能算半个字。因为不懂这个行规，我亲眼见一个同事被领导骂得狗血淋头：你这个大学生是咋个混的？数字都数不清楚。因为是铅字印刷，就得事先在版样纸上画版，而画版就得根据文章的字数来，一个版面的字数是固定的，多了少了都会使版面无法固定无法印刷。一个字数的误差，都会导致后面的拣字工人、印刷工人头开脑裂。为了教育我们这些数学功底差的学生编辑，邓老师更是亲自带我们去印刷车间，看工人如何拣字、排版、印刷。我记得那时的印刷厂在杏园研究生宿舍和李园学生宿舍之间的一排砖房，学校出版社也在那里。有一天拣字拼完版出来，西南师范大学校园已是挤满了晚饭后散步的人潮。

毫无疑问，做校报的学生编辑那段时间是我学生生涯中最高光的一段时间。虽然一个月只轮得到我发稿一期，一期也最多五六篇文章，但全校那么多师生想在校报上露脸啊，在那个洛阳纸贵的时代，这的确满足了我的虚荣心。以至于后来大学毕业，我坚定不移选择自主择业，就是要到媒体，即使违约也不顾某某重点高校、某某部队的入职通知书，义无反顾地投身到媒体行业，从编辑记者干起，一干 30 来年。

事实上，在校报的那段时间，即是我编辑业务能力打底的时间，也是写作能力提升的重要时段。邓老师是一位优秀的作家，编辑部的小邓老师、何老师，甚至同为学生编辑的王中举、曾蒙、袁享林、幺毛、张瑛、骆平等人，都是我学习的榜样。每一次爬着木质楼梯走进大校门正对的办公大楼三楼正中间那间校报编辑部，在交出稿子的那一刻，我的心都是忐忑的，既怕自己这期组的稿被否定，又怕听到某某老师、学长或师弟在某某刊物上发了什么作品，这些都是促使我进步的阶梯。这时候，我清楚记得，每次踏上学校那栋最为神秘、最为安静的大楼，我都会细数那些木质阶梯有多少级，因为脑子里始终会回响起当年黄埔军校那道入学考试题。尽管后来知道这是记者对身边事物观察的一项基本功考核，但在那个时候，我觉得这个阶梯，无疑是我成长进步的阶梯。

后来这阶梯更长更陡了。大约是在我大学四年级，也就是学生编辑的尾声阶段，校报编辑部搬到了气象山所在的一栋老楼里，山坡上林荫遮天，从防空洞往上，上百步缓慢的石阶，让人把所有的心浮气躁全都放下来。我记得那是我从成都实习回来的一个下午，不为交稿，而是汇报自己在《四川日报》实习期间的见闻。结果新闻敏感极强的邓力老师说，这是新闻呀，并鼓励我写出来。于是我今天在另一个作品剪贴本上见到了这篇《川报大楼里的西南师范大学人》，报头下面是第533期，时间是1995年10月20日。印象中，这是我在西南师范大学四年里，第一次在要闻一版上发的一篇千字长文吧。

剪贴本上，黑纸白字记录我与《西南师大报》的文章还有许多，如同打开闸门的记忆，全都是西南师范大学的影子，樟树林、大前门、爱情山、文星湾、西南师范大学街、图书馆、1209教室、夹皮沟、桃园、李园、杏园、游泳池、东方红歌舞厅……那些年那些人那些事，全都一股脑冲出来，我只有合上剪贴本，让那些逝水年华在纸上汹涌，在梦里汹涌。

2023年11月12日星期日于成都三学堂

感恩那道温暖的目光

——纪念《中学生文萃》诞辰 20 周年

在接到这个电话之前,我一直以为,这世上除了父母,没有谁会在乎你行走的身影,更不会想方设法打听你的生死,因为你一直把他当成人生众多驿站中的一个,十多年过去,你几乎已经将他忘记,他凭什么还会记得你?

这个突如其来的电话改变了我的看法。

因为工作的原因,我最近半年都在值夜班,上午手机开的是振动。3 月 27 日这天中午,起床后照例翻看手机,一个来自西安的手机号打了几次,确认不是骚扰电话后,我看到这个手机发来的一条短信:"你是赵晓梦吗?你一定还记得西安的《中学生文萃》杂志和主编丁仁祖老师吧!"我顿时呆住了,怎么会这么巧?不久前我整理书房时,书架不够用,就准备把杂志丢掉一些,结果无意中翻到《中学生文萃》,看到上面自己曾经发表过的一篇篇文章,便留下了。现在他们怎么想起我来了?

顾不上穿衣洗漱我回拨电话:"喂,您是丁老师吗?"一个操着和我差不多口音的男生说:"我不是丁老师,我叫周迎春,跟你一样,也是重庆人⋯⋯"打完这通电话,我才知道,原来《中学生文萃》和丁仁祖老师一直在找我。

我也才知道，这本曾经在我们学生时代赫赫有名的杂志，因为时代的变迁，在网络和新媒体冲击下，跟我们传统纸媒一样，快速衰落，于去年创刊 20 周年之际，彻底停刊。但主编丁仁祖老师一直没有忘记我们这些孩子们，又策划推出《寻找没有消失的记忆——纪念〈中学生文萃〉诞辰 20 周年》一书，希望我这个曾经的作者，能写点什么。

再后来，我又接到了丁仁祖老师亲自打来的电话，也在网上看到了不少文友转发的《寻找没有消失的记忆——〈中学生文萃〉喊你回来投稿》征集令和我的名字，也看到了孙卫卫等人写的回忆文章。我的思绪彻底不再平静了——18 年不再有过的激动，又一下子冲开了记忆的闸门。

18 年前，也就是 1996 年，我从西南师范大学（现西南大学）毕业分配至四川日报社，在其子报——中国第一张都市报《华西都市报》做记者。我记得那年 3 月，已提前到《华西都市报》上班的我接到一个线索，称在四川攀枝花有一个父死母改嫁仍苦苦追梦的流浪少年，故事很感人。我便坐火车去采访，结果真有其人其事。

18 岁的罗军桦因为长期营养不良，看上去只有十二三岁少年样单薄，他的悲惨故事很长很曲折，让我这个还未走出大学校门的人很同情很感动，但作为一个已经在全国众多报刊发表过文学和新闻作品的学生记者，我还是逐一到罗军桦提到的单位和有关人士那里去求证核实，最终采写完成了一篇近万字的《一个流浪少年的命运》报告文学。攀枝花当地的报纸得知后，抢先要去全文刊发了，引起巨大反响，整个钢城都为这个少年献爱心，为他捐款为他找工作，让他重新开始人生之旅。后来，《中学生文萃》编辑也刊发了我的这篇文章，作为"本刊特稿"，加编者按发在

1996 年 11 月 10 日出版的第 6 期（总第 22 期）的头条，再一次在读者中引发反响。

现在，这期有些泛黄的杂志，就放在我面前，我翻看着它，又回想起那次去攀枝花采访的经历。这件事我之所以记得如此清楚，这期杂志我之所以一直保存至今，以至于后来大学毕业到成都工作，10 多年里多次搬家没扔掉，也没有像其他报刊上发表的作品那样剪下自己的贴上，其他的都扔掉，是因为这是我最后一次在《中学生文萃》上发文章，我要给自己的青少年时代留个纪念。

事实上，在这之前的几年里，我的不少校园报告文学，都在《中学生文萃》上得到醒目刊发，使我在中学生里成了名人，以至于上大学后有不少后来的师弟师妹说"认识"我，通过《中学生文萃》认识我。现在回想起来，我几乎没给编辑老师、丁仁祖主编写过信、打过电话（那时也打不起电话）求发稿，也不知道编辑部的故事，甚至彼此间交流都很少。但我想自己之所以能得到老师们的垂青，全得益于丁老师和编辑部的老师们爱才惜才培养人才，我才有了和《中学生文萃》的这段"隔空情缘"。

这之后的许多年里，因为工作的性质，我从一个文学青年彻底转型为一个报人，新闻报道写得多了，每天要忙的事情也多了，报告、方案、申请、总结等公文写得多了，当初的书生意气没了，文学梦也就渐行渐远了。但前年在北京大学一个学期的游学，每天坚持记日记，102 篇数十万字，写秃 23 支笔，这又让我回到了诗歌，回到文学。去年加入中国作家协会，我彻底找回了以前的感觉，现在哪怕再忙，也要挤时间看看书，写写诗，正如文友曾蒙所言："你是缪斯的孩子，迟早都会回家！"因为缪斯从来都没有抛弃你。

因为我是缪斯的孩子，《中学生文萃》培养长大的孩子，所以尽管我中途离开了她，甚至在漫长的岁月里几乎没有想起过她，但她却始终没有忘记我，牵挂着我。就像母亲，孩子飞得再高再远，始终有他们关注和牵挂的目光如影随形。

这道温暖的光芒，让我瞬间成为一个幸福的人。感谢《中学生文萃》还记得我，感谢您让我回想起那些从没有消失过的记忆。

现在我们这些当年的孩子，站在这个狄更斯所说的"这是一个最好的时代，也是一个最坏的时代"里，集体向完成历史使命的《中学生文萃》做最后告别，我想起叙利亚诗人阿多尼斯的一句诗："世界让我遍体鳞伤，伤口长出的却是翅膀"，我想，我们就是您的翅膀，未来的希望。

2014年4月17日凌晨于成都三学堂

补记：丁仁祖，1939年生于洛宁长水，1965年毕业于北京师范大学中文系。陕西作家协会会员，曾任陕西教育学院报社社长，1993年创办《中学生文萃》并一直担任主编。2021年1月17日，意外接到孙卫卫、周迎春二友微信，惊闻丁老师突然仙逝……想起先生找到我并添加微信后，经常给我发信息，发他的书画作品……一时间悲伤逆流成河……

缓冲地带

第五章

答 问 录

生活会让你成为一个诗人
——答《华语诗刊》记者问

2015年11月，实力诗人赵晓梦的最新诗集《一夜之后》，由四川文艺出版社正式出版。

该诗集收录诗人近两年精心创作的百余首诗歌新作。诗集分为六章：行走大地、季节词典、秋天之门、偶然乡愁、一夜之后、北方南方。或抒写故土乡愁、亲情之思、友情之叹，或向阳光、大地、季节、景物送上颂赞，几乎所有的生活元素成了这部诗集的内核，加之诗意浓厚，语句清新，韵味悠长，称得上是诗歌界又一丰美的收获。短短两周时间，该诗集就创造了热销2000余本的业界"奇迹"。本报记者专访了《一夜之后》作者赵晓梦。

《华语诗刊》：《一夜之后》两个星期销售2000多本，超出您的想象了吗？您认为是什么原因让它"大卖"呢？

赵晓梦：的确很意外。当初出版社吴鸿社长说，这本诗集作为出版社本版书，他们准备起印3000册时，我心里一直在打鼓，因为一般诗集印1000册都不错了。结果出来两周时间就卖了2000多册，现在还"差"读者1000多册，正再版加印3000册，估计元旦左右能拿到书。

《一夜之后》能有这个销量，我得感谢朋友们和读者们的捧场。朋友们捧场，是因为我十多年后又"重回"文学，出本书不容易，作为对作者和写作的尊重，哪怕再熟悉的朋友，他们都坚持购买。读者们捧场，并不是因为我的诗写得好所以才卖得好。就像一个读者在购书时给我留言说的那样：她是看了我书封上摘的几句诗决定购买的。我想这或许就像两个人谈恋爱，看对眼就行了——对的就是他们想要的。

《华语诗刊》：这种"大卖"，与"乌青体"、余秀华诗集的热销有什么不同呢？那我们是否可以理解为，它是诗坛"春天"到来的一个折射面吗？

赵晓梦：本质上的不同。他们的诗集热卖，很大程度上得益于名人效应、新闻热点效应。而我作为一个"失联"诗坛十多年的写作者，显然不具备这个知名度。我于诗歌，仍然是一个草根。

几个人，几本诗集的热卖，并不足以说明诗坛的"春天"来了。对诗人和诗歌爱好者而言，诗歌的春天一直都在。今年 12 月 20 日，我重庆的诗歌兄弟李海洲举行了他的新诗集《一个孤独的国王》现场签售会，三个小时签售了 500 多本，当时也有人感叹这是诗歌的胜利。我的看法是，自 20 世纪汪国真把诗歌推向大众，掀起一波热潮后，诗歌又回到自己纯文学的小众里；"5·12"汶川特大地震，作为最能打动人、激励人、书写人心灵的分行文字，诗歌再次活跃起来；这两年，随着微信等新型社交媒体的诞生，诗歌又"春"了。各种诗歌流派、圈子、微信公众号，十分热闹；写诗的读诗的，似乎多了起来。但仔细看你会发现，真正称得上诗人的，还是只有那些人，只不过换了个平台发表而已。与此同时，诗歌等纯文学刊物的发行量，却是一降再降。如果"春天"来了，应该不降反升才对。所以我认为，诗歌仍然是小众的，对于诗人和诗歌爱好者而言，他们的"春天"一直都在。

《华语诗刊》：《一夜之后》是您的第五部出版作品，距离您上一本作品集时隔12年。是什么原因让您在多年后再次出版诗集呢？创作过程中，您觉得遇到的最大困难或者阻碍是什么呢？

赵晓梦：著名诗人梁平在给我诗集作序时说，这是我在诗坛"失联"多年后的回归之作。的确，作为一个曾经的文学少年、青年，突然之间就从自己当年狂热追求的文学梦里消失了，多少让人觉得意外。而让我重回诗坛的原因，也是个"意外"。我这本诗集最后一章《南方北方》里收录我写于2011年和2012年的一些诗歌。当时的情况是，我参加省委宣传部组织的一个采风团，从广西北海到桂林，坐了差不多九个小时的火车，大家在车上把每个人深藏的秘密都说完了，火车还在铁轨上散步。于是在车厢的连接处，我一边抽烟一边看着窗外熟悉而又陌生的乡村风景，久违的诗句不请自来，于是便在手机上一口气写了三首诗。接下来2012年，我被集团选送去北京大学进修一个学期，学习之余，游历了祖国北方的一些大好河山，久违的诗歌又找上门来。有了这些铺垫，从2014年开始，我便坚持写作诗歌，写多了，便想结集出版，于是有了这本《一夜之后》。

老实说，我现在对这本诗集里的大部分诗歌是不满意的。这就是曾经长期困扰我的创作难题：一是不自信，总觉得自己写得不好；二是如何突破自己，进入随意书写的境界。好在我及时得到了朋友们的支持，比如《星星》诗刊、《天津诗人》《华语诗刊》，甚至《人民文学》刊发了我的诗歌，给予了我极大的鼓励。尤其是我联系上了 20 多年前就结为兄弟的"70 后"代表诗人曾蒙，他为鼓励我，坚持每天写诗，发给我看，让我从中学到不少东西；我每写一首也发给他，他都会提出意见。今年春节我去攀枝花看他，我们就诗歌写作进行了一次深谈，重要的是他推荐了几本书给我，其中一本王家新翻译的《带着来自塔露萨的书》，让我一下子打开了思路，找到了属于自己的诗歌语言和着力方向。

《华语诗刊》：这部诗集侧重回顾近两年来您与诗歌相伴的人生履痕，有知名诗人、诗评家评价诗集里"您"十分真实和真诚，结结实实地写出了"自己"。您认为什么是"自己"？

赵晓梦："自己"就是生活。写自己熟悉的生活，写自己面对景物的感悟。我每天上下班都要经过一段穿城而过的锦江，岸边杨柳依依，拱桥流水，竹林楼阁，晨光夕阳，甚至青草和淤泥，都给了我很多的灵感。我曾经对女儿说，我从这条河流里"捞"了一二十首诗上来。还有就是，我一年中有半年上夜班，晚上下夜班回家，车子停在对面小区，每天都要穿过别人的花园，夜晚空旷的脚步声里，花草、露水、灯光、楼道都争着挤进来阻止我的睡眠。这些个人化的生活体验和感悟，让我有了源源不断的诗情。

《华语诗刊》：阅读您的诗歌时，我们常常会感受到，您在寻找并极力张扬着社会中的光明和温暖，因此在您的诗行里无处不弥漫着一种士大夫的家国情怀，是这样吗？

赵晓梦：刚才我说了，因为工作原因，我的大部分诗歌都是晚上写的。人在黑夜里，思绪走得更远，同时深处黑夜又让我对光明充满渴望。所以我不断鼓励自己"与其幻想十万个温暖的未来/不如挺住现在的艰难"。还有一个,人到中年,对故土特别怀念,对来时的路特别感伤,这种种回望与关照,让我不自觉地涌出书写的使命。没想到这些分行文字,竟让您读出了"士大夫的家国情怀"。真不好意思,我还配不上,我的书写都不过是如同梁平所说:结结实实写出了自己。

《华语诗刊》：您的社会身份是一名资深媒体人,这个职业让您阅尽社会和人性的真实,那么它与诗人天性中的肆意诗性有着冲突和违和吗？您又是如何让自己的诗意才情没有被媒体的信息海洋淹没,对语言保持自己的高度敏感和对世界的"痛感",来完成自己作为诗人的"使命"？

赵晓梦：这个问题很好。前面我说过,这部诗集是我在诗坛"失联"多年后的"回归"之作。之所以会中断十多年重拾文学梦,我曾经在很长一段时间里,都认为自己从事的新闻工作与文学创作是矛盾冲突的。一个是写实,一个是写意,人在这两种不同的话语体系里,是分裂的。曾经很长一段时间,我认为人首先得生存下来,然后才能去谈自己的爱好。我也一直认为,自己不再写作,是因为忙于工作没时间。但后来我发现,这是自己给自己的懒惰找借口。我现在的工作仍然很忙,但情况好的时候,每天能写一两首诗。

面对这个纷繁复杂的社会,各种媒体发布的信息汪洋,人要做到"独善其身"是很难的,尤其是一个诗人,要从自己每天习惯面对的真相追问、事实依据、直截了当中,保持自己对语言的敏感、对世界的"痛感",确实很难。至少在刚拿起笔重新写诗的时候,我是这么认为的。但随着诗歌写作的深入,尤其是现在,我对这种人生经历,却充满感激。正如您所说,媒体这个职业让我阅尽社会和人性的真实，使我在写作时有了思考的厚度，也有了看问题的宽度，有了更大表达的回旋余地。同时我发现，诗歌写作虽然需要灵感，需要才情，但更需要伟大的生活来成全。我不过是换了个角度来看世界，换了种语言来表达生活。没人命令你去成为诗人，但生活会让你成为一个诗人——你只需要去做一个生活的观察者、思考者、书写者。

采访者　胡蓉
2015 年 12 月 25 日

精神灵感栖息地的寻路之旅
——答《四川文艺 FUN》问

在工作和写作之间选择，在生活和诗歌中往返，2016 年年底，曾经的重庆市首个文学特招生出版了"搁笔"之后的第二本诗集《接骨木》。新闻写实，文学写意，穿梭于双重角色之间，赵晓梦一次又一次借助诗歌怀旧，并透过文字回到"故乡"。他说，这本诗集更是意在向俄罗斯诗人茨维塔耶娃致敬。

和其他繁忙的都市人一样，赵晓梦除了诗人、作家的身份以外，还是一位扎根传媒 20 余年的资深报人。他供职于中国第一张都市报《华西都市报》，这是他的本职工作，而写诗历来只能成为副业。

在高强度的工作环境里，赵晓梦创作诗歌的时间完全是挤出来的，"没事时就琢磨"。在无数个早晨步行上班的路上，在夜晚书房看书的间隙，往往一次就会产生两首、三首甚至组诗。与此同时，他也把自己从那些不必要的应酬中解脱出来，给诗歌写作留出时间。

如此一年半下来，124 首诗最终汇集成为一部《接骨木》。这是赵晓梦此前由于工作原因"搁笔"10 余年后出版的第二本诗集。2016 年最后一个月，四川文艺出版社将这些作品公开出版，共计六辑。这也是他个人第6部作品，继2015年创造了诗歌热销奇迹的《一夜过后》的又一诗集。

接受"范儿姐"采访的赵晓梦，持续表现出谦逊、谨慎的态度。回顾过去的写作，他认为是"十分杂乱"的，小说、诗歌、散文、报告文学都曾是他的创作体裁。直到《接骨木》的成形，他才确信自己找到了写作方向。

20世纪80年代末90年代初，一批风靡全国的中学生文学运动代表人物浮出水面，这当中不仅有现已是鲁迅文学院常务副院长的邱华栋、"70后"代表性诗人曾蒙，赵晓梦也名列其中。"过去我曾经为自己是文学少年而沾沾自喜，个人命运也因为文学而改变"，赵晓梦的文学梦想起步很早，始于13岁那一年公开发表作品。在他的家乡合川，小有名气的"文学少年"曾夺得过"四川十大文学少年""全国十佳小记者"称号，作品也陆续散见于《人民文学》《星星》《诗歌月刊》《诗选刊》等老牌文学刊物。也正是因为在文学领域中的天分和成果，他在破格被合川二中录取之后，1992年西南师范大学（现西南大学）以免试特招的方式将其领入高等学府。在重庆第一个文学特招生的光环笼罩下，他在大学期间出版了作品集《爱的小雨》及诗集《给雨取个名》。

1996年即将大学毕业的当口，赵晓梦被四川日报社选中，头一年的元旦中国第一张都市报在成都红星路创办。文学的文字在此之后更多地变成了新闻的文字，半年以后赵晓梦加盟《华西都市报》社会新闻部担任记者，20余年间，他报道过诸多重大新闻，也一路从记者变成了编辑、主编、编委、副总编辑、常务副总编辑。传媒生涯的第六年，作品集《把门打开》亮相；第八年，报告文学作品集《最后一个问题》出版……

但后来迫于工作的压力,他险些放弃了文学梦想。十年未出版个人文学作品的境况,一直让他心有不甘。2015年时,他决定再次归来,随后以每年一部诗集的频率坚持了下来。

著名作家、诗人、编剧凸凹在读完《接骨木》后称:"他是用他内心的乡土、内心的农耕——他的乡愁——来对抗、稀释、平衡他现实中的城市的烦躁、急切和肮脏。"而对于赵晓梦而言,这一年半的创作是因为生活的细节在内心澎湃生长,他不仅比以往更有耐心地对待写作技巧和生活态度,也更加愿意与人分享万物生长的力量。

聊新作:在激越处触摸到诗人的心跳

范儿姐:最新诗集《接骨木》与之前5部作品最大的不同点在哪里?在您创作这部诗集前后,经历了怎样的过程?开始写下这本诗集的背景是怎样的?

赵晓梦:对一个写作的人来说,他的状态不应是为了写作而写作,哪怕他是专业作家。所以,我的这本《接骨木》不是为了什么而写的,也就不存在"经历了怎样的过程"。在《一夜之后》出版之后,我很快发现自己写作中存在的问题,比如写作的方向感、表达技艺等问题,于是通过写组诗等方式来锻炼自己,不断延展自己诗歌花园的小径。随着年龄的增长、阅历的丰富、思考的深入,我的心性更加成熟,我更愿意说出自己这个阶段对生活的观察与感悟。要说这部诗集与之前作品最大的不同,我个人认为这部诗集更加有耐心了,对生活和写作的耐心。

范儿姐:我们知道接骨木是一种植物的名称,为何诗集最终用到这个名字?抛开植物本身,想借此传递什么内涵?

赵晓梦：接骨木被视为灵魂的栖息地，我第一次接触到接骨木这个意象，是从俄罗斯伟大女诗人茨维塔耶娃的诗中，当时心灵受到的震撼至今仍在回响。所以，后来我不仅写了一首《接骨木》的诗，也用它作了这本诗集的名字，我想除了这本诗集表达寻求精神上的情感安放地，更是向茨维塔耶娃致敬。

范儿姐：从年少时的文学少年到今天出了 6 部诗集的诗人，您的创作有没有随着阅历一起变化？

赵晓梦：尽管现在看当初的不少文字显得十分稚嫩，但不乏真诚。后来因为工作的原因，中途搁笔十好几年。两三年前"回归"，也是"三天不摸手生"，差点放弃，好在坚持了下来，一年一本诗集，我想这些变化都已在《一夜之后》和《接骨木》里了。我个人而言，一是诗歌写作方向感更明确，二是诗歌样式更加丰富，写作技巧也更加成熟了。

范儿姐：截至目前，您在报刊上发表的作品数量颇丰。通过大量的创作，您最终想构建起一个什么样的"文学宫殿"？

赵晓梦：我之前的写作十分杂乱，一会儿小说，一会儿诗歌，一会儿散文，一会儿报告文学，直到这本《接骨木》，我才找到著名诗人、《青年作家》和《草堂》诗刊主编梁平在序言里说的"写作方向"，我坚信他说的"能够找到自己写作路径的人，就有取之不尽、用之不竭的源泉"，然后用心去"深挖一口井"，让"每一注清泉的涌出都有激越之处"，让读者"在激越处触摸到诗人的心跳"。

谈初衷：延伸回望的视线

范儿姐：您的作品里有不少是跟自然、故乡、季节有关的，之所以选择这几个方面的原因是什么？

赵晓梦：我写作的一个重要原则是写自己熟悉的、亲身经历的东西，所以我观察的自然、生活的故乡、经历的四季、路边的草、随风摇摆的垂柳，甚至我家里的抽屉、洋葱、鱼缸、窗帘等等看得见的东西都进入了我的诗里，成为我写作的诗题或诗歌意象。这些生活的细节，在我内心澎湃生长，我没有理由不把它们表达出来，让更多的人分享这种美好，感受到万物生长的力量，延伸着我们回望的视线。

范儿姐：有人说，诗人的天职是返乡，您的作品中也集中传递着"精神原乡"这一内核。对于您而言，精神原乡指代的是怎样一个范畴？

赵晓梦：我一直认为，写作是自己的事，评价和贴标签是读者或批评家的事。我是一个怀旧的人，更是一个喜欢天马行空般幻想的人，爱把自己看到的、经历的事诗意地表达出来。这种情况一旦多了，就容易被标签化。我觉得，诗人就应该在自己擅长的领域可劲地抒情，再干旱的土地，只要你用力往下挖，准能挖出水来。

范儿姐：在创作中，"故乡"和"原乡"是否有所不同？它们二者之间的差异应该怎样去理解？

赵晓梦：对个人而言，家乡是目前居住的地方，故乡是曾经居住过的地方，原乡是祖先居住过的地方。每个有故乡的人，都会禁不住怀乡，尤其是离开故乡在城市或他乡生活久了，便会产生"乡愁"。对一个怀旧的诗人来说，我在写作中也自觉不自觉地时常回到"故乡"，只是这么多年过去，"故乡"在我这里早已不是地理意义上的合川龙洞那个嘉陵江边的小乡村，它们早已幻化为我笔下奔跑的群山、蓝色的天空、低飞的白鹭、拉长的影子、折叠的光阴，一如我深扎泥土的内心。

说跨界：诗歌与传媒的相互作用

范儿姐：四川是一个诗歌大省，您觉得四川现阶段的诗歌发展状况是怎样的？

赵晓梦：四川自古就是诗歌大省，优秀的诗人数不胜数，我只是一个刚入门的写作者，岂敢妄言。但我想说的是，现阶段四川的诗歌氛围十分浓厚，诗歌创作进入一个前所未有的活跃期，仅成都就有两份全国有名的诗刊——《星星》和《草堂》，还有众多民间诗刊、微信诗歌群、诗歌公众号等，拥有很多在全国都有影响力的诗歌奖项，每年都有众多本土诗人的诗集出版，所以著名诗人张新泉说："成都已成为全国诗友羡慕的诗歌第一城。"

范儿姐：您除了是诗人以外，还是一位资深传媒人，您是否会用诗人的眼光去洞察新闻？这两个领域之间是否存在交集和相互影响？

赵晓梦：我是个原则性很强的人，工作是工作，写作归写作，后者服从前者。新闻缺乏诗意，但诗人总会从新闻中看到诗歌，这不可否认。比如"5·12"汶川特大地震后，沉寂多年的诗歌呈现一个井喷现象，诗人重新活跃在公众视线里，创作了大量反映灾区人民坚强重生的优秀诗歌。《华西都市报》联合《星星》诗刊等各方力量，在极重灾区的什邡穿心店地震遗址公园，建立起了一座"中国五·一二地震诗歌墙"。这是我作为新闻工作者和诗人参与策划并完成的一个重大项目，也是这两个领域一次成功的交集和相互影响。

范儿姐：传媒业的工作强度极大，而创作需要时间和精力的保障，您如何去平衡创作与工作间的关系？

赵晓梦：我自己在中断文学创作的十多年里，也认为这两者是矛盾的，因为新闻工作是写实，文学创作是写意，两者都需要时间去完成。但你发现没有？这个世界上除了有作家是专职的，但很少听说有诗人是专职的。诗人基本上都是有工作的，写诗是副业。我的情况也一样。工作的时候认真工作，写诗的时候认真写诗，一点也不矛盾。当然，这两种体系要转换自如，是需要技巧的。我现在工作再忙，每个月也会写上几首甚至十几首诗，时间除了挤，还要自己去找，比如走在上班路上，比如推掉不必要的应酬。只要保持对生活的耐心，对世界和人生的"痛感"，诗歌就会不请自来。

采访者　李诗溶
编辑　杨济铭
2017年3月7日

以诗立传

——答《文旅合川》记者问

《文旅合川》：您是从哪一年开始诗歌创作的？最早激发您写诗的灵感是什么？

赵晓梦：歌德说，哪个少男不多情？哪个少女不怀春？青春年少本身就是一首诗。所以在我十余岁时，就在民间文学的熏陶下开始尝试编故事了。给我讲故事的是两个老人，一个是我爷爷，读过几天书、跑过几天船、会打算盘的生产队老会计，他的故事主要是流传于"江八县"一带的各种民间传说，印象最深是好为穷人打抱不平的"王钯四爷"的故事；另一个是邻居余表爷，这是一个了不起的老秀才，落实政策从新疆回来时，带了几大箱子书，每天晚上就在院子里给我们讲他从书上看来的各种神话传说，后来念书后才知道那是《山海经》。在那些没有电灯电视的夜晚，两位老人的龙门阵像火柴一样擦亮我好奇多思的心房。后来我曾为他们写了一首诗《爷爷的故事》："爷爷叼着烟斗/弯腰走进我的梦里/爷爷吧吧地吸烟/那些故事就呼噜呼噜蹦出烟斗/并排站在我眼前……"现在看来，这首写于1988年11月的诗，虽然稚嫩，也谈不上技巧，但我真的感谢爷爷们，用旱烟和龙门阵打开了我的想象之门。

《文旅合川》：您曾说过，心中最大的梦想就是为家乡合川创作一部长篇文学作品。三年前您完成了鸿篇巨制——长诗《钓鱼城》，可以为读者回顾一下您创作它的来龙去脉和心路历程吗？

赵晓梦：关于钓鱼城那场改变世界历史走向的战争，700多年来，评说的人很多，最著名的当数明人邹智的评价："向使无钓鱼城则无蜀久矣，无蜀则无江南久矣，宋之宗社岂待崖山而后亡哉！"关于我的长诗《钓鱼城》，我和评论家们都说得很多了，最典型的是2021年著名诗人梁平主编了一本《赵晓梦〈钓鱼城〉档案——长诗的境界与魅力》，里面不仅汇集了2019年在合川和北京举行的两场《钓鱼城》研讨会上数十位参会评论家、诗人的发言，也收集了30余篇专题评论，对这首长诗所抒写的那段历史以及当下长诗写作进行了多角度探讨。文坛前辈和大咖们的不吝褒奖和鼓励，既让我深感荣幸也深感惶恐。

对一个写作者来说，写作是没有尽头的，那些所谓的经验之谈，都是对自己过往某个阶段生活经验和阅读体会的一种认识，但这种认识是否有用，我看未必。因为写作者往往会在另一些时刻说另一番话，或许是他在写作实践中有了新的体会，或许是客观环境发生了变化。但是不是有了快感就得叫呢？我看未必。因为某种程度上这可能是在误导他人。写作对写作者而言，是绝对自我的，也是自私的。不是不能分享，而是不具有吹糠见米的价值。所以对一个写作者来说，一首诗或者一部作品写完后，就不再属于他了，而是属于批评者、属于读者、属于时间，甚至有可能属于抽屉里的黑暗与灰尘。

如果真要回顾一下创作《钓鱼城》的来龙去脉和心路历程，我想我在长诗单行本的后记里所写的那些话是真诚的。因为作为一个在钓鱼城古城战场旁边出身、成长的一个合川人，无论是上学读书还是工作后回家探亲都绕不开钓鱼城，它就是我的乡愁灯塔或者指路牌；作为一个写作者，尤其是对钓鱼城的历史与遗址遗迹烂熟于心，我又时常难抑一写为快的冲动。但熟悉的城一直都在，怎么讲出新意？这就考验一个写作者的耐心与决心了。我说的前后十余年收集资料300余万字资料是真的，电脑里文件夹建了一个又一个是真的，大半年里不断推倒重来是真的，最后在清晨的淋浴花洒下找到灵感是真的，而后的写作就是为了搬开压在心口的石头是真的，但写完"放下笔的身体里，钓鱼城的石头还是没能搬走"也是真的，因为我觉得，诗歌无法表达的地方，还应该有非虚构和小说来补充，不然对不起这座伟大的城，那山一样矗立且从未变节的石头。

《文旅合川》：您眼中的合川是什么样的？她有什么能使您产生创作冲动的特质吗？为什么？

赵晓梦：合川是我魂牵梦萦的故乡，这一方山水不仅有独钓中原、支撑南宋半壁江山、改变世界历史走向的钓鱼城，更有悠久的历史文化、人文风光、生态资源。有趣的是，年少时我常常为自己的家乡只有"合川桃片"和"火柴"感到"自卑"，为没有出过李白杜甫那样的大诗人而自卑；哪怕李白杜甫来过合川留下诗篇也会让我作为一个合川人感到骄傲。

随着读书的深入，尤其是写作《钓鱼城》收集了不少版本的合川地方志，我为自己的无知感到羞愧。且不说距今1.65亿年的"马门溪龙"，将合川的地理历史推到了侏罗纪晚期，就说我的出生地合川盐井镇龙洞乡（现草街镇百岁村），合川八景之一的"照镜涵波"就在我家门口龙洞沱的嘉陵江中，儿时坐船经常从这块巨石身边擦肩而过，石形如镜，高达两丈，明人邹智有诗云："江中一大石，砥柱中流立。左右无攀援，任他波浪起。万古此江山，万古此镜石。"不仅如此，2006 年，合川建草街航电枢纽工程时，重庆市考古所对该石进行抢救性发掘，意外发现出自宋代的 34 字题刻，虽然残缺难以辨认，但专家认为"照镜石"是有着较高历史价值的人文自然景观，同时也有很高的水文研究价值。合川在宋代曾命名为石镜县、石照县，都是因为这块石头。此外，石上还镌刻有时任绵州刺史的唐朝诗人王铤在唐大历三年（768 年）的题记。

发生在我家门口嘉陵江上的人文故事远不止这些。宋蒙"钓鱼城之战"时蒙古大汗蒙哥拦截南宋大将吕文德援军的"三槽山黑石峡之战"就发生在龙洞沱口的沥鼻峡至草街下游的观音峡。更难得的是，南宋后期川东地区最著名学者阳枋就曾写诗记录过沥鼻峡经历。再往前溯，意外惊喜接踵而来：唐代大诗人陈子昂曾在这条出川的通道上走过，并留下诗篇；东晋桓温伐蜀曾在嘉陵江边的栈道上走过，而这栈道竟然是三国张飞沿嘉陵江北上攻巴西（合川以上的遂宁、南充一带）时修建……往后看，嘉陵江这条长江上游的黄金水道，更是作为中国战略大后方发挥了"中华后盾"的坚强支撑。拼死抢运抗战物资的"中国船王"、著名爱国实业家卢作孚就是咱合川人，而我奶奶的义父曾与卢先生有过码头交集……

有一句话叫作"川人从不负国"。每当国家处于危难之时，川人总是站在救国救民的最前线。冷兵器时代最典型的就是南宋末年钓鱼城长达 36 年的抗战，横扫天下无敌的蒙古大军面对四川军民的顽强抵抗，硬是无法越雷池一步，不仅如此，一代天骄成吉思汗的孙子、蒙古第四任大汗蒙哥死于钓鱼城下，导致蒙古帝国再也无力征服世界，历史在钓鱼城下转了一个急弯。其次就是抗日战争时期 350 多万川人出川打国仗，64 万多人伤亡，回到故乡的人不到十分之一，参战人数之多、牺牲之惨烈居全国之冠。更不用说四川作为全国的大后方，整个抗日战争期间，先后为国家输送兵员 350 万人，伤亡数量高达 60 多万，还承担了当时中国半数以上的赋税和军粮，保留了中国的工业、文化、教育等等火种，为中国的反侵略战争最后胜利做出了不可磨灭的贡献。

这两个历史事件都有合川人的身影，都和我的家乡血脉相连，作为其中一员，生长在这块历史文化底蕴深厚的土地，我既感到光荣，也感到责任重大，那就用自己手中的笔，从历史中汲取奋进新时代的新动力，从大历史观中讲述家乡的新发展故事。

《文旅合川》：我们知道，其实包括您在内的很多名家、名人都来自合川，书写合川的作品也是数不胜数。目前合川在文学领域的发展如何？怎样才能让合川文风更盛，让更多的人通过文学作品认识她呢？

赵晓梦：三江聚汇的故乡合川，历史悠久，物华天宝，地灵人杰。合川是巴文化的发源地之一，春秋战国时为巴地，秦时置巴郡，西魏时以涪、岩（渠）、嘉陵江汇合，即更名为合州。区内除了大家耳熟能详的钓鱼城，还有涞滩古镇、涞滩二佛寺摩崖造像、文峰古镇、云门山、古圣寺、育才学校旧址等著名历史文化古迹。这里名家名人辈出，除了我前面谈到的阳枋、邹智、卢作孚等土生土长的合川名人，还有汉成帝、哀帝时为谏议大夫的醮君黄，汉灵帝时以"遇事明敏，善筹谋"任益州（今四川）太尉掾的李颙，被李白认为族叔托付手稿的唐代篆书大家李阳冰，唐末名将张武，唐高宗李治时举进士、武则天即皇位后官博士、诗书文章与陈子昂、杜审言（杜甫爷爷）齐名的阎邱均，南宋绍兴年间赴临安参加策试激烈陈词直指秦桧的赵性等等，还有路过合川曾为合川留下光辉著作或建立不朽功绩的名人名家，如范成大、张栻之、周敦颐、余玠、冉琎、冉璞、王坚、张珏、王立、耶律铸、杨慎、胡应先、张森楷、陈毅、郭沫若、陶行知……

由合川学者王利泽主编、著名诗评家吕进作序的《钓鱼城诗词释赏》一书中，收录了古今 100 多位诗人为钓鱼城为合川写的诗词，其中不乏文天祥、刘克庄、刘白羽、徐无闻、梁上泉等古今名家。其中南宋工部尚书兼侍读、龙图阁大学士刘克庄的《蜀捷》一诗，于开庆元年（1259 年）喜闻蒙哥大汗死于钓鱼城之战中所作："吷南初谓予堪侮，折北俄闻彼不支。拽览果歼强弩下，鬼章有入槛车时。"写出蒙军惨败、蒙哥伤亡的历史史实，是最早记录蒙哥死于钓鱼城之战的诗歌文献，具有史学价值。而文天祥写给同样在狱中的抗蒙名将张珏《张制置珏》："气敌万人将，独在天一隅。向使国不亡，功业竟何如？"沉雄悲壮，表现了生死不渝的感人气节，其浩然正气，令人振奋。南宋抗蒙名将余玠不仅打仗厉害，其诗词文章功夫亦是了得。其作于四川制置使兼知重庆府领导四川军民于钓鱼城筑城抗蒙期间的《黄葛渡》一诗便可窥一斑："龙门东去水如天，待渡行人暂息肩。自是晚来归兴急，江头争上夕阳船。"作为一名统帅、高官，将诗笔伸向民间，写出反映人民生活的作品，这在当时是多么的难能可贵。诗如其人，这也是余玠能以十年之期经营出一个支撑半壁河山、延长国祚的四川的根本原因所在。当官者，唯有执政清廉、深入民间、体察民情，才能带领人民革除弊政，振奋军民，抵御强敌。

这些名人名家的优秀诗词，是我们学习成长的宝贵财富，也是合川文风昌盛至今不衰的传承根基。

《文旅合川》：随着社会文化语境的变迁与自媒体时代的到来，您认为诗歌传播方式的改变会对诗歌创作本身产生什么样的影响？

赵晓梦：这个问题我曾在几年前谈过。不过我还是要纠正你一下，如今自媒体虽然热闹非凡，但智媒体时代、元宇宙时代已然来临。所以对诗歌的传播来说，再也不会出现"酒香也怕巷子深"的问题，诗人再不用担心发表的问题了，你的诗可以在自己朋友圈晒，可以在抖音上发，可以在喜马拉雅上读，可以在微信公众号上推，不少平台远比传统的报刊用户多，影响力大。所以诗人、评论家杨庆祥说："如果我们的诗人们更注重诗歌与个人内在精神之间的关系而不是执着于它的'公共性'——这一点今天变得越来越可疑——那么，诗歌甚至不需要发表！更不需要浪费过多的物质性原料来进行印刷和出版。"他将诗歌定义为"最符合生态主义要求的人类产品之一"，"它耗费最小的纸张、墨水，它占有最小的磁盘空间，它的传播速度迅捷，它排出的热量和二氧化碳可以忽略不计"。

但如同我之前所说，诗歌传播的便捷也好、生态也好、热闹也好，跟诗歌创作本身没有一毛钱的关系。如果一个诗人写诗就想着发表和传播，那我劝你趁早别写了。

《文旅合川》：您最欣赏的诗人有哪些？您认为，中国要出现20世纪80年代前期那样的诗歌辉煌期，还需要怎样的机缘？

赵晓梦：我喜欢的诗人很多，李白、杜甫、李商隐、白居易、苏东坡、陆游的诗我喜欢；茨维塔耶娃、阿赫玛托娃、曼德尔斯塔姆、博纳富瓦、聂鲁达、佩索阿、洛夫等等诗人的诗我也喜欢。现在在我的书桌上，都是他们的诗集。我的观点是读对自己有用的书。

中国新诗走过百年光辉历程，在20世纪80年代写下辉煌一笔。四川从古至今都是中国诗歌的重镇，自唐以降，天下诗人皆入蜀，这种交流与碰撞，使得巴蜀大地变成盛产优秀诗人的区域，唐宋以来几乎隔几百年就出一个大师，李白、苏轼、杨慎、巴金、郭沫若、李劼人。而20世纪80年代的中国新诗高地，无疑是四川（那时川渝还未分家），有名的诗人不是一个，而是一群，如春熙路、解放碑汹涌的人头，多得数不过来。改革开放，解放思想，打开了诗人们的心智，各种诗社、刊物、流派的疯狂生长助推了这种诗歌的繁荣，成都诗人坐着火车唱着歌到重庆朝天门吃火锅，重庆诗人则没事就往成都的《星星》诗刊跑。1986年，《星星》诗刊发起了"我最喜爱的10位当代中青年诗人"评选活动，全国各地诗人和诗歌爱好者激动不已，纷纷向自己心中喜爱的诗人投上了"庄严"的一票，最后选出舒婷、北岛、傅天琳、杨牧、顾城、李钢、杨炼、叶延滨、江河、叶文福10位。当年12月，为庆祝《星星》创刊30周年，《星星》在成都举办了为期一周的"中国·星星诗歌节"。10位当选的"我最喜爱的当代中青年诗人"除杨牧、杨炼、江河三人因故未到四川外，其余七人都应邀到了成都，在成都掀起一股前所未有的诗歌热潮，据当年的亲历者介绍，读者们比后来的粉丝追星还生猛，顾城等人被迫从旱厕翻墙逃脱围追堵截。

　　这些美好时光如今只能是回忆了。当年的那一批诗歌健将有的遗憾走了，比如果园诗人、待我如姐的傅天琳老师。有的早已不写或转行了，比如阿来转而写小说，却写出了茅盾文学奖和鲁迅文学奖双冠王。但更多的人还在坚持写作，比如李钢、梁平、李亚伟、尚仲敏、柏桦、李元胜、龚学敏、邱正伦、吴向阳等等。更难得的是，川渝两地如今中生代、新生代又冒出一大批实力雄厚的诗人，比如重庆的李海洲、何房子、刘清泉、余真、张远伦、姚彬等等，就合川而言，我知道的就有胡中华、李苇凡、蒙建、安卡等人。

《文旅合川》：今天的读者们需要什么样的文学作品？您对合川想写诗、爱写诗或正在写诗的人们有什么想说的？

赵晓梦：现实主义是文学创作永恒的主题。即使李白被称为浪漫主义诗人巅峰代表，但细看他的诗歌，无不从生活中来又到生活中去，他早年沿长江游历，吸收了大量的民间艺术营养，那首《长干行》就是拟一个妇人口吻在叙述，一首诗里就创造了"青梅竹马"和"两小无猜"两个成语；后世人人能诵的"床前明月光，疑是地上霜。举头望明月，低头思故乡"，就写于客居扬州贫病交加、辗转难眠中。所以我坚持认为，有感染力的文学作品，无不是对现实对生活对人性的深刻揭露，那种辞藻华丽、空泛抒情的鸡汤式文字，再美也会很快过时，读了不仅没有营养，反而败了胃口，所以开卷未必有益。

至于想写诗、爱写诗或正在写诗的朋友，我真没有多的话说，因为写作本就是极度个人化的行为。如果真要说点什么，我建议先做一个"敏感"的人。

因为诗人都是敏感的动物。所以，有人说，一个真正的诗人，绝不会对雨无动于衷。

采访者　徐徐
刊于《文旅合川》2022年春季刊【合川人物】专栏

难以割舍的情感
——答《重庆客》记者问

《重庆客》：由于多次和您采访，我们一直知道您在成都打拼，但合川始终是令您牵挂的故乡。这次受邀参加钓鱼城旅游文化节，几天后又要回乡，与众多诗人作家好友相聚，您有何感受？

赵晓梦：又有3年多没回合川了，能在这样一个时节、以这样一种方式回到家乡合川，非常高兴！尤其是又将目睹到家乡新的变化，心中充满期待。

《重庆客》：您这些年一直身在成都，在您心中，成都与重庆在人文风物上有什么不同？

赵晓梦：从不适应到适应，如今我的感觉是这种差异越来越小、界限越来越模糊。自秦并巴蜀，两地就是一家人，尤其是经历历史上的几次大移民，我们都不再是原住民，这种文化差异就更小了，用文学巨匠马识途的话说："我们在同一种文化中生活，用同一种方言写作。"如果真要有什么不同，除了地名、景观不一样，最大的不同可能就是说话的气质不一样吧！重庆人硬朗，成都人柔软。只是现在两个城市，都挤满了全国、甚至世界操各地方言的人。所以啊，哪还有那么讲究？

《重庆客》：近年来，我国一直在推进成渝双城经济圈建设，在两座城市的资源融合上,您有没有什么建议和看法?

赵晓梦:川渝山水相依,血脉相连,成渝两座城市在资源上可以互补的地方太多了。从我自己的关注兴趣和关注视野而言,我建议川渝在宋蒙山城防御体系遗址申遗上,双方应携手并进。这个山城防御体系,是当年南宋王朝兵部侍郎、四川制置使兼知重庆府大帅余玠所倡议并打造,成为抗蒙最强防御线。这个防御体系,依托四川发达的水运和山地要塞构筑,有效扼制蒙古铁骑,被誉为川中"四梁八柱"。而关键所在就是钓鱼城。1259年,蒙古第四任大汗蒙哥汗在钓鱼城下阵亡,导致世界历史在这里转了一个急弯。今天,这些古战场都还保存完好,钓鱼城率先提出申遗很好,但我认为,如果这个山城体系整体申遗的价值和可行性更大。

《重庆客》:本次钓鱼城旅游文化节旨在为宣传合川文旅助力,作为合川人,您最推荐的合川景点或者合川美食是什么?能否为我们阐述一下理由?

赵晓梦:合川的文旅名片很多。最有名的我认为是钓鱼城、涞滩、嘉陵江小三峡、合川八景、文峰塔、桃片、火柴、阳城大曲、合川米粉……太多了,如果必去的地方选一处,那肯定是钓鱼城;如果必吃一样,那一定是合川米粉。多说无益,你去看了,你去吃了,就会明白其中味道。

《重庆客》:您曾经用十余年的时间搜集资料,将伟大的"钓鱼城保卫战"以一部1300行的长诗《钓鱼城》的形式呈现出来,您觉得合川的这些人文风物对您的写作有何帮助?未来您是否还有为合川写诗写书的打算?

赵晓梦:海德格尔说,文学的天职是还乡。故乡和童年对我来说,意味着一口深井,一口取之不尽用之不竭的深井。下一步,我还将为钓鱼城写一部非虚构,已经筹备多年,只是时间还没排过来。

《重庆客》:最后,如果要您为合川或者为合川的父老乡亲说一句话,您最想说什么?

赵晓梦:感谢合川!感谢家乡!让我对故土有了难以割舍的情感。

采访者　夏唯
2023 年 5 月 23 日

阅读与写作
——"全民阅读日"答《读者报》记者问

《读者报》：疫情期间，就阅读而言，您的最大感悟或者故事是什么？

赵晓梦：疫情突如其来，打乱了所有人的生活。我原本计划利用春节假期开启《钓鱼城叙事》的非虚构写作，但疫情来了，对我来说假期也就提前结束了，因为作为一名新闻人，我们也是战疫逆行者中的一员。我初二就返岗上班了。原有的读书写作计划被迫放置一边，偶尔有点时间，读的书也更多是为工作需要。比如，对有关疫情的科普知识阅读，以及加缪的《鼠疫》、毕淑敏2012年出版的长篇小说《花冠病毒》。这些阅读，并不是为了研究这个病毒，而是让我思考"自我与世界的关系"，毕竟一场疫情改变了所有人的生活方式、卫生习惯、社交圈子等等。而且从现在海外疫情越演越烈来看，甚至改变着世界和时代。事实上，历史上的每一次大疫大灾，都会不同程度上带来社会秩序、经济民生等等改变。所以，人和自然、人和世界的关系，是一个值得思考的问题。后来，恰逢《延河》杂志约稿，我就写了一篇短文给他们。

《读者报》：诗歌在这次疫情创作中很突出，您觉得诗歌的力量在哪儿？您有没有相关的创作计划？

赵晓梦：这是一场全民战"疫"，没有人能置身事外，作为一名文艺工作者，虽不能像白衣天使到一线冲锋陷阵，阻击病毒和疫情，但以笔为枪鼓舞斗志是每个有良知的文艺工作者义不容辞的责任。事实上，我们也看到了，疫情发生后，全国的文艺工作者都站了出来，写诗、写文、写歌等等，讴歌白衣战士、志愿者、社区防疫工作者等等，抚慰心灵，振奋人心，涌现出来了不少脍炙人口、传播甚广的作品。我们封面新闻也在第一时间开设了"武汉挺住"诗歌专题，刊发了 100 多位诗人的 400 多首战"疫"诗歌，《华西都市报》至今已出版 80 多个文学战"疫"专版，刊发诗歌和散文 200 多篇（首）；"四川文艺战疫在行动"专题刊发了 100 多首朗诵音频或歌曲演唱 MV 视频；此外我们还推出了"家庭战'疫'vlog 大赛""云观博物馆""我的战'疫'故事"中小学生作文征集等系列专题活动，全网传播突破 5200 万+。我们首发的诗歌或歌曲 MV，有 20 多件被学习强国、人民网、湖北卫视、广东卫视、中国教育电视台等转载刊播，人民网、四川作家报等都有报道。

而我本人，也在疫情发生后的一个月里，先后创作了 12 首战"疫"诗歌，《让他们安静地睡一会儿》《隔着一道门的夫妻战"疫"》《武汉的"山"》《整个中国安静下来》《大喇叭响起的村庄》《你的脸》《家庭春晚》《孩子，妈妈去武汉打怪兽》《家庭一日游》《三个人的婚礼》……从这些标题都看得出来，我所写的对象基本上都是新闻报道的真人真事，深深打动我，"这些印痕越是清晰/我们逆袭反转的希望愈加清晰""朗朗上口的顺口溜/过去聚集的是人气/现在聚集的是人心/在大喇叭响起的村庄，没有人觉得孤单"……这样的诗句情不自禁从心底喷涌而出。《光明日报》《解放军报》《中国诗歌》《诗歌月刊》，以及

《海燕》杂志、《诗潮》杂志、中国诗歌网等刊发后，中国作家协会"录制主题作品朗诵会为抗疫助力"选了我的《你的脸》一诗，由著名作家邱华栋朗诵。

《读者报》：写作的难度落实在语言上就是修辞和表述的难度，您如何理解这难度？

赵晓梦：难对应易，难度写作是当下不少作家提出的艺术追求，文学艺术要完成从"高原"到"高峰"的跨越，难度写作是必需的。当然，我这里所说的难度写作，不只是你说的"语言上修辞和表述的难度"，那顶多是个技巧问题。真正的难度写作，在于"写什么"，而不是"怎么写"，那是任何一个时代的作家或者诗人，需要不断否定自己、发现自己、突破自己的难度。就像经历"5·12"汶川特大地震的阿来，一直想为经历这场灾难的人写点什么，他一直在行走、在观察、在放下、在拾起、在思考、在沉淀，最终在十年之后写出《云中记》，这部继他《尘埃落定》之后最重要的作品。这样的写作态度值得尊敬。

至于语言修辞和表述的难度追求，我认为相对要容易得多，因为技巧的东西，熟能生巧。就像人不是生下来就会说话，需要学习，需要训练，口才是练出来的，笔下的语言表达也是练出来的。但有一点我需要强调，对诗歌而言，最好不要去追求所谓的修辞表述方式，一首诗里动不动就是"像什么""如什么""好像什么"……那完了，不仅是汉语言的悲哀，更是想象力的悲哀。要想使你的诗歌语言看上去显得有"难度"，有"逼格"，我建议你少用形容词、少用成语，如果你能把形容词当动词、当名词用，那新意就出来了。词与词之间，要突出诗意而不能突出逻辑，有时候两个不相干的词放在一块儿，诗意立马就出来了。所以，技巧的"难度"归根到底就在于你敢不敢打乱词语的身份。

《读者报》：阅读对诗歌而言，意义到底在哪儿？

赵晓梦：阅读能走多远，你的诗歌写作就能走多远。

《读者报》：疫情后的第一个全民阅读日，请给读者朋友推荐您喜欢的一本书。顺便请说一说您的阅读习惯。

赵晓梦：对书而言，我应该是一个"花心虫子"吧！喜欢的太多了，家里和办公室里到处都是书，不喜欢的都送去装饰别人的书柜了。实在要说，我就推荐一本我正在看的书吧。这本书名叫《赫逊河畔谈中国历史》，作者是《万历十五年》的作者黄仁宇，三联书店 2018 年第 3 次印刷。这本书收录了黄仁宇先生 1987 年至 1989 年在《中国时报》发表的 33 篇历史随笔，内容包括从先秦至元末的显要历史人物，各篇大致以人物传记体裁为主，但与史家写史不同，黄仁宇在书中抱着"检讨中国历史的心得"，通过长时期远视界的眼光返回历史现场，与一个个历史人物和事件探讨中国历史的"若干问题"，有观点、有困惑，读来让人耳目一新。

而我之所以读这本书，和我前面谈到的正写作《钓鱼城叙事》长篇非虚构有关。这样说也就暴露了我的阅读习惯。是的，我的阅读是为了我的写作服务，既有资料考证，更多的是理清脉络和思路。现在，堆在我书桌上的、方便写作查阅的书籍就有 100 多本，几百万字，等到桌上的书都回到书架上，我的写作可能也就结束了。

但我刚才说自己是个"花心书虫"，因为我看的书比较杂，不是说写诗就只读诗集，写小说就只读小说，写非虚构就只会查古籍。不怕你笑话，我过去写小说时喜欢读诗歌，后来写诗歌却喜欢读小说。现在我写非虚构，又迷上了网络小说。很多搞纯文学的人，认为网络小说没什么"营养"，但我不这么认为，网络小说也有文笔好的，我更佩服的是他们每日更新的勤奋、编故事的能力、营造氛围的能力等等。今年一季度，我至少看了三部网络小说，五六百万字呢。而我至今和好几个有名的网络作家是朋友呢。

《读者报》：现在亲子阅读很流行，如果要让孩子形成终身阅读的能力和习惯，您觉得家长还需要做些什么？

赵晓梦：父母是孩子最好的老师。让孩子养成终身阅读的能力和习惯，在这个手机时代尤为重要。去年我看到一篇报道，说英国的家长为孩子入学，也搞通宵排队。但那张照片给我最大的震撼是，排队的家长几乎人人拿着一本书在看，而不是我们平时看到的清一色耍手机的排队家长。这也让我明白为何国人的平均阅读数据那么低。

我现在最后悔的就是，作为一名父亲，没有把自己的孩子培养起良好的阅读习惯，在她该通过书本学习来增长知识的关键时候，却给了她手机和iPad，虽然她现在很优秀，也很聪明，成绩不错，但我始终认为，一个人能走多远，最终拼的是知识的积累，而这知识，除了课本，更多的是阅读。所以，从小培养孩子养成良好的阅读习惯和阅读能力非常重要。这方面，我的一个朋友做得非常好，他不仅严控孩子玩手机的时间（基本上只周末可限时玩一下），还带着孩子一起阅读，从孩子的兴趣出发，非常耐心地培养孩子的阅读习惯，末了每周还要开一个家庭读书会，一家三口分享各自的阅读心得体会，几年下来不仅出了一本书，也使孩子离开手机还能静下心来读书。

《读者报》：让更多人爱上阅读，您觉得我们还需要做何努力？

赵晓梦：从兴趣出发，身体力行，与书香为伍，家再小也要安一张书桌，平时再忙睡前也请翻几页书。现在阅读那么方便，只要给自己定一个阅读小目标，坚持下去，就会积跬步而至千里。

《读者报》：当下，浩瀚的书籍摆在读者面前，我们却不知道如何选择适合自己的书，您有什么建议？

赵晓梦：如果你还年轻，建议你什么书都可以看一看，"书多不压身"，养成阅读的好习惯，无论是对生活还是工作都会有帮助。如果你到了一定年龄，最好是选择对自己有用的书来精读，以实用性为第一选择，毕竟你的时间和精力有限了。

《读者报》：有些人觉得诸如王尔德、毛姆、芥川龙之介、川端康成、鲁迅、钱钟书、陈寅恪、泰戈尔等作家的作品才称得上经典作品。您如何看待这经典？或者您觉得何为经典？

赵晓梦：对一个读者而言，他们都是经典；对一个写作者而言，适合自己的就是经典。比如，我就固执地认为，博尔赫斯是经典，茨维塔耶娃是经典，苏东坡是经典……事实上，我们今天看到的许多优秀的作家和诗人，无不脱胎于他们的经典之作。

采访者　何建
2020 年 4 月 23 日

诗歌让人变得真诚
——答《诗歌月刊》

《诗歌月刊》：缘何写诗？

赵晓梦：文学是冲动的产物，少年的荷尔蒙总是蓬勃旺盛，在民间口头文学熏陶下，尤其是语文老师"一比一"稿费政策奖励下，我从初一就开始写作发表文章了，算是赶上了 20 世纪 80 年代校园文学黄金时代的末班车。也曾因为写作改变命运，也曾因为生计"遗忘"写作，十年前重新"归来"，我已不再是少年，重拾诗笔，是因为生活磨砺出的只言片语需要拾掇，也或者是为了在现实生活中寻得一个缓冲地带。

《诗歌月刊》：你的诗观是什么？

赵晓梦：每一个平常生命的生长与消逝，都值得诗人去关注去体会去抒写。

《诗歌月刊》：故乡和童年对你来说意味着什么？

赵晓梦：海德格尔说："诗人的天职是还乡。"对我来说，故乡和童年不仅是爷爷的烟斗，也不仅是河湾怀抱的村庄。那个嘉陵江边的小村庄，我们喊它院子，以前是地主家的院子，后来分给十来户庄稼人的院子，因为有一棵皂角树，又叫皂角树院子，除了竹林、梯田、溪水、柑橘、泥泞的道路，还有青石板弯弯曲曲铺出的码头场镇，每逢二、五、八赶场，十里八乡的人挑着鸡蛋、瓜果、布匹、茶叶挤在两边低矮的屋檐下，几百米一根肠子式的街道逛完，差不多要半天时间。河面上一声汽笛，那是班船在靠岸，往上到合川城，往下到重庆城，我就是坐着这船，不断往上往下念书走出村庄。如今，湿漉漉的村庄还在，那些人声鼎沸的往昔却都在古戏台上走完过场，沿江高速公路把班船、码头、场镇推成记忆的远山，偌大的村庄只剩下一个清明节，也只有蜘蛛还在借出老屋的照片端详。幸好故乡还有山一样矗立的钓鱼城，一座改变世界历史的古战场，从1227年开始到1279年结束，川渝军民在此抵抗蒙元铁骑长达半个世纪，以一己之力支撑南宋王朝半壁江山。其间的1259年（南宋开庆元年），蒙古帝国第四任大汗蒙哥阵亡城下，世界历史在这里转了一个急弯——为争夺汗位，蒙古帝国企图急速灭宋的战略计划由此破产，蒙古占领欧亚、侵吞非洲的梦想也被粉碎。这个弹丸之地，因此被欧洲人誉为"东方麦加城"和"上帝折鞭处"，中国人则称它为：延续南宋国祚20年的城、独钓中原的城、支撑南宋王朝半壁江山的城、改变世界历史的城。这座我曾无数次登临的城，至今保存较为完整，让我离开故乡回望故乡有了指路牌，让我1300行长诗《钓鱼城》的追述有了凭据。所以故乡和童年对我来说是一口井，一口取之不尽用之不竭的深井。

《诗歌月刊》：诗歌和时代有着什么样的内在联系与对应关系？

赵晓梦：劳动创造人类，生活创造诗歌。没有感知喜怒哀乐的生活经历，没有领悟时代脉搏的呼吸与心跳，哪怕语言再华丽、情节再跌宕，也不会具有"深沉的力量和隽永的魅力"。那些流传千古的诗句，无不是诗人从生活与经验中剜取。从古至今，诗人对生活中的风、雨、月、酒、夕阳甚至建筑等等具体的事物是格外敏感的，这些具体的生活场景，让人与人、人与物、人与时代有了思考和书写的空间。如果会稽山阴下没有曲水流觞、酒酣耳热的微醺，王羲之就不会有不可复制的天下第一行书《兰亭集序》；如果没有被贬黄州、开荒种地的经历，我的老乡苏轼或许就只是"苏轼"而不是"苏东坡"。在黄州城外东面那块坡地上，日出而作、日落而息、周而复始式的农耕生活，让苏轼在身体日渐消瘦硬朗的同时，他的内心世界也在时间的流逝里像酒一样发酵、演变，那个曾经被幽怨与激愤蒙心的大诗人、大学问家，开始变得更加宽广、温暖、亲切、坦荡、幽默、豁达、超拔、豪迈，他也有了一个后世更为人所熟知的名字：苏东坡。"一蓑烟雨任平生""也无风雨也无晴""十年生死两茫茫""多情却被无情恼"等等中国文学史上的经典名句，无不是来源于现实生活的触景生情，也是苏东坡人生境界的真实写照。对时代与现实生活的细微感知，成就了一个又一个伟大的诗人，也成就了文学史上一个又一个诗歌高峰。因为现实永远存在诗意。

《诗歌月刊》：对于当下的诗歌创作，你的困惑是什么？

赵晓梦：脱离生活。要么是文字的分行，要么是词语的堆砌，抒情泛滥，放之四海而皆准的普遍性写作，每天都在批量复制与传播。诗人最大的悲哀一个是制造语言垃圾，一个是缺乏想象力。伟大的诗人绝不是一个简单的、"有感而发"的记录者，他们之所以能用转瞬即逝的方式呈现永恒，让历史在时间的长河里发出声音，在于他们能准确从所处时代的生活中提炼语言表达诗意。

《诗歌月刊》：经验和想象，哪一个更重要？

赵晓梦：文学创作既需要经验也需要想象，如同车尔尼雪夫斯基所说"艺术来源于生活又高于生活"。对一个写作者而言，没有必要刻意强调二者孰轻孰重。个人觉得，经验需要提炼才能更好地进入文学，而想象（或者说虚构）无疑是帮助它升华的翅膀；想象如果从经验出发，就不会是空想也不会是乱想，就像"阿尔法狗"围棋落子充满想象力，那也是学习人类所有棋局甚至人工智能机器人自己下棋（经验）的算法胜利。诗人以心观物，物因心变，诗的意象就出来了。生活经验的意象陌生化，就是使诗歌语言发生质的变化。

《诗歌月刊》：诗歌不能承受之轻，还是诗歌不能承受之重？

赵晓梦：二者皆有吧。如同写短诗与写长诗，很难说写短诗就"轻"，写长诗就"重"。我一直觉得自己写诗的过程就是一个"难产"的过程，写诗就是想搬开压在胸口上的那块石头，可当这块石头搬开了，还有那块石头压着，写长诗《钓鱼城》的感受如此，写短诗《铁树》的感受如此，所以我曾在一首诗里自嘲："那么多的鹰从我身体里起飞/如今想起，它们仍停留在原处。"

《诗歌月刊》：你心中好诗的标准是什么？

赵晓梦：董仲舒说"诗无达诂"。一千人心目中有一千个哈姆雷特。如果按"实践是检验真理的唯一标准"，好诗的标准一定是经得起时间检验的，所谓历久弥新，问题是时间往往不等人，就像李白、杜甫活着的时候，当时京城权威的诗歌选本，几乎不怎么收录他们的诗歌，而在百年千年之后，我们能背诵出李杜一首又一首好诗，谁又记得几首当时选本上那些诗人的诗歌？对当下的认知而言，能打动你的诗就是好诗；对写作者而言，作品在你创作出后就不再属于你了。

《诗歌月刊》：从哪里可以找到崭新的汉语？

赵晓梦：这个问题问得很好！去年年底，人类有史以来最伟大的人工智能机器人 ChatGPT 横空出世，尤其是今年三月 ChatG-

PT 4.0 的震撼发布，给我们这个时代的写作带来巨大挑战，它强大的学习能力，以秒为单位的进化速度，让"机器取代人类"成为不再遥远的现实。在"语言这种生命存在方式已经被侵略了"这样的应用场景下，诗人引以为傲的语言甚至是诗歌写作本身，又该何去何从？我们又该如何应对？欧阳江河说"要到汉语中追根溯源，以得到启示和解救"，李敬泽说"写作更应该有力地回到人自己，回到我们的身体，回到我们活生生的身体，回到我们与这个世界，与他人的活生生的行动的连接和关系中"。文学是语言的精髓表现。那么，从哪里可以找到崭新的汉语？我个人觉得，要学会使用"复杂的词语"，要敢于打乱词语的身份，要敢于突破上下句字词之间的逻辑关系，要敢于否定语言的修辞意义，要敢于突破语法的规范，要敢于把形容词当动词、当名词用，要敢于用平常语言处理意象的陌生化。诗的语言活过来了，才能更有张力、更有节奏、更具冲击力，才能只被 ChatGPT 模仿而不能被超越。还有更关键的一点，"回到诗人本身"，也就是作为一个诗人，要对世界充满好奇心，对生活充满好奇心，甚至对自己的身体充满好奇心，用语言来理解生命，创造出一个更加丰富的词语世界。

《诗歌月刊》：诗歌的功效是什么？

赵晓梦：让人变得真诚，不再对生活矫情。

《诗歌月刊》：你认为当下哪一类诗歌需要警惕或反对？

赵晓梦：分行文字不一定是诗歌，诗歌也不一定是分行文字。

2023 年 5 月 13 日星期六于成都三学堂。刊于《诗歌月刊》2023 年第 7 期，原标题《访谈：从所处时代的生活中提炼语言》